深圳职业技术学院学术著作出版基金资助出版

圣彼得堡日记
My Days in St. Petersburg

徐新辉◎著

中山大學出版社
SUN YAT-SEN UNIVERSITY PRESS

·广州·

版权所有　翻印必究

图书在版编目（CIP）数据

圣彼得堡日记/徐新辉著．—广州：中山大学出版社，2021.4
ISBN 978-7-306-07117-0

Ⅰ.①圣…　Ⅱ.①徐…　Ⅲ.①随笔—作品集—中国—当代
Ⅳ.①I267.1

中国版本图书馆 CIP 数据核字（2021）第 026008 号

出 版 人：王天琪
策划编辑：熊锡源
责任编辑：高　洵
封面设计：林绵华
责任校对：叶　枫
责任技编：何雅涛
出版发行：中山大学出版社
电　　话：编辑部 020-84110283，84113349，84111997，84110779，84110776
　　　　　发行部 020-84111998，84111981，84111160
地　　址：广州市新港西路 135 号
邮　　编：510275　　　传　真：020-84036565
网　　址：http://www.zsup.com.cn　　E-mail：zdcbs@mail.sysu.edu.cn
印 刷 者：广东虎彩云印刷有限公司
规　　格：787mm×1092mm　1/16　18 印张　311 千字
版次印次：2021 年 4 月第 1 版　2021 年 4 月第 1 次印刷
定　　价：50.00 元

如发现本书因印装质量影响阅读，请与出版社发行部联系调换

自　　序

在我成长和受教育的年代，国家还没有实行改革开放政策，人们的思想还很保守，生活还十分简单。我生长于粤东北的农村，能接触到的外界的东西很有限。封闭，加深了我对外面世界的渴望。

那时期，我能接触到的外国文化，就是苏联的几部电影、十几首歌曲和几位文学家的作品。

看电影是很奢华的娱乐活动。在我看过的为数不多的外国电影中，最多的要数苏联的电影，最熟悉的莫过于《列宁在十月》和《列宁在1918》了。

我和小伙伴们都十分崇拜影片里的革命领袖和人民英雄，对他们的一举一动如痴如醉，对他们的领袖风范和英勇气概佩服得五体投地，对他们的经典台词竞相模仿，甚至烂熟于心。我们背诵台词、模仿动作，甚至模拟剧情，总喜欢在大人面前表演一番。

我们动作生硬，发音不准，表现幼稚，但还是乐此不疲，因为那是我们那个年代不可多得的娱乐活动。大人们笑了，我们也笑了。大人们的笑声是我们最大的骄傲，也是父辈们对我们的最佳奖赏。

电影对人的影响深刻而久远。如今，时隔近半个世纪，那个年代电影里的场景和画面依然时时浮现在我的眼前。观看苏联时期的经典电影，乐趣始于对一部电影的长久渴望，欢乐流淌于看一部电影的整个过程，回味延伸至看完一部电影之后很长一段时间内的茶余饭后，影响延伸至成年之后的为人处世之中。

苏联歌曲或俄罗斯民歌伴随着我成长和求学的整个过程。《喀秋莎》的明快节奏和流畅旋律曾让我精神振奋，《莫斯科郊外的晚上》的无限深情和依依惜别曾让我潸然泪下，《山楂树》的绵绵思绪和似水柔情曾让我彻夜难眠，《灯光》的清新淳朴和亲切温暖曾让我茶饭不思，《小路》的真挚浪漫和忠贞不渝曾让我心驰神往，《伏尔加船夫曲》的深沉忧郁和波澜壮阔曾让我唏嘘不已，《三套车》的缓缓倾诉和诗意情绪曾让我思绪万千，《海港之夜》的恬静深情和含蓄亲切也曾令我遐想无边……

最忆是《红莓花儿开》。这首歌是我挥之不去的"耳虫"，有着令人无法抗拒的魔力。它优美的旋律总在不经意间闪现在我的脑海里，余音绕梁，长久不绝于耳，令人茶饭不思。我对《红莓花儿开》这首歌曲，从来不需要想起，也从来不会忘记。

这些苏联经典歌曲，为我微微地敞开了一扇通往辽阔而神秘国度的小窗，在我封闭的世界和黑暗的夜空中，一次又一次地缓缓划过，留下永不消逝的亮光。

我的灵魂在黑暗中跌跌撞撞地追逐着那丝亮光，在思想荒原上一深一浅地砥砺前行。

我像一个没有预设目标的游人，不在乎远方的终点，只在乎沿途的风景。我对俄罗斯音乐（歌曲）的渴望，谈不上审美的追求，就像小鸡啄碎米那样，只凭感官点点滴滴地去感受一首歌曲的节奏和旋律，只凭直觉零零碎碎地领悟歌词情怀和意境。

我在点点滴滴中拓宽视野，在零零碎碎中丰富思想。

在缓缓不息的前行中，我也认识了一批俄罗斯词曲作家和歌唱家：米哈伊尔·伊萨科夫斯基、马特维·勃兰切尔、丽姬娅·鲁斯兰诺娃、米哈伊尔·马杜索夫斯基、瓦西里·索洛维约夫-谢多伊、谢尔盖·鲍捷尔科夫、尼古拉·伊凡诺夫，等等。他们的生平、他们的作品，以及养育他们的那个神秘而遥远国度的点点滴滴，都在我人生轨迹上留下了深深的印记，在我思想原野上竖立起永久的坐标。

至今，那一句句抒情的歌词、一曲曲动人的旋律、一片片美丽的回忆，总能让人穿越漫漫的时光隧道，跨过茫茫的思想原野，重返那朴实而充满色彩的蹉跎岁月，追忆那空虚却不失追求的似水年华。

文学是我了解俄罗斯的另一扇窗。我认识的第一个俄罗斯文学家是高尔基，我最早接触到的俄罗斯文学作品就是他的自传体小说三部曲——《童年》《在人间》和《我的大学》。

小时候，我很羡慕一个小伙伴，他家里有许多连环画，其中，外国题材的连环画是同伴们的抢手货。小伙伴们争先恐后地和他交换连环画，也都想方设法取悦他，争着帮他做家务或抄作业。我手头上没有他要看的连环画，也就没有和他交换连环画的筹码。于是，我就主动向他提出，我可以帮他做家务。他父母给他定的家务，是每天要将厨房的水缸灌满水。这个，我想我能做到。

不料，他还提了个额外条件：我提水进屋，往水缸倒水时，不能弄湿地板。因为农村的地板是用泥巴简单抹平的，遇水就成了泥糊糊。

自 序

　　我无条件地答应了他的条件,为的是能尽早读到一本外国连环画,为的是能在同伴们谈论热点话题时不失面子。

　　我提水进门时,总是小心翼翼,因为农村的门槛较高,我跨过门槛时,万一摔跤,打翻了水桶,后果不堪设想。跨过门槛,提水进屋,也得如履薄冰,诚惶诚恐,诚如老人所言:"满桶水不响,半桶水响当当。"

　　满桶水,我提得起,但举不起,更难以准确地倒进水缸;半桶水,我提得起,但效率太低,而且半桶水晃荡,难以控制。幸好,像挑水这种家务,我早有经验。我往水桶里装满三分之二还多的水,水面上再放一片叶子或一个水瓢,就能有效防止水晃荡,顺利地提水跨过门槛,走过泥质地板。这一段路,绝不能有万一……走过泥质地板,提水到了水缸前,往齐胸高的水缸倒水时,我更是如临深渊,因为要将水桶托起,对准水缸口,就得使出吃奶的劲,万一使歪了劲,桶口错失缸口……

　　我卖了力气,流了汗水,终于如愿以偿,满心欢喜。第一次,我借到了《童年》;第二次,我借到了《在人间》;第三次,我借到了《我的大学》。用自己汗水换来阅读的连环画,最令人着迷;用自己劳动换来的果实,最令人陶醉。

　　从此,我认识了高尔基,而高尔基教会了我许许多多做人的道理。《童年》告诉我,世界上竟然还有他人的童年比我的童年还悲惨,至少我有家可归,而童年的高尔基却无家可归。《在人间》告诉我,世界上竟然还有人读书比我读书更来之不易,至少我不用愁吃愁穿,至少我可以无忧无虑地上学,至少我可以通过帮小伙伴做家务借到小人书来阅读,而高尔基却要终日做苦力才能勉强糊口,要深夜挑灯才能读书。《在人间》让我懂得一个道理:生活再艰苦,也要自食其力;条件再恶劣,也要立志读书。《我的大学》告诉我,世上的孩子除了像我们一样要上小学、初中和高中外,还要上大学。大学是什么,我完全不知道。高尔基为什么苦苦追寻上大学之梦,我懵懵懂懂。但他让我明白,小孩子长大后,要努力上大学。

　　通往外界的窗口一旦敞开,无边的风景便款款而来,无际的景色也层层涌现。后来,在文学之窗,我遇见了高尔基的《海燕》,爱上了普希金的《假如生活欺骗了你》和《青铜骑士》,迷上了奥斯特洛夫斯基的《钢铁是怎样炼成的》……

　　我和成千上万同时代的青少年一样,都曾在笔记本或日记本上整整齐齐地抄下小说主人公保尔·柯察金在家乡烈士墓前的那段惊天动地、震撼

人心的独白:

> 人最宝贵的东西是生命,生命属于人只有一次。一个人的一生应该是这样度过:当他回首往事的时候,他不会因为虚度年华而悔恨,也不会因为碌碌无为而羞耻。这样,在临死的时候,他就能够说:"我的整个生命和全部精力,都已经奉献给世界上最壮丽的事业——为人类的解放而斗争。"

这段话成了我的座右铭,我曾反复朗读、背诵。

说来十分有趣,多年以后,我那位小伙伴成了一名商人,做生意到了俄罗斯莫斯科;而我,成了一名学者,访学到了俄罗斯圣彼得堡。

我无法知道,高尔基三部曲的连环画与我那位少年同伴到俄罗斯做生意有没有直接的关联;但我内心十分清楚,我到俄罗斯访学和这3本连环画有着千丝万缕的联系。

我在心灵深处,始终珍藏着高尔基三部曲连环画。那动人的故事情节、黑白两色的画面、简明扼要的文字描绘并未因时间的流逝而褪色,反而因我生活经验累积、人生阅历丰富和知识视野拓展而日益清晰,放大强化。

唯一变得越来越朦胧,甚至越来越凌乱的,是那个辽阔而神秘的国度。我对俄罗斯的电影、歌曲和文学诗歌总是魂牵梦绕,难以忘怀。我还意识到,曾几何时,我对俄罗斯民族和文化都有一种雾里看花、云里观月的感觉。

我对她的认知,未必真实;我对她的感受,未必真切;我对她的态度,未必正确。似乎是,多敞开一扇窗,我的视线就变得越模糊;似乎是,多揭开一层薄纱,她的色彩就多一份斑驳。

原来,我自始至终都是一个局外人。我对俄罗斯民族的所知所闻难免道听途说,对俄罗斯文化的所思所想也难免隔靴搔痒。

多年来,我一直期待着机缘。与其雾里看花、云里观月,不如身临其境,把俄罗斯看个真真切切、明明白白。

人在成长期的记忆会在长成期转化成为行动的动力。2014年9月,我到俄罗斯圣彼得堡国立理工大学进行为期半年的访学。万事俱备,东风不欠,只欠一双与心灵交融、发现大美的慧眼。

我终于有机会边走边看这座曾作为俄罗斯帝国首都、俄罗斯"通往

自　序

西方世界的一扇窗"的城市，边看边思这座被誉为"世界博物馆之城"的城市，边思边写这座被誉为"北方威尼斯"的城市。在圣彼得堡，什么都有：河流是城市的血脉，桥梁是城市的关节，道路是城市的骨骼，宫殿是城市的符号，公园是城市的标志，教堂是城市的灵魂，博物馆是城市的文脉，图书馆是城市的精神，音乐厅是城市的律动，植物园是城市的标本。

异国文化总能给人一种精神的穿越，他乡境域总能给人一种灵魂的洗涤。

暂别惯常的生活轨迹，暂别熟悉的工作环境，暂别熟知的亲朋好友，来到素有"北方威尼斯"之称的圣彼得堡，投入一种期待已久的学习、生活环境，投入一种令人忐忑不安的精神系统，我的热血沸腾起来，身体悬浮起来，心情兴奋起来，思绪翻飞起来……

在圣彼得堡访学期间，我置身于俄罗斯圣彼得堡广阔的生活背景之中，足迹遍及圣彼得堡的大街小巷、河流桥梁、公园花园、庭院宫殿，接触了形形色色的人物，遇到了各种各样的事情。

每一天，我将所见所闻、所思所想，真实地记录在日记上。每一天，我都迫不及待地将在涅瓦河畔听到的声音或在大街小巷看到的风景，诉诸笔端，定格于字里行间。

这些日记折射出我对城市风貌、人文景观、历史事件、社会风情、市井生活方方面面的深入考察和深层思考，折射出一座城市的历史足迹和时代变迁，折射出生活在这座城市的人民的勤劳和智慧、挫折和成就、痛苦和欢乐、缅怀和梦想，从一个或多个侧面揭示出一座光荣辉煌的城市及生活在这座城市的普普通通的市民在国家变革的大时代洪流中艰难前行的历程。

这些日记源于生活，出自平凡，基于真实。生活是文章的基础，平凡是生活的本色，真实是生活的态度。

这些日记，真实记录了我从2014年9月至2015年2月在圣彼得堡访学期间的所见所闻和所思所想。

在历史长河中穿越，让人感到人生的短暂；在异域中行走，让人知道自身的渺小；在他乡中思考，让人明白生命的意义。

圣彼得堡是一座可以用脚步丈量的城市，是一座可以用心眼凝视的城市，是一座可以用心智忖量的城市，是一座可以用心灵触摸的城市，是一座可以用诗意书写的城市。

诗意书写，有血脉、关节和骨骼；诗意书写，有标本、符号和标志；诗意书写，有脉动、精神和灵魂。

诗意书写，是对年少渴望和执着的追忆；诗意书写，是对青春激情和梦想的致敬；诗意书写，是对一段异国他乡如歌过往的美好纪念；诗意书写，是对一个游子丈量城市足迹的深情回望；诗意书写，是对未来千里之志和万里雄心的遥远祝福。

目　　录

2014 年

8月25日星期一	域外来鸿 / 3	
8月27日星期三	匆忙返深 / 5	
9月1日星期一	赴港签证 / 6	
9月2日星期二	赴港取签证 / 8	
9月15日星期一	惜别香港国际机场 / 9	
9月16日星期二	迪拜国际机场：转机 / 11	
9月18日星期四	地铁初体验 / 14	
9月19日星期五	城市原点：兔子岛 / 16	
9月20日星期六	第一座花园：夏花园 / 25	
9月21日星期日	图书大楼 / 29	
9月22日星期一	喀山圣母大教堂 / 31	
9月23日星期二	读书笔记：《逻辑哲学论》/ 34	
9月24日星期三	读书笔记：《身体之重：论"性别"的话语界限》/ 37	
9月25日星期四	卢甘斯基钢琴独奏音乐会 / 40	
9月26日星期五	读书笔记：《快乐工作的方法》/ 45	
9月27日星期六	歌唱友谊——中俄青年音乐家共庆新中国成立65周年音乐会 / 46	
9月28日星期日	皇家花园：米哈伊洛夫花园 / 48	
9月29日星期一	城市印象 / 53	
10月1日星期三	庆祝国庆 / 54	
10月2日星期四	圣彼得堡森林技术学院公园 / 55	
10月3日星期五	参孙大教堂 / 57	
10月4日星期六	"文化中国·魅力新疆"音乐会 / 61	
10月7日星期二	办理门禁卡和借书证 / 63	
10月8日星期三	卡缅内岛：宫殿和剧院 / 65	

10月9日星期四	黑溪：一条承载历史的溪流 / 70	
10月10日星期五	商业小街和中国茶叶店 / 71	
10月12日星期日	普希金最后决斗地纪念公园 / 73	
10月15日星期三	叶拉金岛：河边宫殿和英国橡树 / 78	
10月16日星期四	秋天的落叶 / 83	
10月17日星期五	十字架岛和国际友好城市大道 / 84	
10月18日星期六	又见黑溪：别样风情 / 87	
10月19日星期日	圣彼得堡："方便"时真不方便 / 89	
10月25日星期六	约翰·雷利修道院 / 93	
10月27日星期一	一座城市的公共卫生间 / 95	
10月28日星期二	美：空间的和时间的 / 96	
10月30日星期四	彼得一世小屋博物馆 / 98	
11月1日星期六	瓦西里岛：海神柱和二手书摊 / 101	
11月2日星期日	圣彼得堡珍奇博物馆 / 106	
11月4日星期二	俄罗斯"民族团结日" / 109	
11月5日星期三	巧克力博物馆和斯特罗加诺夫博物馆 / 110	
11月6日星期四	冬宫博物馆（1）/ 113	
11月7日星期五	冬宫博物馆（2）：《拉奥孔和他的儿子们》/ 115	
11月8日星期六	冬宫博物馆（3）：格里特·范·弘索斯特的烛光 / 118	
11月9日星期日	冬宫博物馆（4）：小爱神的威吓手势 / 120	
11月10日星期一	冬宫广场：亚历山大柱 / 123	
11月11日星期二	元老院广场：青铜骑士雕像 / 126	
11月12日星期三	圣伊萨克广场：尼古拉一世雕像 / 128	
11月13日星期四	机场探路 / 131	
11月14日星期五	预设：愚蠢的开始 / 134	
11月15日星期六	俄罗斯博物馆（1）/ 135	
11月16日星期日	俄罗斯博物馆（2）：俄罗斯古代艺术 / 137	
11月17日星期一	俄罗斯博物馆（3）：伊万·尼基京和他的肖像画 / 139	
11月18日星期二	俄罗斯博物馆（4）：18世纪俄罗斯艺术——舒宾和他的雕塑 / 140	

11月19日星期三	俄罗斯博物馆（5）：安东·罗申科／141	
11月23日星期日	俄罗斯博物馆（6）：弗拉基米尔·波罗维科夫斯基／142	
11月25日星期二	俄罗斯博物馆（7）：浪漫主义／143	
11月26日星期三	俄罗斯博物馆（8）：西尔维斯特·谢德林／144	
11月27日星期四	俄罗斯博物馆（9）：奥列斯特·基普连斯基／146	
11月30日星期日	俄罗斯博物馆（10）：韦涅齐阿诺夫／147	
12月3日星期三	俄罗斯博物馆（11）：格列高里·索罗卡／149	
12月6日星期六	俄罗斯博物馆（12）：亚历山大·伊万诺夫（上）／153	
12月10日星期三	俄罗斯博物馆（13）：亚历山大·伊万诺夫（下）／157	
12月13日星期六	俄罗斯博物馆（14）：费奥多尔·布鲁尼（上）／160	
12月16日星期二	俄罗斯博物馆（15）：费奥多尔·布鲁尼（中）／161	
12月18日星期四	俄罗斯博物馆（16）：费奥多尔·布鲁尼（下）／163	
12月20日星期六	俄罗斯博物馆（17）：卡尔·布留洛夫／166	
12月21日星期日	俄罗斯博物馆（18）：伊里亚·列宾（上）／169	
12月23日星期二	俄罗斯博物馆（19）：伊里亚·列宾（下）／171	
12月25日星期四	俄罗斯博物馆（20）：浪漫主义和现实主义／173	
12月27日星期六	俄罗斯博物馆（21）：阿尔希普·库因吉（上）／174	
12月28日星期日	俄罗斯博物馆（22）：阿尔希普·库因吉（下）／176	
12月30日星期二	俄罗斯博物馆（23）：19世纪的巡回展览画派／178	

2015 年

1月1日星期四	俄罗斯博物馆（24）：米哈伊尔·弗鲁贝尔／181	
1月2日星期五	俄罗斯博物馆（25）：马克·夏加尔／183	
1月3日星期六	俄罗斯博物馆（26）：俄罗斯艺术新潮流／185	
1月4日星期日	俄罗斯博物馆（27）：俄罗斯艺术的特点／187	
1月5日星期一	博物馆的价值／188	
1月6日星期二	圣彼得堡的公园／189	
1月7日星期三	圣彼得堡市民印象（1）：遵守秩序／190	
1月8日星期四	圣彼得堡市民印象（2）：俄罗斯父子身影／191	

1月9日星期五	圣彼得堡市民印象（3）：享受阅读 / 194	
1月10日星期六	圣彼得堡市民印象（4）：图书共享 / 196	
1月11日星期日	圣彼得堡市民印象（5）：母女情深 / 197	
1月12日星期一	口音和乡音 / 198	
1月13日星期二	圣彼得堡玩具博物馆 / 199	
1月14日星期三	误译铸就经典 / 202	
1月15日星期四	A. S. 波波夫中央通信博物馆 / 206	
1月16日星期五	圣彼得堡国立宗教历史博物馆 / 210	
1月18日星期日	读书笔记：《俄罗斯艺术史》 / 213	
1月19日星期一	不平凡的1616年 / 214	
1月20日星期二	伟大的博物馆 / 215	
1月21日星期三	俄罗斯中央海军博物馆 / 217	
1月22日星期四	列宁格勒在战争和围困期间博物馆 / 220	
1月23日星期五	期待重逢 / 222	
1月24日星期六	机场团聚 / 223	
1月25日星期日	冬宫博物馆（1）：约旦长廊和约旦楼梯 / 225	
1月26日星期一	冬宫博物馆（2）：古代历史绘画走廊和《优美三女神》 / 228	
1月27日星期二	冬宫博物馆（3）：安东尼奥·卡诺瓦 / 230	
1月28日星期三	冬宫博物馆（4）：酒神厅 / 233	
1月29日星期四	冬宫博物馆（5）：《塔夫利达的维纳斯》 / 235	
1月31日星期六	冬宫博物馆（6）：宙斯厅 / 237	
2月1日星期日	冬宫博物馆（7）：贡扎加的浮雕玛瑙 / 239	
2月2日星期一	冬宫博物馆（8）：《春燕》 / 241	
2月3日星期二	冬宫博物馆（9）：狮身人面造型器皿 / 243	
2月4日星期三	冬宫博物馆（10）：小结 / 245	
2月5日星期四	地铁建筑风格：阿夫托沃站 / 246	
2月6日星期五	地铁镶嵌画：阿夫托沃站 / 248	
2月7日星期六	地铁镶嵌画：列宁广场站 / 250	
2月8日星期日	地铁镶嵌画：海军部站 / 252	
2月9日星期一	地铁月台钢幕门 / 254	
2月10日星期二	地铁站厅主题装饰 / 255	

2月11日星期三	地铁换乘站 / 256	
2月12日星期四	地铁管理细则和安保措施 / 257	
2月13日星期五	地铁广告 / 259	
2月14日星期六	地铁文明乘客 / 260	
2月15日星期日	地铁自动售票机 / 261	
2月16日星期一	回家心切 / 262	
2月17日星期二	喜迎新年 / 263	
2月18日星期三	大年三十 / 264	

参考书目 / 265
参考网站 / 270
后记 / 271

8月25日星期一

域外来鸿

我正在海南岛度假，但再长的假期都觉得太短了。

眼看暑假就要结束，再美的景色只能留给下一个冬天，还没有读完的书也只得抛到九霄云外，我只想好好地消磨暑假最后几天这短暂而珍贵的时光，未曾预料会有什么令人振奋的消息。

下午，接到学院俄语专业徐浩老师的短信，也接到了俄语专业学生曾强的电话。他们告知我，俄罗斯圣彼得堡国立理工大学的邀请函已到。应该大学邀请，我将于今年秋季到该校国际交流学院进行为期半年的访学。

我对俄罗斯文化有着特殊的情感，其中有时代因素、历史情怀的纠结，也有自己的童年梦想。我常常对俄语专业老师有不一般的羡慕。我和徐浩老师的家常谈话，不出三句就转向和俄罗斯有关的话题。

有一次，我从《深圳特区报》得知深圳市将和北京理工大学、莫斯科国立大学合作创办深圳北理莫斯科大学的消息，就发了邮件给徐浩老师，告诉他这一好消息。其实，他也一早就在报纸上得知了这个消息。

当天中午，我们在校园散步。我们谈论的话题自然是中俄联合在深圳办大学这一举措给深圳俄语专业建设和俄语人才培养带来的机遇和挑战。此时，我们都没有意识到这一消息后来对我们有多大的直接影响。

不久，在应用外国语学院教师大会上，学院领导宣布，徐浩老师因工作需要，借调到深圳市教育局协助深圳北理莫斯科大学的筹建工作。

全场掌声雷鸣。我由衷地为他感到高兴，也十分羡慕他作为一名大学老师，有幸参与并见证一所中俄联办大学的诞生与成长。

我内心难以平静，泛起涟漪。心海余波，一圈又一圈，向远方散发，消失在波罗的海的波涛中……

2014年，我受深圳职业技术学院选派，作为高级访问学者到国外进行为期半年的访学。我毫不犹豫地选择了位于波罗的海沿岸的俄罗斯圣彼得堡国立理工大学。

我由衷感谢俄语专业的徐浩老师、毕业生曾强同学为我的访学做了大量的沟通工作。功夫不负有心人，终于，我等到了这一天。

　　我放下电话，感到既惊奇又兴奋。惊奇的是，长久的守候，消磨着信心和希望；黯然失望之际，一丝亮光闪烁在黎明天际。兴奋的是，耐心的等待，伴随着喜乐的期待，开启了一扇幸福之窗，点燃了一盏神奇旅程的明灯。

8月27日星期三

匆忙返深

　　昨天下午预订了返回深圳的机票。今天凌晨5时起床，收拾行囊；5时30分下楼，拖着行李箱，走向灯火通明的海甸岛大街。我在海甸岛人民大道旁截停一辆的士，赶往海口美兰国际机场。

　　东方晨曦初现，南渡江两岸，树影婆娑，满江碧水滔滔北去。远处居民楼里，在我意想不到的时刻，在我意想不到的窗口，闪出明亮的灯光，我仿佛听到窗内主人开灯的开关声响。早起的人们开始忙碌起来。南渡江边渔港，马达轰鸣，满载而归的渔船纷纷靠港，岸边早已灯火通明，人声鼎沸，来自各地的海鲜批发商、零售商已等候多时，正翘首以盼。

　　晨曦中的城市既熟悉又陌生。熟悉，是因为我早已把这片土地当作我的第二故乡；陌生，是因为在一天中不同时段观察和体验这片日新月异的热土，都有不同的感悟和收获。

　　上午11时，回到深圳，我随即着手准备办理赴俄罗斯签证所需的材料。

　　下午，按照俄罗斯联邦入境签证手续要求，前往深圳口岸医院体检。体检结束后，我办理了加急取件手续，周五可以取体检报告。

圣彼得堡日记

9月1日 星期一

赴港签证

连日来，我紧锣密鼓地准备签证材料，并在俄罗斯领事馆网站上填写了签证电子申请表格。我登录俄罗斯联邦驻中华人民共和国香港特别行政区总领事馆官方网站预约办理签证。

今天一大早，我就赶往深圳福田口岸，去香港办理赴俄签证。俄罗斯联邦驻中华人民共和国香港特别行政区总领事馆设在湾仔港湾道30号新鸿基中心21楼2106～2123室。

我如约来到签证处。总领馆地处香港繁华闹市区，但环境幽静，氛围友善，令人感觉轻松愉快，且充满期待。

我在签证窗口递交了签证申请材料。不一会儿，一位年轻的签证官从里面走出来，递给我一份赴俄问卷调查表。我如实填好相关内容，将问卷调查表交回签证办理窗口，并缴纳签证申请费用。

签证官告诉我，签发的是工作签证，需要7天时间受理，但考虑到学校已经开学，可申请加急办理，第二天可取签证，只是要附加费用。我表示愿意缴纳附加费用，加急办理签证。

在现实生活中，很多时候，能用金钱解决的问题都不是问题。但是，很多时候，很多问题用金钱是解决不了的。比如，金钱能买来房子和车子，但买不来幸福快乐；金钱能换得西装革履或珠光宝气，但赢不来他人的尊重；金钱能换来自我心理的满足，却换不来一去不复返的时间。

因此，在人生道路上，在面临时间和金钱的两难选择时，我常常毫不犹豫地选择时间。

申请流程随即转入下一窗口。工作人员似乎有点担心，用不太熟练的英文问："When do you come to get the Visa?（你什么时候来取签证？）""Tomorrow（明天）"，我笑着回答。

她还不放心，又问："Can you come to Hong Kong tomorrow with your traveling document?（你的旅行证件允许你明天来香港吗？）"

我恍然大悟，她是在提醒我，内地居民来香港的时间和次数限制。我十分肯定地告诉她"Yes"，并补充道，深圳居民赴港已经实行"一签多

行",我明天可来取签证。

她似乎明白了,于是拿出9月份的日历,用铅笔在2日的"2"上反复画了画,再三让我确认。我点头说了一声"Yes"。确认无误之后,我们互道再见。

俄罗斯联邦驻中华人民共和国香港特别行政区总领事馆工作人员严谨、耐心的工作态度和细致、体贴的人文关怀,与有些国家驻华总领事馆签证处工作人员的态度和作风形成鲜明对比,有着天壤之别。

立秋已过,中秋临近,但暑气未消。从新鸿基中心出来之时,阳光灿烂,微风习习,远处的维多利亚港格外迷人。我心情愉快,信心满满,步履从容。

梧桐落叶含秋意,更有寒蝉树上吟。遥远的圣彼得堡,你是否也有寒蝉?梦中的圣彼得堡,你一定秋意正浓,霜叶正红,红霞满天。

9月2日星期二

赴港取签证

今天一早,我简装赴港,直奔湾仔港湾道 30 号新鸿基中心 21 楼俄罗斯联邦驻中华人民共和国香港特别行政区总领事馆。

我顺利取回赴俄签证,匆忙返深。学校已经开学,许许多多的事情正等待着我去处理。

9月15日星期一

惜别香港国际机场

开学以来，我一直忙于出国前的准备工作，包括外语学院的教学工作交接、学校各部门的签字、办理出国公证手续、申报广东省社科后期资助项目、参加学校的职称评审会议和教师节庆祝大会，等等。

今天上午，收拾行装。下午，和妻子离开深圳，经过福田口岸，坐上香港东铁线至上水站下车，改乘大巴A43，大约40分钟后，我们到达香港国际机场。

晚上大约7时，女儿下班后从中环搭乘机场快线，赶来机场为我送行。一家人在机场一起吃晚饭。我即将开始一段孤独、陌生的长途飞行，顿觉家人的温暖和厚意，这顿晚饭有异乎寻常的意义。

4年前，女儿第一次孤身一人远赴丹麦哥本哈根大学法律学院学习。我和妻子到香港国际机场送行，一家人也在机场一起吃饭。

那时候，作为父母，我们忐忑不安。如果说，慈母手中线，是密密的牵挂，那么，严父心中线，是长长的嘱托。

常言道，小马扬蹄嫌路短，雏鹰展翅恨天低。女儿就像蓄势待发的小马驹，迫不及待，何惧山高水远；也像正要展翅翱翔的雏鹰，跃跃欲试，何惧狂风巨浪！她心中充满着对外面的世界的憧憬、好奇和期待。

那晚，依依惜别之际，一向争强好胜的女儿也忍不住流下了眼泪。然而，今晚我们没有眼泪，只有欢乐的笑声和默默的祝福。妻子和女儿都相信，这次漫长的飞行，对于惯于走南闯北的我而言，只是一次平常的差旅。

其实，我当时心中也有脆弱、焦虑和不安，只是不愿在她们面前表现出来而已。

以一家人的晚饭，深深祝福一次漫长孤独的旅行；以一家人的团聚，缓缓结束一次自由自在的流浪。

晚上约9时，我办理了登机手续。出香港海关之前，我和妻子、女儿一一拥抱，依依惜别。

我出了海关，正等待安检之际，女儿来电，告知我乘坐的阿联酋航空

EK381 航班的登机地点是 C62 号闸口，并一再交代我要查看航班动态信息栏，以免弄错。

我一向相信她们母女俩的细心和耐心，没有再次确认，就登上机场专线，直接奔向 C62 登机闸口。

阿联酋航空 EK381 航班（机型为空客 A381-861、飞机编号 A6EDI）计划离港时间是次日凌晨 0 时 35 分。准时登机，我放好手提行李，坐下，扣好安全带，耐心地等待飞机起飞。

我往机窗外一看，不觉心里一沉：远处电闪雷鸣，近处狂风骤雨。机舱传来乘务长的声音，她告知乘客，受强台风"海鸥"影响，香港已于今晚 10 时 30 分发出强台风预警信号，悬挂最高级别台风预警"八号风球"。这是香港今年第一次悬挂"八号风球"。在强台风影响下，香港商店打烊，码头关闭，机场停飞。

机舱内鸦雀无声，只有狂风夹着骤雨，敲打着机窗玻璃发出"啪啪"的声音。机舱内出奇地安静。喧嚣的香港在强台风影响下，一切忙碌和喧嚣都归于宁静，只有风声和雨声。

此时，只有耐心地等待……

9月16日星期二

迪拜国际机场：转机

凌晨1时，雨势和风势都有所减弱。不一会儿，风停雨住。香港撤下"八号风球"，解除强台风预警信号。

机窗外，车辆穿梭，停机坪上作业预警灯光闪烁，机场又恢复了平常的繁忙。凌晨1时45分，阿联酋航空EK381航班起飞，比预定起飞时间迟了1小时10分钟左右。

经过大约8小时的飞行，我于当地时间早晨6点左右到达迪拜国际机场（香港和迪拜时差为4小时）。按照国际民航惯例，国际航班若晚点起飞，飞行员可以在保证安全的前提下，根据当时的飞行条件，适当加快飞行速度，保证航班准时到达目的港。因此，阿联酋航空EK381航班虽然在香港起飞时延误了，但是基本准时到达迪拜国际机场。

飞机降落后，我下了飞机。天未见亮，天气炎热，我赶紧上了机场摆渡巴士。摆渡巴士穿街过巷，似乎在城市中心穿行。多年来，我搭乘过许多国际航班，进出过许多大型国际机场，但迪拜国际机场巴士超长的摆渡距离，还是让我暗暗吃惊。这似乎是我所经历过的最长的机场摆渡距离。

下了摆渡巴士，我随着人流经过安检。迪拜国际机场的安检严格，皮带、皮鞋、手表和手机都需要离身做专项检查，旅客必须单独经过安检门，接受安保人员的严格检查。

我顺利通过了安检通道，沿着指示方向下楼，再搭乘巨型升降电梯，到达机场的免税步行街（Duty Free Mall）。我早就听说迪拜国际机场规模庞大，而与之匹配的机场免税步行街规模之大、商品种类之繁多，是我平生第一次见到的。

机场免税步行街灯火通明，商品琳琅满目，各种语言不绝于耳，不同肤色的旅客行色匆匆。我无心欣赏环境和商品，而是十分专注地欣赏不同肤色的旅客的神情和着装，聆听不同国家和不同民族的人所讲的不同语言。

抑扬的语言、升降的声调和清浊的语音，回响在耳边，悦耳动听，抑扬顿挫，化作一首又一首悠扬的长调。

离开免税步行街，在通往登机口走廊的两面墙壁上，有一个精心设计的图片展览，配有英文说明，反映迪拜城市的发展足迹和国际机场的历史变迁，展示阿联酋航空业的未来规划。

根据阿联酋发展规划，到2020年，航空服务业占国民经济总值的32%，就业人口占全国就业人口的22%。这是一个宏伟的发展规划。阿联酋是率先摆脱对石油的单一依赖并成功实现经济转型的阿拉伯国家，其战略之一，便是充分发挥地缘优势，大力发展航空服务业。

在迪拜国际机场，我换乘阿联酋航空的EK175航班（空中客车A330-200机型）。飞机于上午10时05分起飞，于当日下午4时45分到达圣彼得堡普尔科沃国际机场。

我是第一次入境俄罗斯，但早已听闻俄罗斯海关人员严肃，安检严格。因此，在排队等待办理入关手续时，我真有点忐忑不安。

办理入关手续的是一位年轻貌美的女海关人员。我将护照递过去，放在窗台上，出于礼貌，习惯性地将手轻触着护照一角。她毫无反应，似乎在等待着什么。过了好一会儿，她示意我将手从护照上移开。等到我将手从柜台移开并自然伸直之后，她才伸手去取我的护照。

我意识到，在这一小小的空间里，肢体语言交流和文化信息传达存在着巨大的鸿沟：我右手未离护照，是出于中国人传统的礼貌；她要求我将手移开并自然放置，是出于自身安全的考虑。

可见，不同民族之间的文化差异无处不在，不同文化背景下肢体语言交流困难无处不在。但是，只要不同民族的人用心交流，不同文化背景的人真诚相待，语言交流的困难就可以克服，文化交流的障碍就可以跨越。

她简单询问了航班情况，就盖章放行。我取了托运行李，走出机场大厅。门外，凉意袭来，天空灰暗，我心头一怔。圣彼得堡，与我见过的欧美城市竟如此不同！

"老师！"熟悉的声音。我循声望去，看到一个熟悉的身影。他是曾强，应用外国语学院俄语专业的毕业生，一个聪明活跃又有主见的人。我曾经讲授过俄语班的"国际市场营销"课程，所以彼此早就熟识。他于9月初来到俄罗斯圣彼得堡国立理工大学留学。他根据我的航班信息，租了一辆车来机场接我。

一路上，阿强很热情地向我介绍了圣彼得堡城市和国立理工大学的基本情况，并提醒我在俄罗斯应该注意的风俗习惯等。到了学校宿舍区，阿强手脚麻利，做事利索，帮我整理房间和行李，设置电脑和手机网络。他

迪拜国际机场：转机

忙乎了大半天，帮我安顿好一切。

天色已晚，我们一起吃了晚饭。他带我逛了附近的一家小超市，因为担心我不懂俄语，所以十分耐心地告诉我鲜奶和酸奶的包装区别、食盐和食糖的品牌等，还不断地提醒我，即使不懂俄语，也要"死记"好商品标签。

他的"死记"方法很奏效。我在圣彼得堡的日子里，常常光顾这家小小的超市，快速地辨认出所需食品，用的就是阿强的"死记"法则。"死记"法则大大地方便了我在圣彼得堡的生活。

晚上约9时，阿强才坐公交车回宿舍。他知道我明天要去学校办理落地签等手续，所以一到宿舍，就打电话告诉我，从我的宿舍区到学校办公楼应坐31路公交车，在第5个站下车，即到学校的行政大楼。

阿强是个热心、细心、耐心的人。他乡遇故人，不亦乐乎。

9月18日星期四

地铁初体验

早起。窗外阳光灿烂，天气不错，一早就感受到了圣彼得堡天空的湛蓝和空气的清新。

早就听说圣彼得堡拥有世界上最富有特色之一的地铁系统，今天早餐后，我怀着激动的心情去体验圣彼得堡地铁。

我走出宿舍区大门，从森林站（Lesnaya）进入地铁站，在购票窗口排队购票，地铁票25卢布一张。

经过地铁栅口后，我踏上自动扶梯。自动扶梯很长很深，似乎经过好长时间，才到了站台。地铁站采用大跨度拱形设计，空间开阔。方向指示牌一目了然，标识简单明了，没有多余的装饰。

列车进站。我进入地铁车厢，发现车内乘客并不多，可能是过了早上高峰期的缘故。车厢设备稍显陈旧，但灯光柔和，十分宜人。车厢内装饰简约，广告极少，只有麦当劳、肯德基的标识和极其简单的文字说明。

我一直坐到红线的最后一站——老兵大道站（Veteranov Avenue），走出车厢，以为出站该有很深很长的扶手电梯吧。然而，出乎我意料，这一站没有自动扶梯，只有很宽、很低的半环形人行梯通往地面出口。看来，这个地铁站并不深。后来，我查资料才发现，老兵大道站是圣彼得堡地铁系统中站台和街面之间距离最短的一个地铁站，是圣彼得堡最浅的地铁站。

出站即见街景：出口站紧连一条带有顶棚的长廊，中间是长廊的立柱，长廊两边各有一排小商店，店面错落有致、整齐有序。

今天，我初来乍到，只打算在地铁站周边转转。不久，我就返回地铁站。在售票窗口，我递给售票员一张面额100卢布的纸币，不料她竟然给了我3个代币和一些零钱。我一时不知所措，等缓过神来，本能地想伸出一只手指，示意她我只要一张票。但随即意识到，我初来乍到，向一个陌生人伸出一只手指可能会招致信息误解，于是转念脱口而出，"Only One"。还好，她明白了我的意思，收回两个地铁代币，找回我75卢布。

我回到大学住处。不一会儿，曾强来了。他担心我人生地不熟，特地过来看看我有什么需要帮忙的。他来得正及时。他帮我办理了 Beeline 电话入网手续，填写入住大学宿舍的相关表格，解决了无线网络连接等问题。

　　傍晚，我陪他到公交站。在等车之际，他一再向我强调从这里到大学门口的公交线路：乘坐 31 路公交车，在第 5 个站下车，就到了学校大楼。最后，还重复道："老师，千万别忘了。"

　　在深圳职业技术学院，我以为我没少为学生们操心；在圣彼得堡，我真让学生操心了。

　　人来人往中，我望着他上了公共汽车，向他挥手告别，望着公交车缓缓驶离车站，渐渐消失在夜幕中。灯火阑珊中，感激之情油然而生。

9月19日星期五

城市原点：兔子岛

天气晴朗，万里无云，气温舒适，空气清新。今天是出行的好日子。

一大早，我准备好个人物品，背起背包，走出宿舍区，跨过大马路，搭乘地铁向圣彼得堡的城市原点——兔子岛（Zayachy Island）出发。

对于世界各国的游客而言，兔子岛是圣彼得堡的旅游胜地。可以说，没有到兔子岛，就等于没有到圣彼得堡。兔子岛在我心中有着异乎寻常的意义。兔子岛，是我心中向往之地。我来圣彼得堡之前，她曾无数次装饰着我的梦。

兔子岛位于涅瓦河最开阔的河段，全长750米，宽约400米，北面隔着克龙维尔运河（Kronversky Canal）与无名岛相望。

河道上，有两座桥连接兔子岛和彼得格勒岛：东边是圣彼得堡历史上的第一座桥——伊凡诺夫桥（Ioannovsky Bridge），西边是克龙维尔桥（Kronversky Bridge）。

兔子岛上耸立着圣彼得堡第一座教堂——彼得保罗大教堂。教堂历经300多年的雪雨风霜，至今仍然是圣彼得堡的标志性建筑。教堂的塔尖金光闪闪，高耸入云，直指天际。钟楼巍然傲立，庄严肃穆，钟声如雷，震撼天庭。兔子岛上的彼得保罗大教堂是俄罗斯民族精神家园的象征。

兔子岛上还留存着圣彼得堡的第一座军事要塞——彼得保罗要塞。要塞的军事意义远非政治意义可比。在俄罗斯历史进程中，彼得保罗要塞成了"帝国监狱"，成了背负俄罗斯民族精神和历史命运的缩影：车尔尼雪夫斯基、高尔基、亚历山大·乌里扬诺夫（列宁的哥哥）、十二月党人、喀琅施塔得起义者、约瑟普·布罗兹·铁托等人，都曾被关押在这座"帝国监狱"里。

同时，彼得保罗要塞又是一座历史博物馆。它是俄罗斯历史时代的见证，是俄罗斯民族精神的象征，是一座联结俄罗斯历史和未来的桥梁，也是人们探索俄罗斯民族精神的窗口。

我心中装着兔子岛，精神舒畅，脚步飞快。

地铁1号线为红线，标记是红色字体的"M1"，又称基洛夫—维堡线。从森林站（Lesnaya）购票，入旋转闸口，经过一条又深又长的自动扶手升降梯，来到站台。森林站的站台宽敞，拱形结构。地铁车厢干净，灯光柔和，适于阅读。

在起义广场站（Vosstaniya Square）换乘3号线（M3，绿线）至圈楼站（Gostiny Dvor），换乘2号线（M2，蓝线）至高尔基站（Gorkovskaya）下车。我走出地铁站，经过亚历山大公园，兔子岛上的彼得保罗教堂映入眼帘。

从亚历山大公园进入兔子岛，伊凡诺夫桥是必经之路。伊凡诺夫桥有300多年的历史。桥头两侧的古埃及胜利方尖碑古色古香，典雅优美；桥面的护栏和路灯造型独特，直观的弧形、完满的圆形和稳定的三角形构成一幅灵动、轻盈、简朴的画，将人们的视线自然地引向兔子岛上的第一座大门——伊凡诺夫门。

伊凡诺夫门

伊凡诺夫门是彼得保罗要塞的城门，为了纪念彼得大帝的同父异母的哥哥、女皇安娜·伊凡诺夫娜（Empress Anna Ioannovna，1693—1740）的父亲伊凡五世（Ioann Romanov，1666—1696），特将城门命名为"伊凡诺夫门"。与这座大门相连的大桥就命名为"伊凡诺夫桥"。后来，伊凡诺夫门又称"圣约翰大门"。

伊凡诺夫门主色调是白色，与要塞城墙的褐红色形成鲜明的对比。在正门上方写着"1740年竣工"。大门上的三角楣饰有战戟、鼓筒和战旗。其中，战旗上镶嵌着俄罗斯沙皇王冠上的卷边花纹饰带，十分显眼。

经过伊凡诺夫门，左右两侧是空旷之地，正面不远处就是圣彼得大门（St. Peter's Gate）。圣彼得大门分上下两层，主色调为白色。第一层是古希腊柱式门廊，简洁厚重，与城墙同高。

大门是拱形结构，拱门两侧的凹槽内各站立着一座女神全身雕塑，均出自法国雕塑家尼克拉斯·皮诺特之手。

拱门右侧凹槽内是古罗马战争女神贝罗娜像；左侧凹槽内是古罗马智慧女神密涅瓦的雕塑，她右手握住一条蛇，左手拿着一面镜子，掌管着人类智慧、技术和工艺。

拱门正上方是俄罗斯标志——黑色双头鹰徽章，重达一吨。大门第二层是三角楣饰，有一组装饰性浮雕，是德国艺术家康拉德·奥斯纳的作品，主题是"使徒彼得战胜魔法师西蒙"，象征在北方战争中俄罗斯完胜瑞典。

圣彼得大门由圣彼得堡著名的建筑师多梅尼科·特雷齐尼（Domenico Trezzini，约1670—1734）负责建造。特雷齐尼生于瑞士，留学罗马，应邀来到俄罗斯，成了彼得大帝的得力助手，在圣彼得堡成就了一个建筑师的辉煌事业。他的作品，除了兔子岛上的圣彼得大门、彼得保罗要塞、彼得保罗大教堂外，还有圣彼得堡十二学院（圣彼得堡国立大学）、圣彼得堡第一座花园——夏花园内的彼得大帝夏宫等。

经过圣彼得大门，左边是工程楼，路尽头是厚厚的城墙，足有1.5米多高，踮起脚，可望见涅瓦河；右边第一栋大楼是军火库。继续前行不远，即见纳雷什金棱堡。

纳雷什金棱堡是彼得保罗要塞最别致的堡垒。彼得大帝在堡垒的命名上颇费功夫。彼得大帝并没有以自己的名字命名城市、要塞和堡垒。他规划这座城市时，以城市的守护神——使徒圣彼得的名字将其命名为"圣彼得堡"。

同样，他建造彼得保罗要塞时，以要塞的守护神——使徒圣彼得和圣保罗的名字将其命名为"圣彼得和保罗要塞"。他在筹划堡垒建设时，以自己近臣的名字——纳雷什金、特鲁别茨科伊、缅希科夫、戈洛夫金和卓托夫以及代表自己的"沙皇"来命名要塞的6个堡垒。

纳雷什金棱堡上有一座塔楼，楼顶装有信号装置，旗帜高高飘扬。

1917年十月革命前夕，起义军占领了彼得保罗要塞。11月7日晚，城堡楼顶的信号塔上悬挂起一盏明灯，向停靠在涅瓦河岸边的"阿芙乐尔"号巡洋舰发出了炮击冬宫的信号。

从18世纪以来，纳雷什金棱堡的塔楼上安置了大炮。每天正午12时，大炮向天空发射一枚空炮，响声震天，向全城的市民准点报时。简单的一声炮响，成就了不同凡响的传统。

今天，在纳雷什金棱堡下的宽阔广场上，正在举行庆祝仪式，乐队齐鸣，战鼓喧天，美女鼓手步伐整齐，男士西装革履，脖子上挂着绶带，上面印着"1924"的字样。

演讲人做简短发言之后，游行队伍开始绕广场一周，沿着楼梯登上城堡，绕塔楼一周，然后又沿着楼梯下来，返回广场继续完成仪式。

我不懂俄语，无法理解发言人的讲话内容，正一筹莫展之际，现场掌声雷鸣。

我以为仪式结束了，就退出现场，在林荫道旁的木凳上坐下休息。我取出热水瓶、陶瓷杯和茶叶，准备泡上一杯热茶，润润嗓子提提神。木凳旁的一个时漏模型引起我的注意，我想这可能是俄罗斯人传统的计时模型。

突然，一声巨响，震耳欲聋。我吓了一跳，定了定神，循声望去，原来是纳雷什金棱堡塔楼上的大炮打响，向圣彼得堡市民准点报时。

我看了看表，正午12时。这时，我开始感觉到肚子咕咕叫，便从背包里取出牛奶、面包和黄瓜，权作今天的午餐。

短暂休息后，我继续沿着彼得保罗要塞的主干道前行，不久便到了彼得保罗大教堂。

彼得保罗大教堂始建于1704年，初为圆木结构，是圣彼得堡第一座教堂。为了纪念城市和要塞的守护神——使徒圣彼得和圣保罗，彼得大帝规划在兔子岛上建造当时全俄罗斯最高的教堂，由建筑师特雷齐尼负责设计。

1712年，新教堂奠基，1733年完工。新落成的教堂塔尖高123米。塔尖顶部有一个直径为2米的镀金球体，上有一位天使。她右手持6米高的十字架，左手指向天际，展翅飞翔，无远弗届。镀金球体内装有自动旋转装置，手持十字架的天使，也是城市的风向标。

塔尖金碧辉煌，荣耀天际，还得益于专业人员的定期保洁和维护。据说，1997年，保洁和维护人员对塔尖进行保洁工作时，在天使裙角的褶皱处发现了一个瓶子，里面装着一张纸条。纸条是1953年的保洁和维护人员留下的。上面写道，为了迎接圣彼得堡庆祝建城250周年大典，他们时间紧迫，任务繁重，对塔尖的保洁工作做得不够细致、不够完美，对此深表歉意。

据说，1997年的保洁和维护人员也在瓶子里留下一张纸条，放回原处。后来的保洁和维护人员发现瓶子和纸条，交给教堂管理人员。教堂对其中内容却一直秘而不宣，引起外界的种种猜测。

俄罗斯拥有众多的东正教堂，彼得保罗大教堂独一无二，别具一格。从外部结构上看，俄罗斯大多数东正教堂的主教堂和钟楼各自独立；而彼得保罗大教堂则独具一格：主教堂和钟楼连成一体。

彼得保罗大教堂的内部结构也是独具风格。一般东正教堂划分为中殿、圣障和圣殿。中殿是举行宗教仪式时供信徒站立的地方，区域较大；圣殿是神圣或平安之地，内设祭坛；圣障是分隔中殿和圣殿的屏帷，上面用华丽的圣像装饰。

圣障分为中门和两扇侧门。中门又称"神圣之门"，是最高规格敬拜的通道。两扇侧门是牧师和圣徒敬拜时的通道。

通常，圣殿高于中殿3级台阶。彼得保罗大教堂的圣障，只是略高于中殿，圣障也不是一堵墙或一面屏障，而是设计成一座高塔，造成一种圣障高于圣殿的错觉，增添了一份神秘感和神圣感。

彼得保罗大教堂是俄罗斯罗曼诺夫王朝沙皇及其皇后的安息之地。从彼得大帝到尼古拉二世，除了彼得二世（安葬于莫斯科克里姆林宫的天使长大教堂）和伊凡六世（安葬于什利谢尔堡或霍尔莫戈雷，暂无定论）外，全都安葬于此。

俄罗斯政府一直努力寻找末代沙皇和皇后的遗骸。在国际协作和新技术的帮助下，该工作取得进展：1998年7月17日，在沙皇尼古拉二世及其至亲于叶卡捷琳堡被秘密处决80周年之际，他们的遗骸被安葬于彼得保罗大教堂，时任俄罗斯联邦总统叶利钦出席葬礼。

2006年9月28日，在俄罗斯和丹麦两国政府的努力下，根据当事人生前遗愿，沙皇亚历山大三世的妻子、俄罗斯末代沙皇尼古拉二世的母亲——玛利亚·费奥多罗夫娜皇后的遗骸，从丹麦罗斯基勒大教堂（Roskilde Cathedral）迁葬于彼得保罗大教堂，长眠于丈夫墓旁。

目前，彼得堡罗大教堂里共有52座陵墓，其中包括彼得大帝的陵墓。说是陵墓，实际上是白色大理石棺，墓石正面是墓碑，墓石上面装饰着镀金青铜十字架,墓石的4个棱角各装饰着镀金青铜双角雕。大教堂皇室大公墓的墙上装饰着玻璃彩绘耶稣基督,栩栩如生,十分耀眼。

钟楼是一座大教堂的重要组成部分,具有建筑和宗教意义。彼得保罗大教堂的钟楼与众不同。一楼是皇家陵墓。塔尖上装设有避雷针装置,使大教堂免遭雷电袭击。钟楼上层设有观景平台,在教堂开放期间,每天中午12点至下午6点,向游人开放。

钟楼内有一组编钟,铸造工艺精湛,共51个,编成4个完整的八度音程,可以演奏大多数古典或现代乐曲。钟楼定期举行编钟音乐会,编钟的音色清脆悠扬,穿透力强,可独奏、合奏或为歌唱、舞蹈伴奏,具有很强的音乐表现力。

彼得保罗大教堂正门左侧有一栋黄白相间的两层建筑,是彼得保罗要塞警备司令官邸旧址。官邸前是一个花园,内有一座彼得大帝铜像。

彼得大帝铜像别具风格。乍一看,彼得大帝坐在宝座上,坐姿生硬,神情呆滞。他的头部偏小,身躯偏大且长,头部和身躯的比例明显不协调。他的脖子太短,头部往下陷。他的膀臂明显长于前臂,手指过于细长。他的双手不是轻松自然地放置于宝座的扶手上,而是用力紧张地往下压着扶手。现代的雕塑风格和古色古香的环境似乎也不太协调。

但是,我转念一想,一个艺术家,能够为彼得大帝铸造铜像,一定不是平庸之辈;一件艺术作品,能够在彼得保罗要塞占有一席之地,一定不是平庸之作。

生活经验一再告诉我,不能以貌取人;人生阅历也一再提醒我,更不能以外在形象判断艺术品的内在价值。

我查了有关资料,果然发现这座铜像大有来头。它出自俄罗斯著名的画家、雕塑家、舞台设计师米哈伊尔·舍米亚金之手。舍米亚金生于1943年,是个敢于打破传统艺术条条框框束缚的人,早年曾在埃尔米塔日博物馆工作,致力于宗教题材的圣像画创作。苏联时期,曾遭到放逐,先后定居于法国和美国。1989年,舍米亚金回国,继续从事艺术创作,曾在莫斯科和圣彼得堡举办个人艺术展。

在莫斯科城市中心波洛特广场上有舍米亚金的"儿童:成年人邪恶牺牲品"主题雕塑,颇受争议。在圣彼得保罗伯斯庇尔滨河路上的斯芬克斯雕像(政治压迫受害者纪念雕像)、参孙修道院墓园内城市建筑师纪念碑都获得国内外的好评。

他的艺术作品入选美国纽约大都会博物馆、俄罗斯国家博物馆、莫斯科特列季亚科夫画廊等世界著名博物馆和艺术馆馆藏。时任俄罗斯联邦总统梅德韦杰夫曾亲自接见这位俄罗斯当代伟大的艺术家，充分肯定了舍米亚金的艺术成就。

1991年，舍米亚金根据埃尔米塔日博物馆中馆藏的彼得一世逝世后拓制的脸部模型和拉斯特雷利所创作的彼得大帝蜡像，创作了彼得一世铜像，放置于彼得保罗要塞。这件作品有悖于传统艺术规则，引起极大争议。当铜像运至彼得堡罗要塞，在场人员都惊呆了：这是彼得大帝？但舍米亚金以极大的热情投入工作，感动了所有的人。大家都兴致勃勃，又小心翼翼地把铜像的安装工作做到尽善尽美。

如今，近30年过去了，作品引发的争议渐渐平息。人们普遍接受了艺术家的独特表现手法，原有的不匀称、不协调、不融合、不和谐……都融入了人们的审美心理机制，成了人们内在的审美情趣和审美标准。

人们可以站在彼得大帝铜像旁边或坐在他的大腿上照相。俄罗斯人相信，用右手摸一摸他的手指，还能带来好运气。无独有偶，美国人也相信，到哈佛大学校园内用手摸一摸哈佛雕像的脚趾或脚背，能给求学的人带来好运。

艺术家在传统氛围中的创意，是灵感和远见；在古老文化中的创新，是胆识和智慧。

我离开彼得一世铜像，走过大教堂广场，就到了彼得保罗要塞的另一座大门——涅瓦门。涅瓦门是新古典主义风格的拱门结构，是建筑师多梅尼科·特雷齐尼在1727—1731年间的建筑作品。涅瓦大门又称"死亡之门"。当时，关押在监狱里死囚都经过这座拱门被押赴刑场。

拱门内侧的建筑原是警卫营房、仓库和监狱，如今已改成小型印刷博物馆、图片印刷作坊和画廊。在图片印刷作坊，游客可以体验俄罗斯传统印刷技术（如平版印刷或单面印刷）的印制过程。还有一个小型画廊，展出俄罗斯当代艺术家以圣彼得堡历史文化为题材的作品，供游客选购。

从画廊出来，经过一个拱门。拱门上有一个标记，记录着1824年11月19日圣彼得堡遭遇的历史上最大的洪水灾害。过了拱门，就到了涅瓦河畔，这里有一个古老的码头，名叫"警备码头"。历史上，彼得保罗要塞的军需品、生活日用品都通过船运至警备码头卸货。

我走出拱门时，已是下午5点多了。举目远眺，涅瓦河畔，水面开阔，波光粼粼，一片宁静。落日斜阳，霞光万丈，秋色迷人，令人依依不舍，流连忘返。

城市原点：兔子岛

兔子岛旁的兔子塑像

时间不早了，我回身进入拱门，原路返回到圣彼得大门、圣保罗大门、伊万诺夫桥，回到彼得格勒岛。

我穿过亚历山大公园，蓦然回首，兔子岛沐浴在涅瓦河波光粼粼中，彼得保罗要塞屹立于万道霞光之中。

世界上任何一条河流都有源头，任何一座城市都有起点。一座城市的起源反映了一座城市的历史文脉，是一座城市的文化缩影和符号标志。

罗马始建于台伯河下游平原上的7个山丘上，"七丘之城"成为罗马的标志性原点。

伦敦始建于加农街火车站对面大楼（现为中国银行大楼）内的一圈铁栅栏内的那块"伦敦石"所在的位置。"伦敦石"是伦敦标志性的古城中心和现代城市的原点，被誉为伦敦的守护神。

巴黎始建于旧城岛（西岱岛）上，建都有1400多年的历史。在美丽的塞纳河畔的巴黎圣母院广场上，地面一块石头上刻着"零点"标志，是巴黎乃至全法国所有道路的里程起始点。

伊斯坦布尔的奥古斯都金色里程碑（Milliarium Aureum）坐落于奥古斯塔广场附近。这个石碑是伊斯坦布尔城市的原点，也是当时罗马帝国各个城市距离的里程起点石碑。

北京起源于周武王建立周朝时分封弟弟召公于蓟（今天的广安门附近），这里是北京建城之始点。蓟城，是北京的原点。

深圳起源于14世纪的大鹏所城。大鹏所城已有600多年的历史。大鹏所城是深圳城市的原点。

圣彼得堡的城市原点在兔子岛。兔子岛是圣彼得堡历史原点，是今日的城市中心，也是未来城市的摇篮。

在俄罗斯，如果说莫斯科是俄罗斯的心脏，那么，圣彼得堡就是俄罗斯的灵魂。在圣彼得堡，如果说兔子岛是圣彼得堡的历史缩影，那么，彼得保罗要塞就是圣彼得堡的文化标志。

圣彼得堡，是彼得大帝向西方世界敞开的一扇窗户；兔子岛，是彼得大帝励精图治的象征；彼得保罗要塞，是彼得大帝富国强军的纪念碑。

第一座花园：夏花园

9月20日星期六

第一座花园：夏花园

第一次阅读到有关圣彼得堡夏花园资料时，我想起世界八大奇观之一的古巴比伦国王尼布甲尼撒宫殿：在波澜壮阔的幼发拉底河畔，伊斯塔门巍峨耸立，凯旋大道宽阔笔直，夏宫金碧辉煌，空中花园在阳光下熠熠生辉，通天塔直插云霄。

圣彼得堡的夏花园（Summer Garden）位于涅瓦河南畔，是一个四面环水的小岛：北濒涅瓦河，南与莫伊卡河和米哈伊洛夫城堡（Mikhailovsky Castle）相望，东临喷泉河，西与战神广场隔着天鹅运河遥相呼应。

夏花园是圣彼得堡第一座花园。彼得大帝喜欢法国园林，梦想拥有一座比法国凡尔赛宫更宏伟的花园。1704年，彼得大帝在他的私人医生、荷兰园林设计师、俄罗斯医院和医学院创始人尼古拉斯·比德鲁（Nicolaas Bidloo，1672—1735）的协助下，亲自设计了这一座具有浓郁法国风味的园林式花园：布局对称，小径通幽，绿草如茵，灌木齐整，榆树林立，橡树参天，被誉为"北方之都的凡尔赛"。

夏花园也是俄罗斯第一座铺设喷泉的园林。为了让夏花园充满灵气和情趣，彼得大帝仿照法国凡尔赛宫花园，在园内构筑一个庞大的喷泉系统。

他们从英国购得一套精密的喷泉动力装置。园内地下管道系统纵横交错，四通八达。园内各处共有32座大理石喷泉，造型多姿多彩，形态妙趣横生，主题均取材于古希腊民间故事《伊索寓言》。喷泉供水源自花园东侧的运河，该运河因此得名"喷泉运河"，即今天的丰坦卡运河。

夏花园也是俄罗斯第一座雕塑园林。彼得大帝喜欢欧洲艺术，在花园内安置的众多雕塑作品，大多出自意大利著名雕塑家之手。当时，俄罗斯驻外使臣为了迎合彼得大帝的趣味，从欧洲各地购得不少名家名作。根据1736年的统计资料，在短短的20年时间里，夏花园内就竖立起200座雕塑，数量最多时有250多座。

1777年，圣彼得堡遭受了一次罕见的洪灾。洪水过后，夏花园一片狼藉：花草黯然失色，树木被连根拔起，喷泉失去风采。女皇叶卡捷琳娜亲自主持夏花园的重塑工程，使园林恢复了原有的风采。

树木可以栽种，花草可以培植，喷泉也可以重建，而遭受灾难的雕塑精品却风采不再。那些价值连城的雕塑作品，横七竖八，碎落满地，损失惨重。

那些躲过洪水浩劫的雕塑，经历过多次自然灾害的考验、严冬雨雪风霜的洗练和战争期间炮火的轰炸，目前完整的仅剩89座。这些珍贵的雕塑作品有的珍藏于米哈伊洛夫城堡，有的仍然安置于夏花园里，供来自世界各地的游客观赏，也为艺术爱好者提供了临摹的范本。

今天，夏花园内共有89件雕塑作品，每一件都精彩绝伦。归结起来，这些雕塑作品可分为3个主题：寓言故事、神话人物和历史人物。

寓言故事人物雕塑有真理（Truth）、美丽（Beauty）、信仰（Faith）、高贵（Nobility）、荣耀（Glory）、胜利（Victory）女神等。神话人物雕塑有主宰一天不同时段的黎明（Dawn）、曙光（Aurora）、正午（Noon）和落日（Sunset）女神等。历史人物往往和寓言、神话故事融合得天衣无缝，相得益彰。如夏花园南面竖立着的"和平与丰饶女神"塑像，是意大利巴洛克时期著名的雕塑家皮埃特罗·巴拉塔（Pietro Baratta，1659—1729）于1722年创作的经典作品。女神雕塑让人想起俄罗斯在"北方战争"中完胜瑞典这一历史时刻。随着"北方战争"的胜利结束，俄罗斯取得了波罗的海的完全控制权。

在夏花园的东北角，有一栋两层楼的建筑，这就是彼得大帝的夏日宫殿(Summer Palace)。历史上，该宫殿只是彼得大帝和家人避暑的临时宫殿。

宫殿出自当时杰出的建筑师特雷兹尼之手。与不远处的富丽堂皇的冬宫(Winter Palace)相比，夏日宫殿显得格外简朴，没有供暖装置，只有上下两层楼，每层只有7个房间。彼得大帝住在一楼，皇后叶卡捷琳娜和孩子们住在二楼。

今天，夏日宫殿是一个博物馆。宫殿内陈设着19世纪早期的家具和彼得大帝个人藏品，反映出彼得大帝的个人爱好和审美情趣。檐壁精雕细琢，装饰着29件精致的浮雕作品。浮雕栩栩如生地再现了古希腊罗马神话故事和俄罗斯在北方战争中大获全胜的战争场景。

夏花园也承载着俄罗斯民族文学之梦。普希金的诗体小说《叶甫盖尼·奥涅金》（*Eugene Onegin*，1833）故事的背景是圣彼得堡和莫斯科。

第一座花园：夏花园

在圣彼得堡，主人公塔姬雅娜（Tatyana）就曾在夏花园里散步。1878年，柴可夫斯基以普希金的《叶甫盖尼·奥涅金》为基础，创作了同名3幕歌剧。剧中有些布景艺术设计融入了夏花园和运河的元素。

夏花园里，最有文学纪念价值的要数在茶室（Tea House）前不远的伊凡·克雷洛夫（Ivan Krylov，1769—1844）雕塑。克雷洛夫优雅地坐着，双手捧着一本书，正聚精会神地阅读着。

伊凡·克雷洛夫雕像

一个爱阅读的人，令人敬仰；一个不爱阅读的人，也要做一个敬仰阅读者、尊重阅读者的人。

一个爱阅读的民族，令人尊重；一个关怀阅读者的民族，令人仰慕；一个不爱阅读的民族，必定没有民族叙事，注定没有民族书写，必将没有民族未来。

无数人在克雷洛夫读书雕塑前默默地仰望着，沉思着……

克雷洛夫是俄罗斯著名的寓言家，被誉为"俄罗斯的拉封丹"。他的寓言作品在世界上广受欢迎，如《橡树和芦苇》（The Oak and the Reed，1806）、《蜻蜓和蚂蚁》（The Dragonfly and the Ants，1808）、《乌鸦和狐狸》（The Raven and the Fox，1808）、《狐狸和葡萄》（The Fox and the Grapes，1808）、《狮子和蚊子》（The Lion and the Mosquito，1809）、《狮子和老鼠》（The Lion and the Mouse，1834）等，都是家喻户晓的故事。普希金曾称赞克雷洛夫为俄罗斯"最有人民性的诗人"。

在夏花园的南端，有一个清澈见底的池塘。

小小的池塘宛若晶莹剔透的明珠，镶嵌在古木参天、绿树掩映的夏花园内，为幽静的花园增添了无穷的诗情画意。

小小的池塘，历史上曾经辉煌一时，尊贵无比。1839年，瑞典国王卡尔十四世赠送沙皇一个花瓶，以示友好。如今，这个设计独特、工艺精湛的花瓶就立于繁花簇拥的小池塘岸边。小小的池塘和尊贵的国礼，共同见证了俄罗斯和瑞典两国关系的历史瞬间。

小小的池塘，今天仍然光彩夺目，优雅无比。有好几对雍容华贵的白天鹅，每年夏天都如约来到池塘，相濡以沫，情真意切，演绎着浪漫如歌的爱情故事。小小的池塘和优雅的天鹅共同见证了夏花园的宁静和浪漫。

小小的池塘由此拥有了优雅、浪漫的名字——"天鹅湖"，并由此赋予夏花园西侧运河以柔媚纯洁的名字——"天鹅运河"。

9月21日星期日

图书大楼

昨晚，通过查阅圣彼得堡地图，我圈定涅瓦大街商业中心地铁站附近的名胜古迹和文化景观——圣彼得堡大书店和喀山圣母大教堂作为今天的游览地。

今天上午，我搭乘地铁红线（M1基洛夫—维堡线）到起义广场站，转乘绿线（M3涅瓦—瓦西里岛线）至涅瓦大街的商业中心站。今天第一站，是圣彼得堡最大的书店——圣彼得堡书店（The Book House of St. Petersburg）。

圣彼得堡书店位于涅瓦大街28号，坐落在涅瓦大街和格里鲍耶陀夫运河交界处，与喀山圣母大教堂隔街相望。原址是骑术学校，为安娜女皇的重臣所有，后毁于大火。1902年，俄罗斯著名的"歌手"牌缝纫机公司购得这一地块，建成一座3层楼建筑——歌手缝纫机公司大楼。

书店是一座城市闪烁着智慧火花的窗口。圣彼得堡书店被誉为"知识中心"，是艺术家、作家云集之地。他们在这里举办读者和艺术家见面会、新书发布会、艺术讲座、学术论坛、戏剧演出等。圣彼得堡书店让人们感受到圣彼得堡深切的文学情怀和浓郁的文化氛围。

圣彼得堡书店是一座充满俄罗斯新艺术风格的建筑，外墙粗犷，花岗岩贴面，青铜雕像装饰，棱角分明，气势非凡。

拱形正门上方，装饰着新艺术风格的歌手公司大楼标记，上有鎏金大字"Дом Книги"（书店）。

3楼正门两侧各有一座展翅飞翔的女神雕塑。左边是产业守护神——产业之神，右边是航海守护神——海神。歌手公司雄心勃勃，原来计划把公司大楼打造成圣彼得堡最高的地标式建筑。但由于当时法律规定，圣彼得堡这一区域所有建筑不能超过冬宫的高度——23.5米，歌手公司只能另辟蹊径，在主体建筑和大楼顶部寻找突破口。

在主体建筑上，建筑师在圣彼得堡建筑史上率先采用了当时最先进的钢架结构，并在大楼墙面安装巨型落地玻璃飘窗，给人一种向上飘逸、飞升的印象，拓展了主体建筑空间和人们的想象空间。

在主体建筑顶层，加建一个六面玻璃塔。玻璃塔上，一组天使雕塑，双手高高托起一个直径为2.8米的玻璃球体。他们还别出心裁，在六面玻璃塔前，竖立起一座展翅欲飞的雄鹰雕塑。

因此，拱门两侧的守护神雕塑、玻璃塔前的雄鹰雕塑、塔顶上的天使和玻璃球体构成了一幅灵动轻盈、向上飞升的图像，给人以高耸入云、如日中天的感觉。

工程师在墙面装饰上也费尽心思。他们在圣彼得堡的建筑史上率先采用了青铜装饰，错落有致地点缀在浅灰色的花岗岩外墙上，让整座大楼浸润着古色古香的韵调，凸显出典雅高贵的品质。

在内部装饰上，歌手大楼安装有升降电梯、空调系统和自动除雪装置。大楼一落成，就吸引了各大公司纷纷进驻，包括列宁格勒儿童出版社。俄罗斯著名的作家丹尼尔·卡姆斯（Daniel Kharms，1905—1942）和米哈伊尔·左琴科（Mikhail Zoshchenko，1894—1958）都曾经在歌手大楼工作过。在第一次世界大战时期，美国驻俄罗斯苏维埃联邦共和国大使馆也设在歌手大楼。

1938年，俄罗斯最大的图书公司Dom Knigi进驻歌手大楼。近80年来，Dom Knigi始终如一，经营有方，久负盛名，赢得了商业信誉和读者尊重。歌手大楼成了圣彼得堡的文化地标，而圣彼得堡大书店——图书大楼已经成为歌手大楼的代名词。

世界上各个国家、各个民族和各个区域的人民都有各自独一无二的饮食习惯和偏好。在生活中，俄罗斯人爱咖啡，中国人爱茶。咖啡之于俄罗斯人宛若茶之于中国人。书店二楼的歌手咖啡馆，是爱书人十分喜爱的小憩之地。

咖啡馆是书店的自然延伸，四周靠墙是古色古香的书架，摆满林林总总的书籍，中间是一排排独立座位的小桌。人们在书店逛累了，可以到咖啡馆买一杯咖啡，一边喝咖啡，一边看书，消除疲劳，放松心情。

最受读者青睐的是靠近涅瓦大街一侧的巨型落地玻璃窗边的座位。今天，我很幸运地找到一个临窗的座位。我临窗远眺，视野开阔。涅瓦大街上人来人往，车水马龙。

涅瓦大街，一条充满历史沧桑的大街，一条充满人文主义气息的大街，一条充满创新精神和活力创意的大街。

圣彼得堡图书大楼，让圣彼得堡变得灵气十足；涅瓦大街，让圣彼得堡名扬天下。

9月22日星期一

喀山圣母大教堂

  万里碧空之下,喀山圣母大教堂庄严肃穆,巍然屹立。教堂前广场的街心公园喷泉,时而左右摇摆,时而高低跳跃,水柱变化万千,在阳光中晶莹剔透,水珠闪闪发光,水雾漫天飘洒,好像给大教堂穿上了层层曼妙的轻纱。

  喀山圣母大教堂,一座让无数俄罗斯人魂牵梦绕的教堂,一座深深触动着成千上万俄罗斯人灵魂的教堂,一座让来自异国他乡的人心驰神往的教堂。

  昨日午后,我放下咖啡杯,离开咖啡座,走下图书大楼的圆形楼梯,走过涅瓦大街地下通道,来到大教堂广场的街心公园。这次,我要透过层层轻纱,把大教堂读个真真切切。

  喀山圣母大教堂是圣彼得堡最伟大、最宏伟的建筑杰作之一,由俄罗斯著名的古典主义建筑师、画家安德烈·沃罗尼欣(Andrey Voronnikhin,1759—1814)设计,俄罗斯帝国艺术学院(今列宾美术学院)院长、俄罗斯帝国图书馆馆长亚历山大·谢尔盖耶维奇·斯特罗加诺夫(Alexander Sergeyevich Stroganov,1733—1811)监理建造。

  沃罗尼欣出身低微,父母为斯特罗加诺夫家族的仆人。斯特罗加诺夫欣赏他的聪明天资和绘画禀赋,因此,赋予他自由人的身份,资助他到莫斯科、法国和瑞士学习绘画和建筑设计。沃罗尼欣勤奋好学,得名师真传。

  沃罗尼欣学成归国后,在圣彼得堡美术学院从事教学工作,也开启了他漫长的建筑设计和绘画生涯。沃罗尼欣在设计喀山圣母大教堂之前,负责斯特罗加诺夫宫内部装潢工作。他把这座位于涅瓦大街和莫伊卡运河交汇处的华丽宫殿打造成具有浓郁古典主义装饰风格的艺术殿堂。这座宫殿至今依然富丽堂皇、金碧辉煌,成为圣彼得堡著名的博物馆。

  沃罗欣尼设计喀山圣母大教堂时,面临着一个困境。按照东正教传统,所有教堂的正门必须面向东方。涅瓦大街是由西北偏西向东南偏东走向,他若墨守成规,喀山圣母大教堂的正门和涅瓦大街将形成一个叉角,歪歪斜斜，完全违背了古典主义的建筑规范。

然而，教规的精神不在于一成不变，而在于与时俱进；建筑规范的宗旨不在于循规蹈矩，而在于成就建筑经典。沃罗欣尼将大教堂的正门面向涅瓦大街，遵守了古典主义的建筑规范；又将大教堂两侧设计成廊柱向外延伸，发扬了东正教的传统建筑精神。

教堂的正门面向涅瓦大街。正门有6条柱子，其中，两侧柱子（第1条和第6条）比其余4条略粗，是设计师精妙之笔，目的是矫正柱子背光而引起的视觉偏差，取得视觉平衡。每一条柱子都是爱奥尼亚柱式和科林斯柱式的混合体，造型粗犷，工艺精湛。

从柱式可看出古希腊神殿建筑对俄罗斯东正教堂建筑的影响。古希腊神殿建筑中，主要有3种柱式：多立克柱式、爱奥尼亚柱式和科林斯柱式。多立克柱式没有柱础，柱身粗壮，有凹槽，柱身中部微微隆起，柱头用锥状圆盘石和四方石叠加而成。科林斯柱式有柱础，柱身有的是裸身，有的带凹槽。科林斯柱式最大特色是柱头的花叶饰造型。这种造型源自老鼠簕花叶，有规律地向上伸展。老鼠簕花叶装饰则源自一个古希腊传说。公元前5世纪，一位柯林斯老工匠卡利马库斯（Callimachus）到墓地祭拜先人，无意中发现不远处有一个女性墓主人的坟头，摆放着一个竹筐。竹筐是装祭品用的，上有盖子，盖子上用一块石头压实。竹筐下长满了老鼠簕（科林斯特有的植物），花叶受到石块限制，只得沿着外框蔓延展，形状优美，生机勃勃。老工匠深受启发，将老鼠簕花叶形态应用到建筑柱头装饰上。

喀山圣母大教堂正门的柱子上，有科林斯柱式的柱础和柱头的花叶饰，而柱身上带有多立克柱式的凹槽，柱身上部略微收缩，中部微微隆起。多立克柱式和科林斯柱式的结合，集中体现了男性的粗犷美和女性的纤秀美。

正门的横眉装饰简约。横眉上方的三角山墙上，是一组镀金的青铜装饰，古朴典雅，熠熠生辉，象征天堂圣光，光芒万丈，普照寰宇。

正门两旁的游廊形制，呈半圆形向两侧延展，抗衡压力，彰显张力。柱廊的柱头、横眉、天花点缀着浮雕装饰，是俄罗斯古典主义建筑艺术的杰作。

廊柱的两侧尽头各有一座俄罗斯民族英雄的全身雕塑，一侧是米哈伊尔·库图佐夫元帅，另一侧是巴克莱·德·托利元帅。两位元帅在1812年俄法战争中被誉为"俄罗斯的保护者"。他们曾因战略思想不同而彻底决裂,又因俄罗斯取得战争最后胜利而共同伫立于喀山圣母大教堂前,共同注视着同一片蓝天。

教堂大殿装饰繁复。教堂内部空间,用两组科林斯柱组成的柱廊分割成3个功能区:正殿、前厅和副祭坛。教堂的中殿正面是圣坛。

正殿内有一幅喀山圣母像(Our Lady of Kazan)。在西方的基督教、天主教和东正教中,圣母即指耶稣基督的母亲玛利亚。在俄罗斯东正教中,喀山圣母玛利亚像是最高的圣像,是俄罗斯的守护神。据说,圣像源自君士坦丁堡,1438年却神秘地销声匿迹,1579年再次出现时竟然完好无损。据说,原作已失窃,并于1904年遭毁。也有人相信,原作失窃后,于20世纪70年代又重新浮出水面,流入梵蒂冈。目前,挂在教堂正殿的喀山圣母圣像就是一件复制品。

但是,对于俄罗斯东正教徒而言,喀山圣母圣像是原作还是复制品已不那么重要,因为圣母的形象已经深深地镌刻在俄罗斯民众心中,浸润在俄罗斯民族文化基因中,融合于俄罗斯民族的集体记忆中。

俄罗斯人相信,只要喀山圣母圣像在,俄罗斯就不会遭受恶魔铁蹄的践踏。圣彼得堡人相信,只要喀山圣母圣像在,圣彼得堡在任何时候就都不会向敌人屈膝。

在俄罗斯民族文化传统中,喀山圣母的形象随着时间的推移而高大,喀山圣母的基因随着岁月的流逝而强大,喀山圣母的记忆随着星移斗换而强化。

9月23日星期二

读书笔记：《逻辑哲学论》

路德维希·维特根斯坦（Ludwig J. J. Wittgenstein，1889—1951）是西方思想史上个性鲜明的人。

他明明可以凭借家族的地位和财富过上衣食无忧甚至花天酒地的生活，却偏偏对上流社会贵族醉生梦死的生活嗤之以鼻，将继承得来的一大笔财产赠送给姐妹，宁愿过着克勤克俭、粗衣素食的简朴生活。

他明明享有兵役豁免权可游离于硝烟弥漫的战场之外，却偏偏毛遂自荐，自告奋勇，志愿加入奥匈帝国军队，奔赴战火纷飞的前线。

他明明在部队里被安排在长官身边做文职工作，手拿铁笔，抄抄写写，却偏偏拿起枪杆，挺身而出，冲锋陷阵……

结果证明，他在战场上智勇双全，屡立战功。

他以战火洗礼了自己灵魂，以战争的极端经历证明自己"成为一个不一样的人"，也以自己在枪林弹雨中深邃的哲学思考和人生思索，最终写成了在西方哲学史上被誉为革命性转向的短篇巨著《逻辑哲学论》（*Tractatus Logico-Philosophicus*，1922）。用维特根斯坦自己的话说，《逻辑哲学论》已经解决了西方哲学上所有的问题。

维特根斯坦阐述了哲学和世界、语言和世界、语言和思想之间的关系。他认为，哲学是世界的一面镜子，能够反映世界，却无法清晰地反映世界本质；语言是认识世界、把握世界的必要途径和表达自我、表达思想的思维工具，但无法言说世界、无法表达思想的精准样貌。

既然语言无法表达世界和思想，不如跳出语言系统，站在语言系统之外，或许能找到静观世界或参透思想的一面镜子。

不识庐山真面目，只缘身在此山中。

一个人站在庐山巅峰，或许能一览众山小，却不能一览无遗。一个人站在庐山脚下，或许能仰望高山，却只能略见一斑。

一个人走出庐山，远观庐山，才有可能领略庐山的锦绣山色，才能敬仰庐山的雄伟巍峨。

一个人站在一幅画里，无法看清画中的构图、线条、色彩、光线等，因为他本身就是画中的一部分。赏画人站在画外，平视，仰视，俯视，才有可能欣赏画家所要传达的视觉意义。即使画中人能领会画家的真实意图，画中人和画外人的感知和理解也有天壤之别。

有的人置身于生命长河中，却无法把握生命的意义和存在的本质。

有的人在人生巅峰，一切都顺风顺水，一切都无忧无虑，却无限放大自己的聪明才智，同时也放大了能力和欲念，与生命的本真也渐行渐远。

有的人在人生的低谷，一切都逆风逆水，一切都逆心逆志，却过度低估自己的智慧和才干，为远虑近忧所左右，为悲观失望所操控，与自怨自艾、怨天尤人渐行渐近。

有的人身处风平浪静，却又置身于上下左右的矛盾之中：羡慕君临天下的呼风唤雨和云卷云舒，又鄙视安贫乐道的独善其身和默默无闻。

一个人，要识透庐山真面目，要领会一幅画的真实含义，要把握人生的真正意义，需要借助维特根斯坦的镜子，从不同的角度、不同的层面，用一种合适的语言形式或句子结构来表达人生的意义。

如此一来，语言的负担越来越重，语言所依赖的外界系统会越来越复杂，语言所表达的世界会越来越无序，语言的叙述和世界事物、思想状态的距离越来越远，最终导致语言中词句之间、思想不同状态之间的逻辑关系和世界事物之间的空间关系彻底破裂。

一句话，语言无力言说世界。换言之，世界无法被语言言说。

言说，没有意义；言说，徒劳无功；言说，导致世界的混乱。

既然言说没有意义，既然言说导致世界混乱，那么，言说就没有必要，人类就必须保持沉默。他下结论说："对于不可说的东西，必须沉默。"

维特根斯坦的"不可说的东西"，包括世界和思想。他的世界指的是自然界和人类社会。除了自然界、人类社会和思想，宇宙还有什么"可说的"？维特根斯坦的"必须沉默"，实在是一种无奈。

或许，宇宙最佳的表达方式就是沉默！万物沉默，言说无限。

无论是西方先贤"沉默是金，雄辩是银"的教诲、东方哲圣的"谨言慎行"，还是犹太先知"剪除油滑的嘴唇和夸大的舌头"的告诫，都没有完全禁止世人说话，而是要求世人学会说话，做到不该说的不说，该说的还是要说。

关键是要一语中的，点石成金。这就应了中国人的一句话：语不惊人，誓不罢休。

如果言说不比沉默好,那就沉默。如果言说比沉默好,那就言说。即使言说,言说者也要三思而行,也要选择最合适的语言表达方式,让世界得以言说,让思想得以表达,让真理得以揭示。

9月24日星期三

读书笔记：
《身体之重：论"性别"的话语界限》

近来，读了美国学者朱迪斯·巴特勒的《身体之重：论"性别"的话语界限》（李钧鹏译，上海三联书店2011年版），感触颇深。

此书理论性很强，我以前虽然接触过女性主义理论，但是，要理解巴特勒的理论观点，还是需要耐心和耐力。

朱迪斯·巴特勒（Judith Butler, 1956— ）是美国哲学家和性别理论家，在女性主义批评、性别理论、伦理学、政治哲学、文学理论等方面均颇有建树。她早年求学于耶鲁大学，自1993年始，任教于加州大学伯克利分校修辞和比较文学系，主要著作有《性别麻烦》（*Gender Trouble: Feminism and the Subversion of Identity*, 1990）、《模仿与性别反抗》（*Imitation and Gender Insubordination*, 1990）、《消解性别》（*Undoing Gender*, 2004）、《欲望主体》（*Subjects of Desire*, 2012）等。

《身体之重：论"性别"的话语界限》一书在《性别麻烦》的基础上，进一步明确了身体的物质性和性别的述行性，更深入地阐明了作者有关身体和性别的"性别述行"理论。在柏拉图、拉康、福柯、弗洛伊德、德里达等人相关理论的观照下，深刻地揭示了霸权话语在构建身体、性别、性属和界限等过程中所发挥的潜移默化却粗暴扭曲的作用，预示人类在构建身份认同中的排他性、复杂性、开放性和不确定性。

作者认为，性别构建是一个动态过程，性别意识具有自我约束力，性别规制力是一种生产力，性别界限具有控制身体的强大力量。在现代社会，性别界限越来越清晰，越来越具有物质化倾向，人类非但没有完成自我身份的构建和认同，反而强化霸权话语在性别构建和认同中的力量。

简言之，性别界限并没有像人们渴望的那样，让人类获得更多的自由、愉悦和幸福。相反，性别界限的明确性、具象性和物质性，让世上的男女陷入了身份构建和认同的重重矛盾之中。

由此，我想到了我们学校的保洁员张姐。她或许可作为朱迪斯·巴特勒《身体之重：论"性别"的话语界限》一书的注解。

在我们学校的卫生间，有一条不成文的卫生标准，地干台净无异味。一个小小的卫生间，最能体现一个学校的管理水平和校园的文化品位。

张姐是学校后勤部门一名普普通通的保洁员，工作职责就是保证卫生间符合卫生标准。

张姐是个爱干净的人，衣装整洁，头发自然，素颜里透出灵秀，笑容里饱含淡雅。她也是个天生的乐天派，爱跳炫动的广场舞，也爱唱传统的河南戏，喜欢时下流行歌曲。

张姐干起活来毫不含糊，一丝不苟，忠于职守。她拖着地板、刷洗手盆、冲洗厕位，嘴里哼着常香玉《花木兰》中的"自那日才改扮乔装男子"，或《李双双》中的"我盼你早回来同叙家常"，或《白蛇传·断桥》中的"恨上来骂法海不如禽兽"中的名段。

她唱河南戏，虽谈不上字正腔圆、抑扬顿挫，但吐字清晰、神情专注、声情并茂、有板有眼，颇有河南传统大戏的韵味。

她以辛劳换来了一方净土，以歌声装饰了一片天地。

有时，我急匆匆走进卫生间，发现张姐在里面忙着，我想退出，多半是因为觉得不好意思，毕竟男女有别，小半是为了不打搅她工作，毕竟此时此地是她的舞台。

她完全可以像其他保洁员一样，在卫生间门口竖起"清洁中……"的牌子，将匆匆而来的人们拒之门外，而她却落落大方，笑眯眯地说，"您先用卫生间吧"。她主动退出男卫生间，到隔壁的女卫生间忙去了。此时，我心中感激之情油然而生，伴随而来的是一份愧疚感。我感激，因为她牺牲了自己的工作进度，将方便让与他人；因为她宁可自己不方便，也要成全他人的方便。我感激，因为她在匆匆的冲洗中，还着急着他人的着急；因为她在急忙的洗刷中，还念想着他人的念想；因为她在繁复的拖动中，还在牵挂着他人的牵挂。

我愧疚，因为我身处男女界限泾渭分明的境域，始终无法像她那样气定神闲地摆脱与异性狭路相逢时那种手脚慌乱的窘境，始终无法像她那样神态自若地享受男女擦肩而过时那份嫣然一笑的奇妙。我愧疚，因为我心中"男女有别"的意识仍然束缚着我的思想，左右着我的行为，依然让我无法从容淡定地与男性和风细雨地交流思想，或自由自在地与女性无私地分享快乐。

在现代社会，文明让男女界限越来越清晰，技术让性别界定越来越严格。这确实让人们的生活越来越方便，但未必让人们感到幸福。很多时候，清晰的男女界限和严格的性别界定，或许就是人们失望，甚至绝望的原因；或许就是人们郁闷，甚至愤怒的根源；或许就是人们抑郁，甚至痛苦的缘故；或许就是人们不满，甚至仇恨的起源。

或许，宽泛的男女界限才是人们通往无边风景的一扇小窗，模糊的性别意识才是人们通往人生至福的一扇大门。

可惜，人们封堵了一扇大门，又关上了一扇窗户。

执着于男女界限，让人们迷失方向；执着于性别界定，让人们失去幸福。

或许，我们应像儿童一样生活。女子7岁，齿更发长之前，男女无别，天真烂漫；或丈夫8岁，发长齿更之前，性别无异，天真无邪。

或许，我们应像古人一样生活。饮食男女，回归上古天真年代，男女若一，定能独立守神，把握方向；定能阴阳和谐，守望幸福。

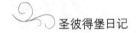

9月25日星期四

卢甘斯基钢琴独奏音乐会

今天晚上,要到圣彼得堡爱乐乐团音乐厅(大厅)欣赏卢甘斯基钢琴独奏音乐会。

因为初到圣彼得堡,不熟悉音乐厅位置和交通路线,因此,今天下午我就离开图书馆,搭地铁到圈楼站。走出地铁站,我围绕商业中心大楼走了一圈,仍然没有找到通往艺术广场的方向。

正在犹豫之际,我看到一个年轻的妈妈,带着一个小女儿,迎面走过来。她大概是从幼儿园接女儿回家。我忙上前用英语打了个招呼,并把音乐会门票给她看。她明白我的意思,想了好一会,才用英语说:"This way, go ahead, cross the Nevsky Prospect, to the Art Square, on the right.(这条路,往前走,过涅瓦大街,到艺术广场,在右边。)"

她讲英语很慢,但是发音很标准,十分清楚地告诉了我音乐厅的方向和位置。

显然,她是当地人,对附近十分熟悉。她刚才想了半天,并不是不熟悉路线,而是在思考如何用英语将音乐厅的方向和位置尽可能清楚地告诉一个初来乍到的外国人。

她做到了,十分礼貌,礼数周全,让人暖心。这是我对圣彼得堡普通市民的初步印象。

我穿过涅瓦大街,沿着米哈伊洛夫大街(Mikhailovskaya Street)前行,左侧是1875年开业的欧洲大饭店(Grand Hotel Europe)。在圣彼得堡,建筑物鲜有英文标识。当我看到大饭店门前的"Grand Hotel Europe"字样时,内心的亲切感油然而生。

我欣赏着大饭店古朴的建筑外墙,无意间抬头一看,眼前一亮:在米哈伊洛夫大街尽头有个广场,广场中央耸立着一座巨大的雕塑。我意识到,那就是圣彼得堡艺术广场(Art Square)。

我不由得加快脚步,穿过意大利大街(Italianskaya Street),走上艺术广场的通道。

艺术广场上绿草如茵,树木参天,俄罗斯伟大诗人普希金的全身雕塑赫然耸立在广场中央。

艺术广场是圣彼得堡标志性的文化广场,艺术氛围浓厚,文化底蕴深厚。广场中央,普希金雕塑面向米哈伊洛夫大街,后面是米哈伊洛夫宫(Mikhailovskiy Palace),即现在的俄罗斯博物馆(Russian Museum)。俄罗斯博物馆旁边,是俄罗斯民俗学博物馆(Russian Museum of Ethnography)。

普希金雕塑的右侧是米哈伊洛夫歌剧院(Mikhailovsky Theatre),左前方是音乐剧院(Theatre of Musical Comedy)和圣彼得堡爱乐乐团音乐厅大厅(Grand Hall)。

艺术广场上的普希金塑像

艺术广场是文化艺术交流的舞台。2000年,圣彼得堡爱乐乐团和俄罗斯博物馆、欧洲大饭店、米哈伊洛夫歌剧院、音乐剧院联合邀请世界著名的音乐家,在艺术广场中央、普希金雕塑前举行了规模盛大的冬季音乐会,获得国际盛誉。

从此,艺术广场每年都定期举行冬季音乐会。艺术广场为世界一流的艺术家搭建了演出交流、同台竞技的舞台,艺术广场音乐节也为商业组织和艺术团体的完美合作树立了榜样。

我在艺术广场及其周边转了一圈，弄清周围主要博物馆、纪念馆、音乐厅和名人故居的位置、入口和开放时间、门票等信息。我相信，以后我会经常光顾这一带。光是俄罗斯博物馆，就值得我多次参观。

6点40分，我回到音乐厅门口，等候入场。7点，工作人员打开大门。观众持票入场，十分安静，秩序井然。观众入场后，并没有直接进入座位，而是先到楼上的休息大厅休息。

休息大厅内暖意融融。人们寄存了厚实的外套，衣装焕然一新，精神为之一振。休息大厅提供各式精美糕点、各种口味的香浓咖啡和具有俄罗斯风味的巧克力。有一种丹麦圆圈烤饼，上面点缀着时鲜水果，令人垂涎欲滴；还有意大利提拉米苏甜点，也让人食指大动。

7点30分，铃声响起；观众们陆续进入音乐厅。我一跨入大门，眼前一亮，心头震撼：6盏巨型水晶吊灯高高悬挂，将整个音乐厅照得灯火通明。

圣彼得堡爱乐乐团音乐厅（大厅）

我按照领座员的指示落座后，定了定神，仔细打量这座宏伟的音乐厅。音乐厅的建筑风格明快，线条简洁，两侧是大理石柱廊，分上下两层。红地毯上一排排座椅整齐划一；座椅为红色天鹅绒面，高雅舒适。墙

卢甘斯基钢琴独奏音乐会

上的装饰性雕刻简朴大方，廊柱的鎏金边饰豪华气派。

这座金碧辉煌的音乐厅奢华华丽，建筑材料高档，音响设备一流，令人惊叹折服。我置身于金碧辉煌中，内心反而觉得空荡荡的。我内心的空荡并非音乐厅的宏伟造成的，而是我对音乐的期望和崇敬所致。

音乐，是我长久以来内心渴望的艺术殿堂，也是让我魂牵梦绕的神秘境地。在现代纷繁和生活喧嚣中，音乐给我带来了生命的感悟和灵魂的洗涤。我一直努力走进音乐世界，却永远无法抵达她的远方。这远方，孕育着一种永恒的力量，吸引我一次又一次地走进音乐厅。

今晚的音乐会，上半场是由钢琴家尼古拉·卢甘斯基（Nikolai Lugansky）独奏、指挥家尤里·特米尔卡诺夫（Yuri Temirkanov）担任指挥，演奏曲目是拉赫玛尼诺夫的《第三钢琴协奏曲》（*Rachmaninov Piano Concerto No. 3*）；下半场则是肖斯塔科维奇的《第十交响曲》（*Shostakovich Symphony No. 10*）。

第三次响铃之后，观众鸦雀无声，等待着音乐会的开始。钢琴家尼古拉·卢甘斯基刚从舞台侧面出现，观众就以热烈的掌声欢迎他，用掌声欢送他到琴凳上。他刚一落座，整座大厅顷刻之间鸦雀无声。

拉赫玛尼诺夫的《第三钢琴协奏曲》深沉宽广、气象阔大，对钢琴家的演奏要求很高，钢琴家要有娴熟的演奏技巧、很高的音乐驾驭能力和充沛饱满的情绪。

卢甘斯基深沉稳重，自信超然，得心应手，琴键在他的指尖灵光四射，将拉赫玛尼诺夫的音乐形象演绎得惟妙惟肖，将音乐色彩挥洒得淋漓尽致。

拉赫玛尼诺夫的钢琴协奏曲被人称为"上帝之音"，卢甘斯基的琴声则是天籁之音。

上半场结束时，观众报以雷鸣般掌声，经久不息。卢甘斯基一再鞠躬致谢。观众的掌声愈加热烈。

音乐家们在观众的掌声中离开舞台，观众的掌声仍持续不停，节奏越来越强，观众高呼，"Encore"（再来一个），"Encore"。

卢甘斯基一人再次登台，观众再一次用热烈的掌声将他一路送到琴凳上；当他坐回琴凳上时，观众的掌声不约而同地停了下来，全场再度鸦雀无声。卢甘斯基加奏了一首钢琴曲。

最后一个音符结束，观众席上又爆发了雷鸣般的掌声。卢甘斯基一再鞠躬致谢，在观众热烈的掌声中离开舞台。

我对音乐是个门外汉，充其量只是个音乐爱好者，不能对音乐家和曲目做出恰如其分的评论。在此，只谈谈个人的思考。

在音乐会上，只有两种声音。音乐家们以天籁之音将情感传递给观众，观众以雷鸣般的掌声表达了对音乐的热爱和对音乐家的爱戴。除了乐声和掌声，别无杂音。在乐曲的过渡性停顿时，观众寂静无声；在乐章之间，观众更是鸦默雀静。

这是一种艺术境界，是音乐家和音乐爱好者共同追求的艺术境界。音乐家凭着天赋和对音乐的热爱，经过多年的专业训练，有了很高的音乐造诣。普通老百姓凭着对音乐的热爱，经过长期的艺术熏陶，有了很高的音乐鉴赏水平。

西方音乐追求原声，乐音应尽量反映乐器的物理本真属性或人声的自然本色。因此，西方很早以前，就不惜工本，花费大量的人力物力，建造宏伟而封闭的音乐厅，安装高保真的音响设备，把音乐家和观众局限在一个特定的空间里，追求十全十美的音乐清晰度，力求百分之百地展现原音。

西方人对原声的追求，与他们崇尚理性有关。

中国文化传统崇尚感性，促使中国音乐走上一条和西方音乐不同的发展道路。中国音乐产生于高山流水之间，以大地为舞台，以天空为帷幕，追求乐音和大自然的莺啼鸟鸣、风声雨声等自然音响的完美融合，甚至电闪雷鸣、马嘶犬吠都可自然地融进音乐中。节庆时，演奏场外的爆竹声、叫卖声、吆喝声等，更能增添节日的气氛和音乐的魅力。

中国音乐打破高墙的束缚和环境的桎梏，让乐音拥抱自然音响，让音乐走进平常百姓人家。

中国音乐无拘无束、自由自在，真正彰显了中国普通老百姓的现实生活、审美理想和艺术追求。

9月26日星期五

读书笔记：《快乐工作的方法》

为了自己的生存，我们必须工作；为了养家糊口，我们必须工作。为了工作，我们放弃了很多东西，如快乐、幸福、愉悦……

许多时候，工作让我们郁闷、忧愁、焦虑……总之，工作让我们不快乐。

丹·米勒的《快乐工作的方法》告诉我们，我们应该打破固有的思维模式，重新认识自己和从事的工作，让工作变得快乐，让工作变得充实，让工作变得有意义。

由丹·米勒的《快乐工作的方法》这本书，我想到了在我们学校饭堂工作的陈叔。

在我们学校饭堂，有一条不成文的环保规矩，就是大家用过餐，自觉地将餐具拿到餐具回收处，将残羹剩饭倒入分类垃圾桶，把餐具分类放到固定位置，方便分类清洗。

在用膳高峰期，饭堂安排了一位员工站在餐具回收处负责接收师生员工用过的餐具。

陈叔是学校饭堂的一名普通员工。他手脚麻利，能快速将餐具分门别类，使碗筷盘碟各得其所。

面对每一位师生员工，他总是点头致意，笑脸相迎，为饱餐后的人们再增加"一道菜"，为大家平添一份满满的幸福感。

陈叔手脚麻利地接过碗筷盘碟，动作娴熟地倒掉残羹剩饭，准确无误地分门别类，干干净净地整理工作台面。

每当递过餐具，我总是怀着感恩之心，深情地道一声"谢谢"。

一个能以微笑接收残羹剩饭的人，一定是心胸宽广的人，如同天空总以自己的辽阔和深邃，无痕地消解四面八方的乌烟瘴气。

一个能以微笑接收污碗脏筷的人，一定是境界疏朗的人，就像大海以自己的无边无垠，默默地容纳天南地北的污泥浊水。

一个能以微笑面对工作的人，一定是有生活品位的人，懂得人间的美味佳肴，体悟生活的五味杂陈，领略生命的五彩缤纷。

圣彼得堡日记

9月27日星期六

歌唱友谊——中俄青年音乐家
共庆新中国成立65周年音乐会

昨晚下雨,清晨放晴,上午阳光灿烂。

早餐后,背起背包,走出宿舍大门。圣彼得堡的天空清澈纯净,天空蓝得让人着迷。经不住天蓝的诱惑和美景的吸引,我临时决定走路到学校图书馆。我以中速行走,路上花了一个半小时,相当于一天的运动量。

行走让我受益匪浅。行走让我节省了车费(单程23卢布),节省了每天锻炼身体的时间,还观赏了沿途的美景,收获了一份难得的好心情。行走让我一举四得。

午饭后,搭乘地铁到圣彼得堡爱乐乐团音乐厅小厅,参加"歌唱友谊——中俄青年音乐家共庆新中国成立65周年音乐会"(以下简称"'歌唱友谊'音乐会")。

"歌唱友谊"音乐会由俄罗斯华人艺术家协会主办,邀请了圣彼得堡国立音乐学院和赫尔岑师范大学音乐学院、戏剧学院和舞蹈学院的中俄青年音乐家,欢聚在圣彼得堡爱乐乐团音乐厅小厅,共同庆祝中华人民共和国成立65周年和中俄建交65周年,歌颂中俄两国的传统友谊。

圣彼得堡爱乐乐团音乐厅小厅(Small Hall)位于涅瓦大街30号,虽然没有大厅(Grand Hall)那么金碧辉煌,但也尽显豪华高雅气派和深厚的历史文化底蕴。

"歌唱友谊"音乐会的演出曲目包括钢琴独奏《浏阳河》《斯克里亚宾第四奏鸣曲》、女高音独唱《长相知》、女高音独唱柴可夫斯基《女巫》中的片段《你在哪里?我的爱人》、小提琴独奏《满怀深情望北京》、男中音独唱《车辄下的铃铛在歌唱》、大提琴独奏《动物狂欢节》中的《天鹅》、女高音独唱《夜莺》、亨里克·维尼亚夫斯基的小提琴和钢琴演奏《G小调与塔兰泰拉舞曲》、女声独唱威尔第的《安宁,安宁》、小提琴独奏《金色炉台》和女声双人合唱新疆民歌《一杯美酒》共12支曲目。

在演出曲目中,我对中国的民歌较为熟悉,对外国的作品《天鹅》和《夜莺》略懂点皮毛。最后一曲是中俄两位青年女歌唱家合唱的新疆

歌唱友谊——中俄青年音乐家共庆新中国成立65周年音乐会

涅瓦大街上的"歌唱友谊"音乐会海报

民歌《一杯美酒》，令人印象深刻，有余音绕梁之感。

《一杯美酒》是一首耳熟能详的新疆民歌，歌词情感真挚、简单明了、意蕴丰富。旋律热情奔放，具有很强的节奏感。我国歌唱家吴碧霞、殷秀梅、谭晶等人对《一杯美酒》都有过精彩的演唱。

我平生第一次在异国他乡听一个外国歌唱家演绎《一杯美酒》，这是十分难得的心理感受和情感体验。俄罗斯歌唱家是圣彼得堡国立音乐学院教授玛利亚·柳金科，中国歌唱家是武汉音乐学院声乐教授李歌。她们声情并茂，边歌边舞，如痴如醉。中国歌唱家李歌对我国民族歌曲的把握十分精准。而令我惊奇的是玛利亚·柳金科，她将《一杯美酒》中一词多音、装饰音、切分音、弱起、附点节奏、音符级进和跳跃等最能体现新疆维吾尔族民歌风格的旋律要素演绎得恰如其分，对汉语歌词的发音咬字也把握得恰到好处，展现了新疆民歌的节奏性和抒情性，体现了维吾尔族人民热情奔放的性格和朝气蓬勃的精神风貌。

中国驻俄罗斯圣彼得堡总领事季雁池携夫人出席了音乐会，与在俄华人教师、留学生和华侨共同庆祝新中国成立65周年。

音乐会结束时，季雁池和夫人走上舞台，和音乐家合影留念。

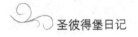

9月28日星期日

皇家花园：米哈伊洛夫花园

昨天下午，当我走出圣彼得堡爱乐乐团音乐厅小厅时，天气晴朗，阳光灿烂。涅瓦大街沐浴在一片金色的阳光中，叶卡捷琳娜运河波光粼粼，米哈伊洛夫花园浸染着层层秋色。

我决定去米哈伊洛夫公园看看，去领略圣彼得堡那座被誉为"世界园林典范"的公园。

米哈伊洛夫公园西邻叶卡捷琳娜运河和滴血教堂（The Church of Saviour on Spilled Blood），东望工程师城堡，南连米哈伊洛夫宫殿（Mikhailovsky Palace，即现在的俄罗斯博物馆），北濒莫伊卡运河与战神广场相望。

公园有东、南、西、北4个入口。多数人选择从叶卡捷琳娜运河一侧的西门进入公园，从涅瓦大街沿着叶卡捷琳娜运河经过滴血教堂，交通方便，风景无限。少数人会从涅瓦大街沿着米哈伊洛夫大街，经过艺术广场，进入米哈伊洛夫宫殿，再从宫殿的北出口直接进入米哈伊洛夫公园。

由于时间关系，我选择了西门。公园入口的左侧有公告栏，张贴着两幅指示图。一幅是最新的公园平面图，显示园内有一个小湖，湖上有一座单孔拱桥，标明是"罗西桥"。我想，这就是由建筑师卡洛尔·罗西设计的桥吧。另一幅是公园历史变迁图，标明公园在历史上几次重大改造工程的时间和事件，附有俄文和英文说明。

公园内的园林设计体现了两种不同的园林艺术风格：法国园林风格，强调对称之美，秩序井然，整齐划一，均衡稳定；英国园林风格，强调自然之美，自由简洁，曲径通幽，浑然天成。

公园内主干道两旁的树木和小径两旁的花草对称成行，体现出一种庄严、有秩序的古典美感。

公园内有大小不一的池塘点缀公园各处，堤岸曲折延伸，打破了古典的对称之美，倒映在池塘湖面的参天大树、低矮树丛、藤蔓花草，虚虚实实，若隐若现，消解了传统园林的稳定性和均衡性。

水中的倒影和岸边的实物相映成趣，交错重叠，真幻交替，虚实对

皇家花园：米哈伊洛夫花园

小池塘和罗西桥

罗西桥

称，形成了新古典主义之美，增强了园林的艺术感染力。

园林风格既反映了时代的时尚元素和社会的审美情趣，也折射出当年园子主人的趣味和追求。

彼得大帝定都圣彼得堡之前，米哈伊洛夫公园及其邻近地区，包括夏花园、工程师城堡和滴血教堂等，是瑞典人的定居点和狩猎场。彼得大帝建造夏花园时，将这一区域都纳入夏花园的统一规划之中。

18世纪中期，女皇伊丽莎白·彼得罗夫娜（Empress Elizabeth Petrovna）下令，让建筑师拉斯特雷利（Rastrelli）重新规划。按新规划，修建了伊丽莎白·彼得罗夫娜宫殿。拉斯特雷利将园子设计成迷宫式的花园，这里曲径通幽，花圃相间，小池清澈见底，喷泉掩映繁花，雕塑点缀林间。整座花园灵动飞扬，面貌一新。

保罗一世执政时期，下令拆除了伊丽莎白·彼得罗夫娜宫殿，在原址上修建了圣米迦勒城堡（St. Michael's Castle），即米哈伊洛夫城堡或称"第一工程师城堡"（The First Engineering Castle）。城堡是保罗一世的寝宫，出于安全考虑，城堡四周修建了护城河，只以吊桥和外界连接。

不幸的是，1801年3月12日，一群刚刚被罢免的军官发动军事政变，冲进保罗一世的卧室，杀死了保罗一世，拥立皇子亚历山大为新君，即亚历山大一世。保罗一世从住进圣米迦勒城堡到被暗杀，仅隔40天。

保罗一世被暗杀后，家人都搬出圣米迦勒城堡。城堡命途多舛，波及周边公园。1822年，圣米迦勒城堡被移交给俄罗斯中央工程学院（The Central College of Engineering），并改名为"第一工程师城堡"。

亚历山大一世继位不久，即任命卡洛尔·罗西重新设计花园，建造米哈伊洛夫宫殿。

罗西完全改变了花园原有的结构对称、方方正正的法国园林风格，将宫殿正面一大块空地设计成具有鲜明英国风格的园林：草地青青，小径蜿蜒，灌木葱茏，姹紫嫣红；小池宛如半月，池岸弯曲，水依堤岸行，堤随水势走，平添了自然和谐的魅力。

另外，在公园北侧的莫伊卡运河上修建了一个码头，方便皇室成员从运河乘船到公园休憩。在码头附近，还修建了一座凉亭，那是皇亲国戚和达官贵人喝茶、打牌的休闲好去处。如今，这座凉亭已改成咖啡小屋。

1881年3月1日，被誉为"农奴解放者"的沙皇亚历山大二世在米哈伊洛夫公园西北侧的叶卡捷琳娜运河边，遭到"民意党人"的炸弹袭击，重伤身亡。

皇太子继位，即亚历山大三世，在其父亲遇刺的地点修建了一座大教堂，即滴血教堂，纪念先皇对国家和民族的贡献。

滴血教堂高高耸立在叶卡捷琳娜运河边，占了米哈伊洛夫公园的一角，丝毫也没有影响园林的整体风格。相反，公园的西侧建起了稳固、大

皇家花园：米哈伊洛夫花园

咖啡小屋（右为莫伊卡运河小码头）

气的铸铁围栏，增添了昔日皇家园林的气派。

米哈伊洛夫公园有着太沉重的历史负担：东边的米哈伊洛夫城堡有保罗一世在政变军人利剑之下的恐惧和挣扎，西边有亚历山大二世在"民意党人"炸弹爆炸声之中的呻吟和鲜血。

米哈伊洛夫公园具有丰富的历史沉淀和深厚的文化底蕴。她所展现的是波澜壮阔的生活画面和艺术世界，她提升了圣彼得堡园林艺术的审美高度，丰富了普通老百姓的审美情趣。

十月革命之后，米哈伊洛夫公园改名为"援助革命战士国际组织公园"（The Garden of International Organization for Assistance to the Revolutionary Fighters），纪念为支援十月革命和苏维埃政权做出贡献的国际组织。

公园被冠以时代性、革命性的名字，反映出思想意识形态的转变。园林布局和服务功能也有所转变：在宫殿前面的那块宽广的草坪上，开辟小径穿越其中，方便普通百姓亲近和观赏花草；园内加建了凉亭，供游人休憩；修建了卫生间和网球场设施；甚至，为了淡化沙皇时代的影响，还特地在那块英式草坪的南侧，即米哈伊洛夫宫殿的正门前，种上一排排参天大树，挡住公众的视线，也遮蔽了宫殿原有的开阔视野。

昔日的皇家园林成为今日普通百姓的休闲娱乐的好去处。

1999年，米哈伊洛夫公园被纳入俄罗斯博物馆。2000年，米哈伊洛夫公园建设跨入了一个新的历史时代。圣彼得堡为了迎接建城300周年庆典，对公园进行重建，重现了罗西的园林风格。设计方案体现了英国园林和法国园林的有机融合：园中中央绿地被修整成不规则的橄榄球形状，而草地外围的装饰则被修剪得整整齐齐、方方正正。

一块草地，规则的和不规则的相映成趣，整齐的和不整齐的相得益彰，均衡的和不均衡的相衬生辉。

一个世界，对称的和不对称的、简单的和复杂的、方的和圆的、横的和竖的，总有宽广的转换空间。

一个社会，老年的和幼年的、中年的和青年的、男的和女的，总有不同的互补角色。

一个人，善的和恶的、美的和丑的、真的和假的，总能站上丰富人性的展现舞台。

9月29日星期一

城市印象

　　来到圣彼得堡，不觉约有两周了。两周来，我领略了天空的湛蓝和大地的辽阔，领略了大街的喧嚣和小巷的宁静，领略了音乐厅的高贵和博物馆的优雅，领略了宫殿的华丽和教堂的宏伟，领略了河流的清澈和桥梁的风韵……

　　圣彼得堡是一座优雅的城市。它守候着历史的期盼，沐浴着神圣的光辉，留恋着昔日的荣光。

　　圣彼得堡，在时代前进的步伐中，似乎缺少了世界其他新兴城市的创新和活力。但是，它拥有世界一些新兴城市所缺乏的高贵品质和传统精神。

10月1日星期三

庆祝国庆

今天是国庆。祝福伟大的祖国繁荣昌盛，国泰民安。

这是我平生第一次在俄罗斯度过的国庆节，也是我平生第二次在国外度过的国庆节。

我第一次在国外度过国庆节，是2000年在美国波士顿。那一年，我受广东省委组织部选派，作为广东省首批高层次管理人才，到马萨诸塞州州立大学波士顿分校接受为期一年的MBA培训。

我们小组共9人，住在马萨诸塞州州立大学波士顿分校邻近的"海港角"（Harbour Point）。那年国庆节这一天，我们邀请学校的华人教师和学生到我们的寓所里聚餐，共同庆祝国庆。场面热闹，人气很旺，令人终生难忘。

如今，我在圣彼得堡，形影相吊，孤独之感油然而生。然而，孤独是我可以相伴的良朋，也是我可以交心的益友。

与孤独为伴，我学会了独处。独处是一种能力，需要聪明；独处是一种境界，需要智慧。

独处之时，一杯清茶在旁，一本好书在手。清茶有金骏眉，好书有杨沫先生的《青春之歌》。

2014年10月1日在俄罗斯圣彼得堡欢度国庆节，我孤单而充实，淡泊而宁静，简单而丰富。

时光荏苒，岁月如梭。

10月2日星期四

圣彼得堡森林技术学院公园

近日，收到校方邀请，给国际交流学院的学生做有关中国茶文化的讲座，我打算以《红楼梦》作为一个切入点。

今天上午，在宿舍准备与讲座有关的中国茶文化的PPT；下午，到宿舍后面的公园散步。

这是一大片枫树林。枫树参天，树干挺拔，树枝圆实，树叶茂密。秋风阵阵，落叶泛黄，空气清新，小径通幽，夕阳斜照，景色迷人。

老年人在林间散步，享受着一年里森林中的最美山色。年轻人步履匆匆，追赶着一去不回的时间。一位女士，40岁开外，拾起一片片金黄色的枫叶，扎成美丽的花束。她手捧着枫叶花束，从山坡那边款款而来，走向山下，消失在斜阳夕照的小径尽头。她将自然的馈赠和秋天的美丽带回家去了。

落叶和鲜花，看似毫不相干，但巧手能化腐朽为神奇。秋天和春天，还隔着冬天，但心灵之化能装扮春夏秋冬。

公园全称为"圣彼得堡森林技术学院公园"（The Park of Saint Petersburg State Forest Technical Academy）。公园的规模很大，东起参孙大街，西近科技大学大道，南近穆林诺大街，北至新俄罗斯大街。

公园原为英国人亚历山大·戴维森（Captain Alexander Davison）拥有，当时人称"英国农场"（The English Farm）。

19世纪初，俄罗斯财政部接管"英国农场"，并筹建森林研究院，对附近一带进行整体规划，包括建一个植物园和一个树木园。如今，植物园和树木园仍然在圣彼得堡森林技术学院的教学和科研中发挥着重要的作用。

植物园内，种植了世界著名的花卉草木。园内还有一座温室，里面四季如春，草木常年茂盛，花卉四季绽放。今天，植物园里繁花似锦，风采依然，只可惜，门口挂上俄文和英文告示牌——"不得入内"。

树木园内，栽种了欧洲具有代表性的树种。当年种植的枫树和松树，历经百年风霜雪雨，依然傲立于山坡上。时值秋天，松树青翠，而枫树都染上了秋色。

树木园的山坡上，有一个小池塘，名叫"约旦池塘"（Jordan Pond），据传已有 200 年的历史。根据《圣经》，约旦河（The Jordan）是神圣的河流。施洗约翰在约旦河用水给基督教徒洗礼。耶稣基督也在约旦河接受施洗约翰的洗礼。根据《马太福音》第 3 章第 13～15 节记载：

当下，耶稣从加利利来到约旦河，见了约翰，要受他的洗。约翰想要拦住他，说："我当受你的洗，你反倒上我这里来吗？"

耶稣回答说："你暂且许我，因为我们理当这样尽诸般的义。"约翰许了他。

当地居民视该池塘为神圣的地方，将池塘命名为"约旦池塘"。每年 8 月 1 日，当地居民都在约旦池塘边举行寓宗教性和娱乐性于一体的游园活动，颇受民众的欢迎。十月革命之后，"约旦池塘"的游园活动逐渐式微。近年来，当地居民重拾"约旦池塘"的集体记忆，将游园活动办得有声有色、热闹非凡。

"约旦池塘"不大，宛若林间一轮弯月。水池清澈，池面如镜，野鸭嬉戏，泛起圈圈波澜。水池上飘荡着一片片金黄的落叶，提醒人们，圣彼得堡秋意正浓。

在"约旦池塘"不远的另一侧山坡上，有一座纪念方尖碑。1917 年，根据苏维埃政府第一任教育部部长（俄罗斯苏维埃联邦社会主义共和国教育人民委员）A. V. 卢那察尔斯基（A. V. Lunarcharsky, 1885—1933）提议，政府将那些在普尔科沃工人起义中牺牲的战士安葬在公园的山坡上，以纪念他们对十月革命的历史贡献。

1927 年 11 月 8 日，墓地上建起了一座木质结构的纪念碑。1953 年，纪念碑残旧，由建筑师维森塔尔设计，修建了一座大理石方尖碑，上面用俄语镌刻着"永远怀念十月革命战士"的字样。

如今，十月革命战士的墓地年久失修，大理石方尖碑也失去了原有的光泽。但从墓地的建筑和方尖碑的气势，我们仍可看出其昔日的荣光和风采。在大理石方尖碑前的几束鲜花无声地告诉人们，曾经有人前来凭吊先烈，缅怀他们的革命功绩。

在历史面前，有人记录历史，有人修改历史；有人撰写历史，有人篡改历史；有人追忆历史，有人遗忘历史……

10月3日星期五

参孙大教堂

阳光明媚，晴空万里。

上午，查阅资料。下午，打算行走大涅夫卡河（Bolshaya Nevka），领略河流两岸的秀丽景色和大桥的风姿，还有大涅夫卡河边的一座远近闻名的教堂——参孙大教堂（Sampsoniyevskiy Cathedral）。历史上，该教堂又称"桑普索尼耶夫斯基大教堂"。

我收拾好背包，带上保温杯和茶杯，还有一小包金骏眉红茶，趁阳光正好、微风不燥，就出发了。

走出宿舍区右转，沿着康特米罗夫卡大街（Kantemirovskaya Street）直走，约15分钟即到大涅夫卡河。站在河岸上，正前方是康特米罗夫卡大桥，桥上车水马龙，对岸的圣彼得堡电视塔高耸入云。圣彼得堡电视塔不是我今天行走的起点。那里是另一次行走的终点。

因此，我没有走上康特米罗夫卡大桥，而是左拐进维堡滨河路（Vyborgskaya Embankment）。维堡滨河路是圣彼得堡交通枢纽的主干道之一，汽车流量很大。我本想穿过维堡滨河路到河岸的近水人行道上，那里安静且近水，景色诱人。主干道上汽车飞驰，等了好一会儿，我都没有机会穿过滨河路，只得放弃这一念头。

我沿着维堡滨河路左侧近建筑物的人行道往下游方向走去。到了近卫军大桥（Grenadier's Bridge），我往左边的小参孙大街（Maly Sampsoniyevskiy Avenue）一看，街道的尽头就是参孙大教堂。那座圣彼得堡历史最悠久的教堂之一，就是我今天行走的目的地。

我兴冲冲地左转入小参孙大街。玛丽参孙大街是一条东西走向的大街，西起维堡滨河路，东至参孙大街，街道两旁停满了汽车，使得本来就不太宽的街道显得更窄，好在行人寥寥无几，我可以按照自己的步伐节奏行走。街道两侧是原汁原味的俄罗斯风格的建筑物。从外表看，这些建筑有些年头了。有一家商场内灯火通明，为我带来了一份安全感。

我站在小参孙大街和参孙大街的交界处，从远处仔细观察这座具有巴洛克建筑风格的参孙大教堂的外观：外墙蓝白相间，朴质无华，凝重厚实，不显浮华，规模也不及喀山大教堂宏伟。

在教堂正面的以蓝色为背景的三角山墙上，有一巨幅的天使浮雕：两个天使飞舞着翅膀，吹着号角，一左一右，托起巨型的十字架；十字架置于中心，远远超出了飞翔的天使的高度，显得格外宏伟，令人瞩目。

参孙大教堂和彼得大帝有着密切的关系。1709年6月27日（俄历），彼得大帝领导的俄罗斯军队打败了瑞典军队，取得了波尔塔瓦会战（The Battle of Boltava）的胜利。波尔塔瓦会战是北方战争中的关键一役，奠定了俄罗斯完胜的基础。

这天正是"好客者参孙"（Sampson the Hospitable）的斋日。参孙（卒于约530年）原是君士坦丁堡的一名医生，他乐善好施，周济穷人，甚至把家改造为医院，免费为穷人治病，有时还提供免费食宿。拜占庭皇帝查士丁尼一世（Justinian the Great，483—565）身患重病，寻遍名医无果，得知参孙仁心仁术，于是宣参孙入宫，为他治病。

参孙医术高明，药到病除，皇帝日渐康复。查士丁尼一世欲以重金酬谢参孙。参孙婉言谢绝，皇帝不依。参孙转而恳请皇帝资助他建造一座专门医治贫苦病人的医院。皇帝欣然同意。

从此，君士坦丁堡有了第一家医院。这家医院在君士坦丁堡服务贫苦病人达6个世纪。

参孙死后被安葬于君士坦丁堡殉道者大教堂。他的斋日是6月27日（俄历），恰好是彼得大帝取得波尔塔瓦会战胜利的日子。

为了庆祝波尔塔瓦会战胜利，圣彼得堡决定在这里建造一座教堂，并起名为"参孙大教堂"。随后，这一带的道路和大桥都以"参孙"命名，如参孙大街和大涅夫卡河上的参孙大桥。

同圣彼得堡的许多教堂一样，参孙大教堂历经俄罗斯风云变化和沧海桑田。1710年，这里建造了木质大教堂。后来，安娜女皇决定重建参孙大教堂，由彼得·安东尼奥·特雷齐尼（Pietro Antonio Trezzini，1692—1760）负责设计，于1728年动工，1740年落成并祝圣。

原教堂只有一个圆顶塔（礼拜堂），后来加建了钟楼和4个圆顶塔。新教堂以石材为主料，比原来的木质建筑豪华气派得多。

1909年，正值庆祝波尔塔瓦会战胜利200周年之际，人们在教堂钟楼内壁上镶嵌了一块铜匾，上面镌刻着彼得大帝在波尔塔瓦会战前夕对俄罗斯将士进行战前动员的鼓舞士气的演讲全文，以纪念在大会战中为国捐躯俄罗斯将士。

同时，在大教堂门前的广场上，竖立起彼得大帝雕塑。这是俄罗斯犹太人雕塑家马克·安托科尔斯基（Mark Antokolskiy，1840—1902）的作品。在苏联时期，彼得大帝雕像被拆，搬到莫斯科特列季亚科夫美术馆（Tretyakov Gallery）收藏。

为了庆祝波尔塔瓦会战胜利300周年，参孙大教堂进行大规模重修，包括圣堂、礼拜堂和壁画等，内部装饰尽显华丽，美轮美奂。关于彼得大帝雕塑，圣彼得堡和有关方面就雕塑物归原处问题反复协商却无果而终，只得在2006年，按照原作品的比例尺寸，仿造了一座彼得大帝雕塑。

20世纪30年代，苏维埃政府将教堂充公，解散了参孙大教堂的神职人员，教堂被挪作他用，甚至一度成了储存蔬菜的仓库。40年代初，参孙大教堂遭到德军炮弹重创，直至70年代才重修。2000年，参孙大教堂作为博物馆向公众开放，隶属圣伊萨克大教堂管理。2002年，参孙大教堂向信众开放，恢复礼拜等宗教仪式。

2017年，参孙大教堂被移交给俄罗斯东正教会。2月5日，参孙大教堂广场举行盛大的交接仪式。圣伊萨克大教堂博物馆馆长尼古拉斯·布尔（Nicholas Boer）将参孙大教堂的钥匙交到大修道院院长手中。

教堂的周围是墓地，安葬着圣彼得堡早期的建筑师多梅尼科·特雷泽尼、让·巴普蒂斯特·勒·布兰德和彼得·米哈伊洛维奇·耶罗普金。

多梅尼科·特雷泽尼（Domenico Trezzini，约1670—1734）是彼得大帝城市规划和建筑的得力助手，他主持了圣彼得堡十二学院（今圣彼得堡国立大学主楼）、兔子岛上的彼得保罗要塞和彼得保罗大教堂的设计和建筑工程。

让·巴普蒂斯特·勒·布兰德（Jean-Baptiste Alexandre Le Blond，1679—1719）曾葬于此墓地。布兰德是圣彼得堡第一代城市建筑师，他的梦想是把圣彼得堡打造成一座花园城市，但壮志未酬身先死。他在圣彼得堡留下的建筑作品不多，代表作品是阿普拉克辛宫殿（Apraksin Palace，1717—1718）。遗憾的是，大教堂饱经忧患，墓地历尽沧桑，布兰德的墓地如今也不见踪影。

彼得·米哈伊洛维奇·耶罗普金（Pyotr Mikhailovich Yeropkin，约1698—1740）也是圣彼得堡第一代城市建筑师，他的建筑作品已无处寻觅。但是，耶罗普金奠定了圣彼得堡城市规划和发展的基础：以海军部为中心，以涅瓦大街、沃兹涅先斯基大街和豌豆大街向外延伸。在城市的任何一处，都可以看见海军部大楼的金色尖顶。不幸的是，耶罗普金因卷入宫廷斗争，于 1740 年 6 月 27 日（俄历）被沙皇处死。

  阿尔捷米·彼得洛维奇·沃林斯基（Artemy Petrovich Volynsky，1690—1740）是当时俄罗斯著名的政治家和外交家，曾深得彼得大帝信赖。后来，沃林斯基被控贪污、失职和阴谋颠覆安娜女皇而被处死。行刑日期是 1740 年 6 月 27 日（俄历），恰好是波尔塔瓦会战胜利纪念日。

  后来，耶罗普金和沃林斯基都得到了平反。两人被处死的日期都是 1740 年 6 月 27 日（俄历），距离波尔塔瓦会战胜利正好 31 年。因此，他们都安葬于参孙大教堂墓园，墓碑相邻。

  参孙大教堂内部装饰华丽，工艺精湛。墙壁上有几幅圣像，是 17、18 世纪的作品。正面的圣像间壁上东正教圣人的画像，是 18 世纪的杰作，每一个细节都精巧极致。

  参孙大教堂的后面是参孙公园。公园内树木参天，绿草如茵，景色旖旎动人，色彩斑斓绚丽。园中有一个长方形的人工湖，清澈见底。夕阳西下，水面波光粼粼，水鸟嬉戏，海鸥飞翔。园内行人稀疏，他们气定神闲，悠然自得。

  凝重肃穆的教堂、轻松愉悦的公园、生机勃勃的清湖，构成一个美丽如画的视觉整体。

  我置身于花繁草绿的景致中，坐在湖边的石凳上，冲一杯金骏眉红茶，顿感神清气爽，思绪飞扬。在异国他乡，对远方的渴望和故国的思念，总能在一杯清茶中找到平衡。

  彼得大帝毕生致力于帝国强盛，梦想着将东方和西方都纳入帝国的版图，而自己缔造的俄罗斯帝国都城，却容不下自己的一座雕塑，是否会有人生遗憾？

  参孙毕生致力于治病救人，不图名利，不图厚禄。如今，俄罗斯的历史永远记住了参孙。

10月4日星期六

"文化中国·魅力新疆"音乐会

我和曾强约定，今天下午5时，在地铁森林站会合，一起乘地铁到瓦西里岛的圣彼得堡少年宫，参加"文化中国·魅力新疆"音乐会。

晚会以新疆维吾尔族、哈萨克族歌舞为主，展示中国新疆少数民族歌和舞的魅力。演出节目中还包括中国杂技传统的《顶碗舞》《飞牌》和《手技》等。

在舞蹈方面，有维吾尔族的《喀什赛乃姆》《花腰带》《朱拉》和《刀郎麦西来甫》等，还有哈萨克族的《少女的美姿》。

在歌曲方面，有男声独唱喀什民歌《亚如》和女声独唱维吾尔民歌《情人》，还有创作歌曲《麦力姆》和《细雨绵绵》等。

有趣的是，9月27日在圣彼得堡爱乐乐团音乐厅小厅"歌唱友谊——中俄青年音乐家共庆新中国成立65周年音乐会"上联袂演唱的俄罗斯歌唱家玛利亚·柳金科和中国女高音歌唱家李歌，今天再次同台演唱新疆民歌《　杯美酒》。和她们合唱的是来访的代表团歌唱家、国家一级演员黄俊萍。她们配合默契，在舞台上演出，达到神而化之的境界。

她们合作演唱的歌曲还有《芦花》。《芦花》选自总政歌舞团2004年创作的大型音乐舞蹈剧《一个士兵的日记》。该剧以一个普通士兵的日记为主线，歌舞和旁白相结合，再现了一个农村青年离开故乡，走进军营，在部队大熔炉中锻炼成长的动人故事，体现了新时期解放军战士的大无畏精神和豪迈情怀。

第一幕，战士（夏小虎饰）背起行囊，手提行李箱离开家乡前夕，恋人（雷佳饰）深情相送，两人依依惜别。青年歌唱家雷佳真情演唱歌曲《芦花》："芦花白，芦花美，花絮满天飞……"抒发了阿妹送阿哥当兵时依依不舍的心情，叮嘱情郎"莫忘故乡秋光好，早戴红花报春归"。

《芦花》由贺东久作词，印青作曲。芦苇是江南水乡最普通的植物，秋天开出白色花朵。芦花和红豆一样，都是南国相思的象征。芦花洁白无瑕、细腻柔美，秋风吹起，漫天飞扬，飘飘荡荡，自由自在，蕴含着两人之间的相思和嘱托。

如今，时值圣彼得堡木叶黄落，百卉凋零。我作为他乡游子，听到动人心弦的《芦花》，脑海里浮现芦花飘落，团团点点，勾起对家乡和亲人的悠长思念。

芦花之歌，心灵之歌；歌唱芦花，歌唱心灵。

《芦花》曲终，掌声响起，我从思念中缓过神来。哦，眼眶热，眼睛红，眼睑湿……

办理门禁卡和借书证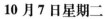

10月7日星期二

办理门禁卡和借书证

下午,我如约来到国际教育学院谢尔盖·波戈金教授的办公室,他一直在协调为我办理图书馆借书证和进入学校大楼的门禁卡。

我敲了敲门,就推门进去。他正好在打电话,看我进来,就结束了谈话,挂了电话,急忙站起来,热情地和我握手问好。曾强为我们翻译,使得我们之间的交流很顺畅,很有效率。

谢尔盖先生将门禁卡和图书证交给我,还打印了一张办理图书证的申请表,贴上了我的照片。借书证还没有生效,他就已经和图书馆的工作人员沟通好相关事宜,但担心我们办理不顺畅,因此在百忙中抽出宝贵的时间,亲自带我们去图书馆办理相关手续。

到了图书馆办公室,谢尔盖先生找到负责人,让他在申请表上签字。工作人员将借书证扫描、加磁,并要求我在一张信息表上填写邮箱等个人信息。两个工作人员分工明确,办事一丝不苟、严肃认真,一切按章办理。

办理好相关手续,工作人员一改刚才严肃认真的神情,脸上挂起了笑容,热情地和谢尔盖先生聊天。她们似乎对我这个远道而来的人十分好奇,时而问问谢尔盖先生,时而问问曾强,还不时转过头来对我友好地笑笑。

从图书馆办公室出来,我和谢尔盖先生道别。看着他那匆匆的脚步,我心存感激。我知道,他作为一个大学一个部门的领导,工作十分繁忙。

夕阳西下,光芒万丈,校道两旁树木参天,路上铺满了金黄色的落叶,谢尔盖先生脚踩树叶的沙沙响声,还有他远去的背影,构成一幅流动的画面,给我留下了美好的印象,成为我日后的长久纪念。

我们转身走进图书馆。图书馆正门设有安全卡道,需要刷借书证入馆。我们来到一楼的借阅大厅。阿强向工作人员说明来意,工作人员十分热情,查验过我的护照后,要求我填好信息登记表,并详细地向我们介绍了借阅流程。最后,他们给我一张单子,上面有图书馆官方资料库网址、用户名和密码等信息。

图书馆没有实行开放式管理，还是沿袭传统大学的图书借阅流程：读者先填写借书表格，填上需要借阅的图书名称、类别、排列序号等信息，交给图书馆工作人员。读者到阅读大厅座位上等候。工作人员找到书籍后，送到阅读大厅，交给读者。

借书证，其重要性不言而喻。我不远万里慕名而来，就想好好利用这所百年名校的宝贵图书资源。我从心里面爱上了这座图书馆。

图书馆实行传统的管理模式，工作人员工作一丝不苟，服务贴心周到，真正体现出以读者为中心的人本思想。只要读者熟悉借阅流程和图书分类简法，借阅图书资料十分方便。图书馆有着丰富的电子资源库，是我们学习和研究的理想场所。

圣彼得堡国立理工大学图书馆组织的讲座内容十分丰富，形式多样。图书馆制订了一年的讲座计划，邀请各领域、各专业的专家学者担任主讲嘉宾，为广大读者搭建一个与主讲嘉宾进行学术和思想交流的平台。

每逢俄罗斯或圣彼得堡重大纪念节日，图书馆和馆内的校史博物馆还举办图片展等展览，拓展了图书馆的服务范围和活动空间，表现出很强的服务意识和很高的服务水平。

图书馆还为广大师生的业余生活搭建交流平台。图书馆在正门大厅专设公告栏，在图书馆主网页上也开辟电子公告栏，公布教工和学生团体组织的体育、娱乐活动的相关信息。

从图书馆公告栏的信息看，学生社团十分活跃，社团根据自身的条件、学生的兴趣和爱好，自编、自导、自演，组织戏剧表演、歌舞表演和音乐会，面向广大师生展示自身才华和自我风采。图书馆在学生素质教育和校园文化建设方面扮演着十分重要的角色。

我在办理借书证时，在信息表上填写了邮箱地址。图书馆十分重视运用邮箱和读者进行交流。

后来，图书馆经常给我发来邮件，相关内容包括国内外最新出版信息、图书馆新入库图书信息、服务质量问卷调查、读者出版意向咨询等。这些都让人感受到这座百年老校图书馆的传统和精神。

卡缅内岛：宫殿和剧院

10月8日星期三

卡缅内岛：宫殿和剧院

今天，我打算去远足，到美丽如画的卡缅内岛上领略岛上的自然秋色，参观文化景观。

前几天，我查阅了地图，计划好行走路线，为这次远足做足了准备。

吃完早餐，我带足了面包、牛奶、热水和一小包金骏眉红茶，就开始了今天的行走。

一开始，我沿着康特米罗夫卡大街走，不一会儿就来到了大涅夫卡河岸。我穿过维堡滨河路，走上康特米罗夫卡大桥（Kantemirovsky Bridge）。

康特米罗夫卡大桥横跨大涅夫卡河，连接阿普捷卡尔岛（Aptekarsky Island）和康特米罗夫卡大街。资料介绍，大桥共有15个跨孔，引桥长度大大超过河面宽度。在河面上，只有3个跨孔，其中，中央桥段是"开桥"。

我走上了康特米罗夫卡大桥的人行道，因为赶路，来不及细细欣赏大桥的宏伟壮观和精致细节。

我过了大桥，向右转入阿普捷卡尔滨河路，行走不久便到了罗普金公园（Lopukhinskiy Park）。我原打算沿着阿普捷卡尔滨河路穿越罗普金公园，这样很快就可以上卡缅内岛桥。但是，公园正在进行升级改造，封闭了滨河路。我只好沿着巴甫洛夫院士大街（Akademika Pavlov Street）向卡缅内岛大街（Kamennoostrovskiy Avenue）方向走去。我到了卡缅内岛大街右转，便走向卡缅内岛大桥（Kamennoostrovskiy Bridge）。

卡缅内岛大桥横跨小涅夫卡河（Malaya Nevka River），连接阿普捷卡尔岛（Aptekarskiy Island）和卡缅内岛（Kamenniy Island）。

此处原是个渡口，1760年修建了一座浮桥；1953—1955年间重建了一座五跨孔钢架结构大桥。桥面的照明灯具保持了19世纪的装饰风貌；桥头有两座胜利方尖碑，也是19世纪的作品。

我走过卡缅内岛大桥，下了引桥，就到了卡缅内岛。映入眼帘的是码头旧址，建有亲水楼梯。楼梯两侧各有一座狮身人面雕像，目光炯炯，注视着河面。

卡缅内岛又称"石头岛",地处大涅夫卡河和小涅夫卡河交汇处,地理位置优越。它北隔大涅夫卡河与维堡区、西隔中涅夫卡河(Srednyaya Nevka River)与叶拉金岛(Yelagin Island)、东南隔小涅夫卡河与阿普捷卡尔岛、西南隔十字架河(Krestovsky River)与十字架岛(Krestovsky Island)相望。

整个卡缅内岛是一个林木公园。园内古木参天,树冠硕大,擎天华盖。时值深秋,秋风习习,凉意袭人,树叶金黄,落叶飘洒,枯叶满地,好一幅迷人的秋景美图。

林木深处有人家。历史上,凡居住在这如仙境般的人家,绝非圣彼得堡普通的平头百姓或等闲之辈,而是俄罗斯为数不多的达官贵人或王公贵族。

18世纪初期,彼得大帝将卡缅内岛赐给外交大臣加夫里尔·戈洛夫金(Gavriil Golovkin, 1660—1734)。戈洛夫金死后,新任俄罗斯外交大臣阿列克谢·别斯图热夫伯爵(Alexey Petrovich Bestuzhev-Ryumin, 1693—1768)成为卡缅内岛的新主人。女皇伊丽莎白·彼得罗夫娜将卡缅内岛赐给后来成为俄罗斯沙皇的彼得三世。

俄罗斯诗人普希金在卡缅内岛上曾有一座郊外别墅。卡缅内岛东端有一座哥特式建筑,白色塔尖,红色墙面,那是施洗者圣约翰教堂。普希金居住在这座郊外别墅时,常常到这座教堂做礼拜。另外,他的两个孩子都是在施洗者圣约翰教堂受洗的。普希金逝世之前,曾住进卡缅内岛的郊外别墅。他生命中最后的诗作就是在这里完成的。

十月革命胜利后,卡缅内岛成为苏维埃政府或军队高级官员的住地。今天,圣彼得堡房地产开发商在卡缅内岛面向社会精英阶层兴建高档住宅。

对普通市民或游客而言,卡缅内岛是休闲漫步的理想场所。对我而言,除了自然景观外,我最感兴趣的还是岛上富有特色和韵味的建筑。

卡缅内岛宫位于卡缅内岛东南岬角处,是一座新古典主义风格的建筑。它采用三段式设计,中央主体建筑突出,左右两翼对称。

主体建筑正面顶层由檐部和三角形山墙组成,正面有一个由6根托斯卡纳立柱组成的柱廊。

黑色大理石台阶、白色廊柱和黄色外墙巧妙对比,组合成令人赏心悦目的色调,创造出明亮大方、高雅和谐的诗意画境。

卡缅内岛宫面向大、小涅夫卡河,正面是荣誉广场。虽时值深秋时

卡缅内岛：宫殿和剧院

节，但广场上依然绿草如茵，草木繁盛，林花绽放。花草树木搭配自然和谐，色彩层次分明，分布错落有致。

广场中心有一个修剪得整整齐齐的圆形花坛，中间点缀着一棵小小的万年松，宛如一个象征胜利和荣誉的月桂花环。

卡缅内岛宫视野开阔，展现出开放、宽容的非凡气度和纵深古奥、兼收并蓄的历史文化感。

在卡缅内岛的东端，还有一座堪与卡缅内岛宫相媲美的建筑物，那就是卡缅内岛大剧院（Kamennoostrovskiy Theatre）。18 世纪末期，卡缅内岛是俄罗斯沙皇、贵族等上流社会居住、社交、休闲和娱乐的重要场所。

就娱乐而言，他们特别喜欢欧洲歌剧。1776 年，叶卡捷琳娜二世邀请意大利作曲家乔万尼·帕伊谢洛（Giovanni Paisiello，1740—1816）到圣彼得堡担任俄罗斯宫廷乐队指挥。

乔万尼·帕伊谢洛担任此职长达 8 年，创作了包括《反仆为主》（*The Servant Turned Mistress*，1781）和《塞维利亚理发师》（*The Barber of Seville*，1782）等在内的著名歌剧。

有趣的是，乔万尼在俄罗斯创作歌剧作品的首次公演地点不是圣彼得堡的歌剧院，而是卡缅内岛上的夏日露天剧场。

在卡缅内岛上建造一座歌剧院一事就提到了沙皇的议事日程上来。1826 年，施马拉戈德·沙司托夫（Smaragd Shustov，1789—1870）受命在卡缅内岛上建造一座剧院，以满足居住在岛上的达官贵人日益增长的娱乐之需。

采用优质原木，他只用了 40 天的时间，就在卡缅内岛西端建造了一座临时剧院。按照原计划，剧院设计的最长寿命为 7 年。然而，它却历经了 17 年寒冬酷暑还完好无损，依然屹立不倒。

当时，这座临时剧院让有关部门左右为难，拆也不是，不拆也不是。要不是洪水侵袭，卡缅内岛大剧院的寿命一定更长。

这就是一个建筑师的良心和风范。沙司托夫于 1810 年毕业于圣彼得堡艺术学院，1826 年任职于圣彼得堡皇家剧院委员会。他的第一项工作就是建造卡缅内岛剧院。凭着自己的聪明才智和一丝不苟的精神，沙司托夫在建筑艺术上处处精雕细琢，把剧院打造成建筑艺术精品，为自己赢得了荣誉。

如今，在圣彼得堡郊区还能看到沙司托夫的建筑作品，最著名的当数基洛夫大街的多尔戈鲁科夫之家（Home of Dolgorukov）。

一座建筑的庄严存立，让建筑师名垂青史。一座建筑在历史时空中巍然屹立，颂扬着建筑师精雕细琢、精益求精的工匠精神。

今天，卡缅内岛剧院是圣彼得堡唯一一座木质结构的剧院。它在欧洲也是屈指可数的。

在近200年的历史进程中，卡缅内岛大剧院历经翻修。1964年，列宁格勒市政府重建卡缅内岛大剧院。新大剧院成了圣彼得堡电视中心第五频道的演播室。新剧院内部结构、装饰和音响设备等都充满了时代气息，但剧院大楼正面外墙和主立面还保留了原初的建筑风格。

2005年，俄罗斯总统普京签署总统令，将卡缅内岛大剧院移交给俄罗斯国家大剧院（Bolshoi Drama Theater），成了俄罗斯国家大剧院托夫斯托诺戈夫剧场（Tovstonogov）。卡缅内岛大剧院随即进行翻修。

翻修后的卡缅内岛大剧院，主立面有8根科林斯式的大理石柱子，构成一个门廊。柱础较矮，柱身为裸柱，柱头的花叶装饰精致细腻。檐顶是一个留空的三角形山墙，内置有主题雕塑。

剧院内部为3层结构，共有750个座位。大厅主色调是柠檬黄，地板用原色橡木铺设。座位的椅子、扶手和凳子都为浅色，天花板上吊着一个巨大的水晶灯。天花板上点缀着藤蔓装饰，简洁明了。窗帘为蓝色天鹅绒，色调和观众座椅靠背的颜色一致，远近交辉。

卡缅内岛大剧院的修复工作取得圆满成功，获得"国际纪念碑金奖2010"。这是国际上对文化古迹修复的最高荣誉奖。

卡缅内岛大剧院的演出节目丰富，日程安排繁忙。每逢剧目上演或举办音乐会，剧院都安排穿梭巴士，接驳十字架岛地铁站和剧场，在演出开始前和结束后1小时内为观众提供免费服务。

卡缅内岛宫和卡缅内岛大剧院是卡缅内岛上古建筑的明珠。

我环岛游览了卡缅内岛，折回到卡缅内岛东端北侧，走上乌沙科夫大桥（Ushakovsky Bridge），横过维堡滨河路和滨海大道（Primorskiy Avenue），来到斯特罗加诺夫公园（Stroganovsky Garden）的入口。

这又是一个美不胜收、满地金黄的公园。我经不住诱惑，进入公园游览。公园内行人不多，树木葱茏。

秋风阵阵，落叶黄，落叶美，落叶满天飞。

我在一张长凳上坐下歇息，冲了一杯热茶。一杯热茶，是我远足时的最佳饮品。一杯热茶，暖手暖身又暖心。

从公园出来，沿着大街北行，来到了黑溪地铁站。站前有一个不大的广场，广场一侧有一个自由市场，出售瓜果蔬菜和日用品。不远处有一间麦当劳，让我眼前一亮。

作为一个游客，在圣彼得堡最不方便之处，就是洗手间难找。在圣彼得堡，即使找到了洗手间，也是收费的，每次 30 卢布左右。

黑溪站，将是日后我购物和行走歇息的又一好地方。将来有一日，我将沿着黑溪逆流而上，寻访普希金的决斗地。

黑溪是圣彼得堡的"决斗之地"，历史上不少著名的决斗都发生在黑溪溪畔。

在黑溪站前广场转了一会，我辨认了行走方向，穿越地下行人通道，找到了黑溪。我沿着黑溪顺流而下，直到大涅夫卡河的黑溪入河口。

黑溪的入河口，视野开阔，景观延绵，长空湛碧，大地澄黄。又见圣彼得堡电视塔和康特米罗夫卡大桥。

我随即左转入康特米罗夫卡大街，踩着夕阳的余晖，伴着长影，回到学校宿舍。

入夜，细雨沥沥，万籁俱静。我顾不得疲劳，抑不住兴奋，整理日记，将今天的足迹转化成文字，将所见所闻、所思所想诉诸笔端。

10月9日星期四

黑溪：一条承载历史的溪流

昨晚下了一场雨，清晨雨停，白天阴雨。我在宿舍继续补充昨天的日记。

在圣彼得堡，我一直关注河流。河流，让一方水土充满生命和活力，让一座城市丰饶灵动。自然而然，我将探寻的目光聚焦于刚刚行走过的黑溪（Chernaya River）。

我查阅有关黑溪的资料，发现昨天匆匆走过的毫不起眼的黑溪，竟是圣彼得堡历史悠久、文化底蕴深厚的一条小溪。我对身边的这条小溪竟然一无所知，不觉暗自惭愧。

黑溪全长8.1千米，溪面不宽，流量不大，但在调节气候上功不可没。圣彼得堡靠近北极，冬季气候寒冷，夏天昼夜温差大，水体吸收或散发热能的速度远慢于陆地。

所以，小小的黑溪与大、中、小涅夫卡河，以及涅瓦河等河流体系相互作用、共同配合，形成一个综合系统，参与圣彼得堡气候循环，对稳定冬夏气候、昼夜气温的作用不可小觑。

在河流纵横交错的圣彼得堡，黑溪没有涅瓦河的波澜壮阔，没有大、小涅夫卡河的色彩缤纷，也没有天鹅运河的澄清明净。

黑溪以柔情透出韵致，以细腻透出清秀，以色彩透出嘉美。它穿越历史沉浮，见证都市喧嚣，历尽世事沧桑。

黑溪弯弯曲曲，蜿蜒而行，孕育着沿岸的风土人情，滋养着黑溪镇儿女的心灵。

黑溪，是我另一次远足开始的地方。

商业小街和中国茶叶店

10 月 10 日星期五

商业小街和中国茶叶店

阴雨绵绵,气温回升。一整天,我都待在宿舍里查资料。

自从到了圣彼得堡,我最常光顾的是森林地铁站旁的小超市。那里蔬菜水果品种少,没有新鲜肉档。小小的超市无法满足日常需要。

今天,我打算到附近街区转转,看看有没有更大的商店或超市。

傍晚雨停,我走出宿舍区,穿过马路,逛逛当地的街区和商店。

小街中央,一排临时摊档,兜售各式各样的日用品。这些摊档都不大,但货架上货品齐全,整整齐齐,有条不紊。小街的空间不大,但每一个摊档都严格按照画线摆放货品,循规蹈矩,绝没有占道经营的现象。

小街上画线,其实也不是很严格,有些地段的画线早已模糊,但店主们也规规矩矩,自觉地守护着那条无形的画线。

即使小街道上的画线早已模糊不清,只要心中的界限依然清晰,哪怕营业空间再狭小,也绝不占道经营,乱摆乱放。

即使墙壁上的规章制度早已发黄脱落,只要心中有规章制度,哪怕领导不在场,群众不在场,也绝不偷工减料,欺上瞒下,违法乱纪。

小街上人来人往,摩肩接踵。店主们生意红火,交易繁忙。顾客们轻声细语地问购,店主们和颜悦色地应和。

千头万绪,却井然有序;一片繁忙,却忙而不乱。

一切都有条不紊,没有高声喧哗,没有人声鼎沸。

一档鲜花店,布置得朴素淡雅、小巧精致。店内鲜花品种繁多,五颜六色,香气扑鼻。有的鲜花我比较熟悉,如玫瑰、芍药、菊花、郁金香等,有的鲜花我则叫不上名字。

我发现,这小小的街道虽然不长,比较拥挤,却有四五个花店。花店内,鲜花品种齐全,色泽鲜艳,十分诱人。

俄罗斯人爱花,不分男女老幼;圣彼得堡人赏花,不论春夏秋冬。

我继续逛小街两旁的商店,发现商店真不少:鲜肉店、水果店、面包店、杂货店、五金店、服装店等,应有尽有,完全可以满足日常生活所需。

我十分惊奇地发现有一家茶叶店，面积约150平方米，是典型的中国茶叶店铺装修风格：木质材料，漆成仿红木色，古色古香，饰线流畅。靠墙体处，安装几个多宝格柜子，井然有序地摆放着宜兴的紫砂香熏炉、景德镇的瓷器和琳琅满目的中式传统茶具。书架上，摆放着中国茶文化的书籍，整整齐齐，新旧不一。

店铺中间摆放着一张茶几和凳子，平时店主或店员招呼客人品茶。中国传统茶馆的画面浮现在我脑海里：主客围着茶几，茶友随凳而坐，煮茶，喝茶，品茶。茶香飘逸，茶语声声，茶趣醇浓，茶情长久。在注水冲泡间，感受一种气定神闲的心境。

在茶架上，有十几二十种国内知名茶种：铁观音、金骏眉、龙井、普洱、黑茶、白茶……

有一种"老同志"茶砖，十分亲切。真想买一盒国产茶或俄产本地茶。只是，我来圣彼得堡时，已从国内带足了所需的茶叶。还是等到回国时，再买一些茶叶做个纪念吧。

茶架上还摆着一些俄罗斯产的茶，有的包装上用中文和俄文说明。整个茶叶店显得整洁、大方、高雅。

茶叶店的店员是个年轻貌美的俄罗斯姑娘。我试着用中文和她交流。她十分礼貌，只一个劲地说俄语，还用手比画着。

我想，在这个不太大的街道上，竟然有一家卖中国茶的茶叶店，店主可能是中国人，或者和中国有着密切的贸易来往。

日后再来逛时，希望能碰到会说中文的店主或店员。

夜幕降临，华灯初上。我从茶叶店出来，天空又下起了蒙蒙细雨。我三步并作两步，匆匆回到宿舍，写下今天的日记。

10 月 12 日星期日

普希金最后决斗地纪念公园

上午在家阅读，查资料。

下午，我外出徒步，目标是黑溪及其上游的普希金最后决斗地纪念公园。

我沿着康特米罗夫卡大街，走到大涅夫卡河，右转入维堡滨河路，不一会儿就到了黑溪和大涅夫卡河交汇处，即黑溪的入河口。

黑溪溪水清澈，静静流淌。早年，这里是一片沼泽地，沼泽的水看上去是黑色的，故名为"黑溪"。

我右转入黑溪滨河路，一路逆流而上，不一会儿就到了麦当劳店。黑溪对岸，就是黑溪地铁站。

我从正门进入麦当劳店，在靠窗的座位坐下，喝了一杯咖啡。我休息了一会儿，想从侧门出去。

我推开侧门，左脚还在麦当劳，右脚已经踏入了一座小小的公园。公园内，草坪修剪得整齐精致，树木稀疏，园内中央有一条人行小径。

我手拿地图，走向一位手推婴儿车散步的男士。他一手扶着婴儿车，一手拿着地图，沿着我手指的方向，仔细看了看地图方位，沉思了一会儿，用手指了指远处高架桥的方向。

我继续前行，前方是横跨黑溪的科洛米亚吉（Kolomyazhsky）高速公路的高架桥，从高架桥上传来汽车车轮和路面摩擦的声音判断，桥上路面交通流量很大，而且车速很快。

高架桥挡住了两个方向的视野。我迷茫了，是沿着黑溪滨河路继续前行，还是右转入高架桥方向的快速通道？

犹豫之间，我发现高架桥旁有步行梯从地面通往高架桥上的路面。何不上去看看方向再说？

我沿着步行梯拾级而上。高架桥上，右侧有人行通道和步行梯相连。这里视野开阔，右前方不远处，有一座很大的公园。我相信，那就是普希金最后决斗地纪念公园。

我沿着高架桥人行通道前行，在前方的步行梯顺级而下，回到了马路。附近是居民小区，十分宁静。有两个中年男子在闲聊，其中一人手牵着一个五六岁的小女孩。他可能是刚从幼儿园接回那个小女孩，路上遇上了熟人，就聊了起来。

我手拿地图，走向他们。我先跟他们打招呼，再指着地图，口里重复着"Pushkin，Pushkin"。

我相信，"Pushkin"是一个国际名字，母语不同的人都能心领神会。

果然，那位手牵小女孩的男子马上明白我的用意，用俄语和我说了好几句。我只听懂了"Pushkin"，就连忙点头称是。

那男子告别了朋友，拉起小女孩，示意我跟他走。我很高兴，问对了人，心里就很踏实了。那男子右手牵着小女孩，用左手比画着，边用俄语向我介绍路线和方向。

我用英语，他似乎都能会意。他用俄语问："日本人？""韩国人？""蒙古人？"我一一说"no"，紧接着说"Chinese"。他也听懂了我的意思。

我们正吃力地交流着。突然，那个漂亮的小女孩用流利、准确的英语向我滔滔不绝地做自我介绍："My name is… I am… I learn English…"

我用吃惊的眼神看着小女孩，夸赞她英语讲得真好。她很有礼貌、很得体地回应了我的赞美，在我的赞美中获得满足感和荣誉感。此时，她很自然地撒开中年男子的右手，转到他的左手边，走在我的右手边，仰着小脑袋，边笑边自我介绍，继续向我"炫耀"她的英语表达能力。

中年男子下意识地把小女孩拉回到他的右手一侧。哦，他发现她和一个陌生人挨得太近了，打破了他的心理安全距离。

不一会儿，我们到了交叉路口。那男子用手指着几百米开外的一座公园，用俄语加手势，告诉我那就是普希金最后决斗地纪念公园。我一再向他致谢。

我站在路口，等待过马路。他们往回走。不一会儿，他又转身向我走来，特意虚握双拳，放在左右眼前，摆成望远镜的形状，不停地转动方向。

我明白，他担心我到了公园还找不到普希金纪念雕像，特地以这种不同民族的人都能理解的生动方式告诉我：到了公园，望眼观瞧，一定不会错过普希金雕像。

我心头一热，语言的"谢谢"已经不足以表达我由衷的感谢。我目光朝下，弯身行礼，以表真诚谢意。

至此,他们才放心地转身离开。他们为一个异乡异客留下了一份温馨和美好。

人们寻寻觅觅,不断地寻找远方美丽的风景,以求心灵的慰藉。其实,最美的风景是眼前的人。

远方风景的美好和眼前人的温情,是最好的心灵慰藉。

人,是一方水土中最美的风景线。在茫茫宇宙中,我们相遇的机会不多,交流的机缘不深也不长。但是,我们如果有机会相遇,请留下一份温暖;如果有机缘交流,请留下一份美好。

我过了马路,到了一个铁道闸口,朝着公园方向走去。

普希金最后决斗地纪念公园距离铁路和高速公路都不远。资料显示,历史上这一区域是圣彼得堡的郊区,环境幽静,美不胜收。沙皇亚历山大一世的宫廷御用厨师米勒(F. I. Miller)购得这里的大片土地,包括普希金最后决斗地纪念公园和邻近区域。

米勒不但厨艺精湛,而且颇有生意头脑。他把这片林区打造成别墅度假区,成为圣彼得堡贵族、官僚休闲娱乐的消夏胜地。

1833年,普希金在这里租得一栋木质结构别墅,租期约两年。

我加快步伐走进公园,匆匆地沿着小道前行。不一会儿,一座花岗岩方尖碑映入眼帘。我不由自主地放慢了脚步,也放慢了呼吸,崇敬之情油然而生。

方尖碑置于台基之上,正面用俄文分3行镌刻着:"决斗之地,亚历山大·谢尔盖耶维奇·普希金,26/Ⅴ 1799—29/Ⅰ 1837。"方尖碑碑身上镶嵌着普希金侧面铜像。在方尖碑后面镌刻着"在黑溪这个地方,1937年1月27日(公历2月8日),伟大的俄罗斯诗人普希金在决斗中受伤致死",还有普希金的名字和生卒时间"26/Ⅴ 1799—29/Ⅰ 1837"。

方尖碑背面用俄文镌刻着俄罗斯诗人、普希金的继承者莱蒙托夫为悼念普希金而作的《诗人之死》开头的诗句:

  诗人殒没了!——光荣的俘虏——
  他倒下了,为流言所中伤,
  低下高傲的头颅,胸中
  带着铅弹和复仇的渴望!……
         (飞白译)

莱蒙托夫在《诗人之死》中义愤填膺地斥责当时上流社会的卑鄙无耻和庸众流言蜚语的恐怖，并向世界大声宣告："我诗歌的生命从此诞生，必将延续普希金的诗歌精神。"

在方尖碑的基础台阶上，摆放着几束鲜花。鲜花在晚秋的金黄色的背景下格外鲜艳，纯净洁白，雍容高雅，花色华丽，为公园肃杀的秋色增添了无限生气，也营造了一种庄严肃穆的氛围。

我脑海里试图复原1837年1月27日（公历2月8日）普希金决斗那一天的历史画面：下午，普希金离开莫伊卡滨河路12号的住所，来到涅瓦大街的文学咖啡馆喝了一杯咖啡，就奔赴圣彼得堡郊外、黑溪左岸的白桦林林间空地，和流亡到俄罗斯的法国贵族丹特斯进行一场生死决斗。

决斗条件十分严苛，双方距离只有10米；而且，如果第一轮射击没有胜负，决斗将继续进行下去，直到决出胜负。这就意味着，这场决斗必有死亡！

双方助手将普希金和丹特斯带到相距20步开外之地，将上膛的手枪交给他们。他们各自就位，丹特斯首先开枪，击中普希金的腹部。受伤的普希金随即开枪，击中丹特斯。丹特斯只受了点轻伤，他胸口上的扣子或厚佩带让他幸运地躲过一劫。

普希金不幸中弹，腹部受了致命伤。普希金的助手将他送回莫伊卡河畔住所，安置于2楼书房。由于伤势过重，普希金于1月29日（公历2月10日）下午2时45分离开人世。

噩耗传出，举国悲愤。《〈俄罗斯残疾军人报〉文学增刊》首先发布了由费奥多尔·陀思妥耶夫斯基撰写的讣告：

> 我们诗歌的太阳陨落了！普希金去世了，在风华正茂的年龄，在文学生涯的中途去世了！……我们没有力量再说什么，而且也不需要再说什么。每一颗俄罗斯的心脏都明白这无可挽回的损失之价值；每一颗俄罗斯的心脏都被撕碎了。普希金！我们的诗人，我们的欢乐，我们的民族光荣！

丘特切夫写下了悼念诗《1837年1月29日》：

> 俄罗斯之心，永远不会把你忘却，
> 仿佛刻骨铭记自己的初恋！

为了铭记这一历史时刻，位于圣彼得堡莫伊卡运河旁的普希金纪念馆墙上的摆钟也永远凝固在 1837 年 1 月 29 日下午 2 点 45 分这一刻。

这历史画面，在我脑海里既清晰也朦胧；心中既悲愤也心痛。不知不觉中，我眼圈湿润，泪眼模糊。

在西方文化史上，决斗曾是解决人与人之间矛盾的普遍做法。我困惑，有时候觉得可笑。西方人为什么要以一种残忍、血腥的决斗方式来维护公正、荣誉和尊严？

历史上，西方人认为决斗是维护个人荣誉或获得他人尊重的最好途径。骑士们为决斗涂上了一层浪漫主义色彩，绅士们视决斗为一种时尚的生活方式，贵族们让决斗笼罩上一圈朦胧的神圣光环。

中国人一向珍视正义、荣誉、尊严。但是，中国人维护正义、荣誉、尊严的方式与西方人有所不同。

商汤身陷夏台，周文王囚于羑里，晋文公逃亡北翟，齐桓公远走莒国，越王勾践卧薪尝胆……他们都受辱过，也都忍辱过，最终都成就霸业，名留青史。

司马迁因为说了一句真话惹怒汉武帝，惨遭腐刑，付出了血的代价。司马迁没有从此消沉。他在精神上蓄势待发，思想上登峰造极，在屈辱和悲愤中写成了我国第一部纪传体通史——《史记》。

司马迁以《史记》捍卫了个人荣誉，体现了人性的高贵、思想的自由和生命的尊严，以《史记》为中华民族源远流长的文化筑起了一座不朽的丰碑，以《史记》让中国人看到了更遥远的过去，也看到了更遥远的将来。

历史上，如果没有司马迁的忍辱负重，就没有今天被誉为"史家之绝唱"的《史记》。《史记》铸就了历史辉煌，成就了今日精彩。

历史没有"如果"，但我还是忍不住要假设：如果普希金没有去决斗，没有受致命伤，那么，他会不会在俄罗斯，甚至世界文学艺术上取得更加辉煌的成就？

10月15日星期三

叶拉金岛：河边宫殿和英国橡树

前两天一直阴雨绵绵。今天一大早，阳光普照，晴空万里。今天上午10时45分，我兴高采烈地准备行囊，带足面包、牛奶、热水和茶，背起背包，匆匆出发，打算进行一次更长距离的远足，造访叶拉金岛（Yelagin Island）。

叶拉金岛属于圣彼得堡西北部的基洛夫群岛，北隔大涅夫卡河和维堡区，东临中涅夫卡河与卡缅内岛，南跨中涅夫卡河与十字架岛相望。

叶拉金岛是基洛夫群岛中最小的一个岛。小岛东西狭长，南北距离不一。南北距离最长在东部，约0.8千米；向西延伸，南北距离越来越小。

从地图上看，叶拉金岛宛如由东向西，顺着水流方向疾驰的一支箭。

大涅夫卡河由东向西滚滚前行，遇到叶拉金岛，被叶拉金岛强行一分为二：大涅夫卡河沿着岛北缘继续滔滔西行，中涅夫卡河被迫折向西南，拐了一个大弯后，沿着叶拉金岛边缘，又向西北蜿蜒而行，在叶拉金岛西端再度与大涅夫卡河汇合，波涛汹涌地奔向芬兰湾。

叶拉金岛交通方便，由3座叶拉金桥（Yelagin Bridge）与外界连接。它们分别是东跨中涅夫卡河接卡缅内岛的第一叶拉金桥、南跨中涅夫卡河连十字架岛的第二叶拉金桥、北跨大涅夫卡河通北部大陆地区的第三叶拉金桥。

我沿着黑溪左岸逆流而上，很快就到了黑溪地铁站前的麦当劳门店。我休息了一会儿，鼓足干劲，沿着克雷洛夫院士大街、斯特罗加诺夫公园东侧一路南行，到达大涅夫卡河滨河路，又右转入普里莫尔斯基滨河路的大涅夫卡河近水人行道继续前行。叶拉金岛隐约在目，我不由加快了脚步，终于来到了第三叶拉金桥。

至此，我离开宿舍已经足足两个小时。我在第三叶拉金桥头的长凳上坐下，拿出茶杯和水瓶，冲了一杯热气腾腾的红茶。

深秋时节，气温下降，河边风大，热水刚泡出茶香，就降低至45度左右。轻啜一口，唇齿留香，闭目凝神，心旷神怡。

叶拉金岛：河边宫殿和英国橡树

每当我行走在圣彼得堡的路上，最难得的就是一杯热气腾腾的红茶。寒风中，一杯家乡红茶，捧在手心，暖在心窝；身处异国他乡，心系万里之遥的家乡，多了一份对祖国的眷恋。

家乡的茶韵、亲人的期待，融入圣彼得堡秋天的金黄，融入涅夫卡河的情意，让生活中时时刻刻都像叶拉金岛上翩翩起舞的花叶，才不辜负上天的恩典和慈爱，才不辜负生命的期待和馈赠。

走过第三叶拉金桥，我踏上了风景秀丽的叶拉金岛。

17世纪末，这个小岛上居住着芬兰人。他们主要以捕鱼为生。后来，彼得大帝定都圣彼得堡，将该小岛赐给朝臣、外交官彼得·莎菲洛夫（Peter Shafirov，1670—1739）。

莎菲洛夫因贪污受贿案发后，小岛被充公。整个18世纪，小岛九易其主。这些岛主都大有来头，最著名的一位岛主是伊万·P. 叶拉金（Ivan Perfilievich Yelagin，1725—1794）。

叶拉金是俄罗斯历史学家兼诗人，曾任叶卡捷琳娜大帝的私人秘书。他在小岛的东端建造了以他的名字命名的宫殿——叶拉金宫（Yelagin Palace）。据说，宫殿奠基时，叶拉金亲手放置了颇具象征意义的第一块砖块。

叶拉金宫

这个宫殿、这个小岛，从此就以他的名字命名。

19世纪初，小岛为亚历山大一世所有。沙皇下令卡洛尔·罗西在叶拉金宫原址上建一座宫殿，作为礼物送给自己的母亲，让她消夏多一个选择。

岛上最吸引人的当属叶拉金宫。叶拉金宫饱经风雨，"二战"时曾毁于战火，战后重建。

目前，叶拉金宫是一座玻璃艺术博物馆，展出18、19世纪的玻璃制品，十分精致，格调高雅。宫殿内，特别开辟了几个专门的展厅，向访客展示了原汁原味的设计、装饰风格，体现了原主人的审美情趣和装饰爱好。

宫殿正门朝西。台阶两侧有一对石狮，在设计理念和雕刻工艺上都传承了意大利佛罗伦萨美第奇家族府邸石狮的文化传统。

两座雄狮雕塑分立于台阶两侧的基座上，雄狮狮头倾向对方，形成相互交流的姿态。雄狮目光炯炯，雄视远方。阶梯左侧的雄狮，右脚前伸，爪子向内掌控球体；阶梯右侧的雄狮，左脚前伸，爪子向下掌控球体。雄狮掌控地球，寓意深远，不言而喻。

宫殿正面是一大片草地，呈长方形向远处伸展，消失于一片树林之中，景象灵动，视野开阔。

宫殿后门朝东，也是一大片草地，呈正方形向远处伸展，延伸至中涅夫卡河，景色秀丽，格外迷人。

从宫殿正门、后门朝向看，叶拉金宫坐东向西。这对于习惯东方坐北朝南建筑传统的中国人来说，的确费解。叶拉金宫坐东向西，是顺着由东向西流动的水流方向，还是顺着由东向西疾驰的一支箭的方向，抑或是主人心系芬兰湾，梦想波罗的海，梦想世界的大海？

在我看来，宫殿应该坐西朝东才符合东正教的文化习俗。宫殿坐西朝东的话，叶拉金宫正门朝向中涅夫卡河，台阶前同样可以放置一对美第奇雄狮，与卡缅内岛相望。西门设计风格与正门的风格大同小异。

然而，这就是圣彼得堡，这就是叶拉金宫。我一时半会迷茫费解，一时半会无法看透。我感受着异国文化的无穷魅力。而这魅力，正是我不断用双脚丈量圣彼得堡的动力。

宫殿后门草坪的北侧有一排参天大树，树叶已呈金黄色，秋风一起，树叶飘落，满地金黄，景色十分迷人。

两棵树傲然独立。一棵是英国橡树。史料称，彼得大帝亲手种下这棵英国橡树，并将该橡树作为礼物赠送给叶拉金岛的第一位岛主彼得·莎菲洛夫。另一棵是白蜡树，是叶拉金岛第一位岛主留下的。如此说来，这两棵树的树龄都有 300 年了。

叶拉金宫前的英国橡树

十月革命后，叶拉金岛被收归国有，向公众开放。叶拉金岛脱去贵族气，走向平民百姓。苏联解体后，圣彼得堡市政府将叶拉金岛打造成一个"基洛夫中央文化休闲公园"，以叶拉金宫为依托，举办各种文化展览、唱歌、跳舞、戏剧和游园活动，体现了叶拉金岛深厚的文化内涵。

叶拉金岛上文化娱乐设施齐全，有网球场、排球场、乒乓球场、儿童游乐场、小型音乐厅。叶拉金岛内有 7 个小湖，湖水相通，小桥自横；湖水清澈，水草依依。湖岸草木茂盛，林木参天。对市民和游客而言，叶拉金岛是一个理想的休闲、娱乐的文化公园。

每年春天，叶拉金岛都会举办郁金香花卉展。我无缘体验这里春天的争奇斗艳，但可以想象，延绵不断的郁金香灿烂绽放，与大地同春，与春天同行，一定让人仿佛置身于郁金香之国——荷兰。而荷兰正是赋予彼得大帝灵感的国度，是彼得大帝心仪的国度。

我参观完叶拉金宫，又步行至叶拉金岛西端的"箭头之地"（Western Arrow）。这里是欣赏落日、远眺芬兰湾的理想之地。

太阳偏西，约莫下午 4 点，我又回到了第三叶拉金桥。我为回程预留 3 个小时，以保证在天黑之前能原路徒步返回学校宿舍。

10 月 16 日星期四

秋天的落叶

在宿舍查资料，补写昨天的日记。

脑海里，摇曳着叶拉金岛的秋景；眼前，浮现出漫天飞舞的秋叶。

秋天，是凋零的季节，是伤感的季节，也是思念的季节。但是，今天，我对秋天有别样的感受，对秋天感到特别亲切，没有伤感，只多了一份思念。

秋天的落叶，不是枯萎，而是绚丽；
秋天的落叶，不是终结，而是开端；
秋天的落叶，不是悲伤，而是欢愉；
秋天的落叶，不是分散，而是聚集；
秋天的落叶，不是飘离，而是融合；
秋天的落叶，不是哀思，而是感恩；
秋天的落叶，不是沉沦，而是升华；
秋天的落叶，不是重复，而是轮回；
秋天的落叶，不是季节的惩罚，而是年轮的奖赏；
秋天的落叶，不是死亡的索取，而是上天的恩赐。

10月17日星期五

十字架岛和国际友好城市大道

天气晴朗,气温2℃。自从我来到圣彼得堡,今天是最寒冷的一天。我打算到十字架岛(Krestovsky Island)去看看那里的国际友好城市大道(International Friendship City Avenue)和基洛夫体育场(S. M. Kirov Stadium)。

上午11时,我搭乘地铁红线(M1)至技术学院站,转乘蓝线(M2)至干草市场站,换乘紫线(M5),从花园站到十字架岛站。走出十字架岛站,我穿过街道,走向海岸胜利公园。

十字架岛是基洛夫群岛中最大的一个岛屿,面积为3.4平方千米。十字架岛四面环水,素有"众水汇合之地"的雅称。

小涅瓦河和小涅夫卡河汇合于岛之南,大涅夫卡河与中涅夫卡河汇合于岛之北,大涅夫卡河与小涅瓦河汇合于岛之西,小涅夫卡河与中涅夫卡河汇合于岛之东。

十字架岛西濒涅瓦湾,北邻叶拉金岛,东北近卡缅内岛,东眺阿普杰卡尔岛,东南望彼得格勒岛,南瞰彼得罗夫岛。

十字架岛地名的由来,说来十分有趣。其中一种说法是因为岛上原有许多湖泊,似断非断,似连非连,基本呈东西和南北走向,看上去像一个巨大的十字架。近年来,十字架岛上房地产火爆,填湖建房的呼声一浪高于一浪,湖泊连接形状已发生了变化,十字架岛的名字只是一个历史记忆的符号而已。还有一种说法是,在历史上开发岛屿时,曾在岛上挖出一个巨型十字架,"十字架岛"因此得名。根据史料记载,16世纪开始,岛上建有一座教堂。当时,视野开阔,人们从很远的地方就能看见教堂顶上的十字架。另外,圣彼得堡建城之前芬兰人绘制的一幅地图上,将十字架岛标为"Riisti-Saari",即芬兰语"十字架岛"(Cross Island)之意。

通往海岸胜利公园的道路是一条笔直的林荫大道。大道的入口处有一块巨大的石碑,上面镌刻着俄文"国际友好城市大道"。

大道的右侧是儿童游乐园,有摩天轮和欢乐火车等儿童游乐项目。左侧有一排笔直的参天大树,树与树之间各有一块纪念石碑,共18块,上面镌刻着和圣彼得堡建立起友好城市关系的世界各地18个城市的名字,按照建立友好关系的具体时间顺序排列。

纪念石碑排列的顺序和我进入公园时行进的方向相反。我最先看到的纪念石碑,是奠基时间最近的。

按照当时的惯例,每一个友好城市代表团访问圣彼得堡,签订建立友好城市关系协议和纪念碑奠基时,都在这里栽种一棵纪念树。

最早和圣彼得堡建立姊妹关系的城市是芬兰城市图尔库(Turku),时间是1966年6月5日。同年,还有另外4个国家的4个城市和圣彼得堡建立了友好关系,分别是民主德国德累斯顿(Dresden,1966年6月11日)、波兰北部港口城市格但斯克(Gdansk,1966年6月21日)、瑞典港口城市哥德堡(Goteborg,1966年8月6日)、法国港口城市勒阿弗尔(Le Havre,1966年9月28日)。

可以看出,圣彼得堡一直致力于与世界各国的城市建立友好协作关系。仅1966年,它就和5个城市签订了正式协议,体现了一座城市的开放态度和友好精神。

亚洲有两个国家的两个城市和圣彼得堡建立了姊妹关系,分别是印度的孟买(Mumbai,1967年7月27日)和日本的大阪(Osaka,1985年7月5日)。最后与圣彼得堡建立友好城市关系的是西班牙的巴塞罗那,时间是1985年10月24日。

遗憾的是,我一直没有找到写有中国城市名字的石碑。后来,我查资料才发现我国有两座城市和圣彼得堡建立了姊妹关系:上海,1988年;青岛,2007年。另外,南通市和圣彼得堡市莫斯科区于2010年缔结为友好城市。

我给友好城市纪念石碑拍照留影、做好文字记录后,走向海岸胜利公园。往西行走,分别看到了哈雷·戴维森摩托车纪念碑、天鹅农庄、排钟钟楼、山羊雕塑和一座湖边凉亭。

十字架岛最西端是濒临芬兰湾的基洛夫体育场。基洛夫体育场是世界上最大的体育场之一,是圣彼得堡泽尼特足球队的主场场地。从2006年9月开始,政府在基洛夫体育场原址上修建新体育场,原本预计2008年12月完工,但后来由于资金缺位、各方纠纷,导致工程一再延期。尽管此时天气寒冷,工地上却热火朝天,一片繁忙的景象。由于道路封闭,我无法走得更近,只能从远处观看。新的基洛夫体育场主体工程已经完工。

新体育场由日本建筑大师黑川纪章(Kisho Kurokawa,1934—2007)

设计。黑川纪章根据当地的气候条件和最新的科技工艺，将新体育场打造成欧洲技术一流、设备齐全的多功能体育场。当然，工程造价也是世界上体育场建筑中最高的。

新体育场装有可开合的、透明性顶棚，无论刮风下雨、风雪交加，比赛和演唱会都照常举办。顶棚开闭在短短的15分钟内就可完成。

新落成的体育场被命名为"泽尼特体育场"，但承办国际赛事时称"圣彼得堡体育场"。在球迷心中，"泽尼特体育场"更亲切、更顺口。从一个体育场的名字变化，可窥见俄罗斯时下的去苏联化思潮。

夕阳西下，彩霞满天。芬兰湾碧波荡漾，海鸥飞翔。晚霞以芬兰湾为画布，在宽阔的海面上描绘出多姿多彩的画面。远处，一望无际，海天一色。

我想起祖国厦门鼓浪屿鱼腹浦的一副回文联："雾锁山头山锁雾，天连水尾水连天。"此情此景，令人回味无穷。

如今，当我整理书稿时，欣闻新体育场于2017年正式开放，并于2017年6—7月承办国际足联联合会杯（2017 FIFA Confederations Cup）大赛，于2018年6—7月承办国际足联世界杯大赛（2018 FIFA World Cup）。

又见黑溪：别样风情

10月18日星期六

又见黑溪：别样风情

天气晴朗，气温继续下降，-1℃。

近日，我常常感到口舌干涩，神疲乏力，头重身困，夜晚多梦，心神不宁。日常生活经验告诉我，这些症状是体内湿热所致，如果不及时清热解毒，一场感冒将悄然而至。

下午，我沿着黑溪逆流而上，步行到黑溪地铁站，打算购买一些新鲜蔬菜和水果。按照国内南方的饮食习惯，白萝卜和排骨炖汤、苹果和雪梨等水果，都是清热去火的上好食疗。

我到了黑溪地铁站广场的麦当劳店，照例进去喝杯饮料，选择靠窗的座位，坐下休息，边喝可乐边欣赏窗外美景。稍后，我上洗手间，匆匆走出麦当劳店。

我跨过两个设有红绿灯的街口，走过黑溪桥，到了黑溪地铁站广场一看，我惊呆了：往日熙熙攘攘、人声鼎沸的农产品自由市场，今天竟然空无一人，一片宁静。

果蔬摊档、肉蛋摊档、面包店和装饰品商店等，一夜之间荡然无存。仔细观察，我发现只有一个小面包店在营业，大失所望。

我心里嘀咕，问了一连串的问题：怎么啦？这难道是违法农产品自由市场？是城管来了？……

正纳闷之际，我猛然想起今天是周六。哦，在周末，圣彼得堡的农产品自由市场放假，店主和帮工基本都放假。

乘兴而来，败兴而归。惆怅、失望之际，我又想：阳光灿烂，晴空万里，何不换一种心境，慢慢欣赏黑溪？

每一次，我都匆匆地走过黑溪赶往远处，没有把它当作徒步的目的地。

有目的地走过黑溪，不可能发现真正的美；无目的地用脚步丈量黑溪，才能发现真正的美。

我沿着黑溪右岸顺流而下，走进一个河滨带状公园——斯特罗加诺夫公园（Stroganovskiy Park）。公园幽静，行人稀疏。溪水清澈，缓缓流淌。

午后阳光带来了融融暖意。偶尔,成群的鸽子掠过晴空,穿过阳光,在碧绿的草坪上和平静的水面上留下美丽的倩影。

参天大树上不时飘下金黄的落叶,在空中随风飘舞,抚弄阳光,飘落水面,顺水漂流,带着季节轮回的祝福。

今天的行走足迹,可作为康德的审美分析的注脚:无目的而合目的性地行走,就是美。

圣彼得堡:"方便"时真不方便

10月19日星期日

圣彼得堡:"方便"时真不方便

今天,我在宿舍查资料,整理日记。

来到圣彼得堡一月有余,深深感受到城市的魅力。市民的礼节、校园的美丽、图书馆的便捷,都令人印象深刻。

唯一感到美中不足的是,外出行走时上卫生间"方便"真不方便。城市公共卫生间设施不足,广场、街道、公园等公共活动场所的卫生间数量不足,而且都收费,每次收费价格为20～25卢布,有的达30卢布。

一般而言,在建筑物(商场、餐厅、餐厅、博物馆、电影院等)内的卫生间条件不错,且都免费向公众开放。但是,进入消费场所不消费就使用卫生间,还是会觉得不好意思。

好在近年来,国内的商家在麦当劳和肯德基等洋快餐馆的影响下也逐步转变了传统经营理念,以"进门都是客"为信条:这次只来使用卫生间的人,还有下一次;有了下一次,就会有消费的一次;说不定,消费的那一次,是三五成群而来。

尽管如此,我还是心有余虑,进店不消费只使用卫生间时,还要顾及店家、店员的脸色。在圣彼得堡这样一个历史悠久、国际化程度较高的城市,并非每一个商家都心甘情愿地让不消费的公众使用它的卫生间。

我还清楚地记得10月15日行走到第三叶拉金桥时,距离我离开黑溪地铁站前的麦当劳店已经过了一个小时。我判断,即使叶拉金岛上有公共卫生间,也是收费的。因此,我在上叶拉金岛之前,找到卫生间是上策。

我看见普林姆斯基滨河路右侧上有一栋高大的建筑物,顶上是一块巨型的"YAMAHA"(雅马哈)广告牌。我猜这是一个大型商场,肯定有公共卫生间。

我进入大楼,一层是"YAMAHA"乐器店,店门口有两位西装革履的男士在闲聊。我走上前去,连声说"WC",他们指了指负一楼。我下到负一层,转了一圈,没有发现卫生间。

我硬着头皮,再走上前去,很有礼貌地用英语问那两位西装革履的男士:"Where is WC here?"其中一位男士用英语说,"Sorry, I don't speak

English"，英语不太标准却十分清楚。

　　他们已经知道了我的来意，却不愿意告诉实情。看来，我真成了一个不受欢迎的人。但是，我横下一条心，既然来了，就不能无功而返；既然问了，就要问个明明白白，去得轻轻松松，因为叶拉金岛上很可能没有卫生间。

　　在我再三追问之下，一位男士有点无奈地伸出两根指头，指了指楼梯方向。我真诚地谢过他，就直奔二楼。

　　二楼是一家很大的咖啡厅，侍应生见我上楼来，以为我来用餐，就很热情地招呼我。我连忙笑脸相迎，说"WC"。他知道我的来意，有点失望，脸色也由晴转阴，但还是向我指明卫生间的方向。

　　我用完洗手间，从大楼出来，心里淡定了许多。我走向第三叶拉金桥，在桥头的长凳上坐下，冲了一杯金骏眉红茶，享用简单的午餐，欣赏着无边的景色。

　　不过，那天我在叶拉金岛行走的经历，证明我对岛上卫生间的担忧是多余的。岛上有一个小小的咖啡馆，我向一个刚刚从咖啡厅出来的当地男士打听情况。"Can I use WC in the coffee shop?"我礼貌地问道。"Of course, no problem."他很爽快回答。

　　我很高兴地感谢他。进去一看，我发现卫生间前已经排起了队。我心头的大石头终于落了地：今天可以淡定地完成还有两个多小时的行走路程了。

　　在圣彼得堡，我一直都很纠结卫生间问题，既要方便又要免费，难得两全。

　　我曾想追溯一条河流的源头，却因为找不到卫生间而不得不中途折返；我也曾想确认一座古桥的遗址，要完成一次远郊的行走，却因为找卫生间而迷失在迷宫一般的自由市场内。

　　那天，为了好好领略圣彼得堡国际友好城市大道的风采，我不顾严寒行走十字架岛。当我偶然发现路旁的卫生间指示牌——"前方100米"时，我兴高采烈，心情舒坦；当我兴冲冲、急匆匆地沿着箭头方向找到一座简易的卫生间，却发现木门紧锁时，我茫然无助；当我发现墙上告示"WC 20 Rubles"（卫生间，20卢布）时，我无可奈何，既好气又好笑。

　　在圣彼得堡，公共洗手间难找且收费，不仅对外国人，对当地居民而言，也是一个难题。就在昨天，我沿着黑溪行走时，便两次遇到了路人随地小便的情况。

圣彼得堡:"方便"时真不方便

第一次,我沿着黑溪左岸逆流行走时,在一个河岸改造建筑工地上,发现一个工人在河岸近水阶梯上,背对着黑溪就地"方便"。

第二次,我沿着黑溪左岸顺流而下时,发现前方公路边大树下停着一辆小轿车,应急车灯闪烁,右侧车门敞开着,公路上汽车疾驰而过。

由于太阳西晒,我手搭凉棚,急匆匆地赶路,并没有十分在意停靠在路旁的一辆普通的小轿车。

当我走近小轿车,留意到车内司机位置上坐着一位女士,发动机空转着。行人道狭窄,被大树占去了2/3。我下意识地注意汽车的动向,全神贯注地走自己的路。要不,万一身体失衡,一脚踩到公路面上,此时司机恰好开动汽车,那就危险了。

我刚走到大树和汽车之间的窄路上,突然,从大树后面闪出膀大腰圆的男士,转到我身后。我急忙地快步向前走,希望尽快远离他,并和他保持安全距离。

冷不防,又从我前方的树后窜出一个虎背熊腰的男士。我心头一惊,一股凉气顺着我脊梁骨往上蹿:我左边是一棵大树,前后各有一个身材魁梧的男人,右边是一辆敞开车门的小轿车,里面还有一个司机。

刹那间,我成了笼中之鸟、瓮中之鳖。我急忙跑了几步,确信脱离危险后,回头一看,那两个青年男子竟然比我还慌张,争先恐后地钻进汽车。汽车一溜烟消失在溪岸斜阳中⋯⋯

我虚惊一场。

原来,他们在灿烂的阳光之下,在如画的风景之中,在公路旁边的大树后面,就地"方便"。原来,他们"方便"正酣时,我不期而至,惊扰了他们。原来,我因心里紧张而害怕危险;他们因随地小便而感到内疚。

在一天短短的两个小时之内,在黑溪短短的不足千米之内,就两次偶遇3人就地"方便"。无独有偶,已是稀奇;事又过三,出人意料。

我回到宿舍,吃过晚饭,照常去散步,顺便扔垃圾。当我走近开放式垃圾场时,发现一个青年男子从垃圾桶后闪出。奇怪,今天是周末,环卫工人休息,垃圾堆旁边怎么有人影在晃动?我想,你若倒垃圾,跑到垃圾桶后面去干什么?

我再留意,在垃圾桶后面还有两个年龄不相上下的男子。哦,他们在垃圾桶旁边就地"方便",就在凛冽的寒风中,在美丽的黄昏后,在简易的垃圾场内,在垃圾桶形成的小角落里。

写到这里,我无意批评圣彼得堡作为一个面向西方敞开一扇"窗口"

的国际化旅游城市的种种不便，因为一个初来乍到的人，在世界上任何一座城市，都可能遇到卫生间的难题。

　　实际上，对于一个熟悉一座城市、习惯当地生活风俗的人而言，圣彼得堡在解决人的"三急"问题上，自有自己的"城市文化"。

10月25日星期六

约翰·雷利修道院

下午3时,我打算到阿普捷卡尔岛上的约翰·雷利修道院(Convent of St. John of Rila)参观。

我沿着康特米罗夫卡大街向南行走,过了康特米罗夫卡大桥,走过医生大街(Medikov Avenue),直至卡尔波夫卡运河(Karpovka Canal)。

卡尔波夫卡运河源自大涅夫卡河,是阿普捷卡尔岛和彼得格勒岛的分界河,最后汇入小涅夫卡河,流入芬兰湾。运河全长3千米,平均宽度为20米。

卡尔波夫卡运河两岸风光无限,古迹众多。圣彼得堡植物园位于大涅夫卡河和运河交汇处,是圣彼得堡历史最悠久、植物品种最齐全的植物园。

约翰·雷利修道院位于卡尔波夫卡运河中下游北岸,是圣彼得堡具有典型拜占庭建筑风格的修道院。

参观圣彼得堡植物园需要一整天的时间,不在我今天的行程计划之中。于是,我行走到卡尔波夫卡运河后,右转向西,沿着运河,穿过卡缅内岛大街,行走不远,就看见了约翰·雷利修道院。

我站在桥头上,仔细欣赏着这座圣彼得堡最大的女修道院的外观建筑特色。这是一座具有浓郁新拜占庭风格的建筑,有5个球形穹顶、一座钟楼,外贴彩色瓷片。

整座建筑外观造型简朴,结构雄浑。在圣彼得堡的蓝天下,在卡尔波夫卡运河波光的映衬下,修道院熠熠生辉,格外耀眼。

拜占庭风格建筑有一个重要的特点,大幅外墙不必承重,为墙壁窗户留下了大量空间,增强了采光效果。约翰·雷利修道院安装高阔落地玻璃窗,上有十二门徒的画像,在光线的衬托下,栩栩如生,光彩夺目。

我走进修道院。修道院大门装饰着拱门形式线条,突显了入口大门的恢宏气势。门厅的狭长和中心区的开阔形成了鲜明的空间对比。

修道院内部装饰以大理石贴面,配以宗教题材的马赛克拼贴画,既美化了墙壁,又增添了庄严肃穆的氛围。

马赛克拼贴画拓展了装饰空间，增强了内部装饰效果，传递出丰富多彩的宗教信息。

修道院内部空间高阔。主穹顶和半穹顶通透，看似十分复杂，但仔细辨认，内部空间各部分比例完美、造型对称，并未让人感到杂乱无章，反而增添了错落有致、有条不紊的秩序感。

主祭坛上有橡木雕刻圣像、大理石祭坛和宗教领袖圣骨盒。据说，圣坛上还有来自宗教圣地的珍贵礼物，如幔利橡木屑、髑髅地（耶稣被钉死于十字架之地）的石头和约旦河的圣水。

修道院内走廊墙上的公告以俄语为主，偶尔有英文。根据片言只语的英文可知，修道院设有女士宿舍、一家医院、圣像画工作坊和信徒旅馆。

我观察到，来修道院朝拜的人中，女士居多，男士则寥寥无几。我几乎怀疑，我是否成了女修道院"不受欢迎的人"。直到有男士进来，我悬着的心才稍稍放下。

夕阳西下，我走出修道院。卡尔波夫卡运河清澈见底，波光粼粼。桥头上蜷缩着一个乞丐。一位修女正和那位乞丐交谈着，膝边放着一份快餐。他们款款而谈，和风细雨，偶尔有清脆的笑声传出。

一个愿意和乞丐平等、和平地交流的人，是个有福之人；一个连乞丐都愿意向她敞开心扉、无所不谈的人，同样是个有福之人。

我沿着卡尔波夫卡运河往东回走，到了卡缅内岛大街，再左转往北走，到了洛普金公园，向右拐进克雷洛夫院士大街，直行至大涅夫卡河岸。

大涅夫卡的阿普杰卡尔滨河路一带，都是国际著名公司总部大楼，其中就有国际银行和飞利浦圣彼得堡总公司。还有一栋"River House"大楼，我原以为是一家高级宾馆，现在发现门前有些购物车，心想里面必有超市，就走进去看个究竟。

果然，里面是一个综合购物中心，内设时装、化妆品、日用品商铺和一个超市，楼上还有儿童娱乐中心。当然，使用洗手间也十分方便。

我在里头转了约一个小时，身体有些累，但心情舒畅。可不，发现了一个超市，生活方便多了；多了一个洗手间选择，日后行走也方便多了。

从超市出来，我走向康特米罗夫卡大桥，沿着康特米罗夫卡大街由原路返回学校宿舍。

10月27日 星期一

一座城市的公共卫生间

阴天，小雨，气温8℃。

我在宿舍看书。休息时，脑海里又浮现出关于现代大都市公共卫生间的问题。

一座城市的公共卫生间，既是历史的，也是现实的问题；既是社会的，也是个人的问题。

在现代大都市，公共卫生的清洁程度是一个城市的文明标志，公共卫生间的服务质量是一个城市文明程度的见证，公共卫生间的开放性和便利性折射出一座城市的开放尺度。

公共卫生间是一个城市基础设施的重要组成部分。作为历史见证，公共卫生间融入城市现代化进程；作为生活仪式，公共卫生间体现市民的生活态度；作为文化符号，公共卫生间体现城市市民的文化素养乃至一个国家国民的整体文明程度。

公共卫生间也是男女平等的风向标。在许多城市的公共场所，女士卫生间前排长队的现象屡见不鲜，而男士卫生间前却门可罗雀。两性如厕的平均时间和所占空间不同（通常女性如厕所需的时间更长，所占空间也需更大），因此，一座城市的公共场所，如旅游景点、商业中心、交通枢纽应该增加女性卫生间的数量，扩大女性卫生间的面积，提高女厕蹲位的数量。

如今，为特殊群体设计卫生间（无性别、跨性别或双性别卫生间）的问题，又摆在了城市建设者们的面前。

10月28日星期二

美：空间的和时间的

阴雨绵绵，气温9℃，在宿舍阅读和写作。

康德关于美的定义，在于"美的无目的的合目的性"。这是一个简单却难懂的定义。它的简单，给我们追问美和空间的关系提供了有益的启迪；它的难懂，也并不影响我们思考美的意义。

真正的美，在于无目的性的探索和发现。带着目的性（如功利性、势利性等）去探寻美，美将被扭曲，被异化。

真正的美，在远方。距离之所以产生美，是因为人存在的美在近距离中式微或扭曲，在零距离中消失。

美和时间存在着密不可分的关系。

时间之所以产生美，是因为文化的魅力在漫长历史长河中沉淀、集聚，散发出古朴、深沉之美。

领略一座城市之美，以零距离为起点，以历史为原点，以静默为言说。

圣彼得堡的美，不只在于苍茫大地和湛蓝天空，也不只在于大街小巷、宏伟的宫殿和富有魅力的公园，还在于清澈的河流和优雅的桥梁。

我在弯弯曲曲的河岸上自由自在地行走。清澈的河水奔流不息，翻腾的浪花追逐嬉戏，拍岸的波涛自由欢唱，倒影的秋叶摇曳起舞，洁白的浮云追波逐浪……

人在岸边行走，仿佛被时间挟持着不由自主地前行，在时间的旋涡中漫无目的地前行。

其实，茫茫宇宙中，万物都身不由己，万物皆有目的。

河流，没有现代的标识，没有灯光的装饰，没有虚华的炫耀，却能与时同行，与时同流，与时俱进，与时同质。

桥梁，没有众声喧哗，没有人声鼎沸，却能在静默中言说，在优雅中溢彩，在精致中夺目，在历史中闪耀。

领略河流的美丽，唯有与她同流；品鉴桥梁的优雅，唯有与她同行；领略城市的魅力，唯有与她同在。

美：空间的和时间的

　　在圣彼得堡，空间的美在于桥梁，时间的美在于河流。河流与桥梁之于圣彼得堡，如同时间和空间之于茫茫宇宙，映衬出一方水土的无限风景。

10月30日星期四

彼得一世小屋博物馆

天气晴朗，万里无云。

上午11时，我背起相机和背包，出门行走，目标是彼得格勒岛东南方向、涅瓦河畔的彼得一世小屋博物馆。

我走上康特米罗夫卡大街，左转入参孙大街，一路南行。大街两旁是典型俄罗斯风格的建筑物。遇见两座规模很小的东正教堂，进去参观；重访了参孙大教堂，并做短暂停留。

我从参孙大教堂出来，继续南行，左转入芬兰大街（Finlyandskiy Avenue），直行上了参孙大桥（Sampsoniyevskiy Bridge），跨过了大涅夫卡河。

然后，我向左转入大涅夫卡河河岸南行，到了俄罗斯彼得大帝学院。正好有一队穿着军装的青年学生列队而过。他们到涅瓦河畔的一个广场上集合，在一个少女雕像前举行庄严的仪式，聆听一位军官热情洋溢的讲话。现场记者云集，闪光灯此起彼伏，全场气氛庄严肃穆。可惜我听不懂俄语，未能获得更多关于集会的信息。

仪式很快就结束了。我眺望涅瓦河，在大涅夫卡河和涅瓦河交汇处、近大涅夫卡河左岸，就是"阿芙乐尔"号巡洋舰博物馆。此时，"阿芙乐尔"号巡洋舰已于今年9月被拖往喀琅施塔得造船厂的船坞进行修复，预计耗时两年。这次在圣彼得堡访学期间，我是无缘登船参观了。

我继续南行，到了涅瓦河畔，向右转入彼得罗夫滨河路，不久就到了彼得一世小屋博物馆。

我走进彼得一世小屋博物馆，到左边的售票窗口排队购票。窗口上有俄文、英文通告，票价为200卢布。我出示了借书证，售票员就问一句"Student？"，随即举起一个小牌，上写着"70 rubles"。

我没有零钱，给了她100卢布，但她找回我50卢布。我想，她大概也没有零钱了。我拿着票，进入博物馆。

为了坐镇指挥兔子岛上的彼得保罗要塞工程建设，彼得大帝决定在涅瓦河北岸、靠近冬宫的地方建造一座圆木小屋。1703年5月23日，小木屋开工建造。5月26日,圆木小屋顺利完工。速度之快、效率之高,唯有皇家卫队士兵能担当如此重任。皇家卫队士兵仅用了3天的时间,就将彼得大帝亲手绘制的小木屋蓝图变为现实。

1703年5月27日,彼得一世在礼炮声中,移居圆木小屋。同一天,兔子岛彼得保罗要塞破土动工。5月27日,是圣彼得堡城市发展历史上具有重大意义的一天。

如今,每年的5月27日,是圣彼得堡建城纪念日。从1998年5月27日开始,在冬宫广场上恢复了一年一度由冬宫卫士执行的卫兵换岗仪式。

5月28日,彼得一世在这座崭新的宫殿外,举行了隆重的庆典,庆祝涅瓦河口地区并入俄罗斯版图。

从1703年至1708年的夏季,彼得一世都居住在圆木小屋里。1711年,圆木小屋搬迁到现址。1723年,彼得一世在圆木小屋四周和上方加建了一层红砖外墙的保护层,作为留给子孙后代的文化遗产,时时提醒他们牢记俄罗斯新首都缔造者筚路蓝缕、以启山林的创业精神。

彼得大帝以后的历代沙皇都以谨记彼得一世的教诲为荣,常对圆木小屋进行维护或翻修。1784年,为了更好地保护这一遗产,叶卡捷琳娜大帝下令加固圆木小屋的保护层。19世纪40年代,尼古拉一世将彼得一世的卧室改成一个耶稣救世主小教堂。19世纪80年代,亚历山大二世在圆木小屋周围辟出一个院子,院子周围加装铸铁栅栏,形成一个相对独立的保护空间。

后来,彼得一世小屋被改成博物馆。第二次世界大战后,彼得一世小屋是圣彼得堡最早向公众开放的博物馆,具有历史象征意义。如今,彼得一世小屋博物馆隶属俄罗斯博物馆。

彼得一世小屋及其外盖保护建筑的外观基本一致。但从博物馆外面看到的保护建筑远远大于原来的圆木小屋。彼得一世小屋保持着原有的布局和风格。

圆木小屋的外墙看上去是用砖头砌成的,这是因为彼得一世酷爱欧洲的建筑风格,梦想着把这座俄罗斯新首都打造成具有欧洲风情的"石头之城"。圆木小屋建成之后,彼得一世在外墙上了一层油漆,让小木屋看上去像一座欧洲的石头砖瓦房子。

博物馆占地60平方米,分为4个部分:大厅、寝室、餐厅和书房。大厅墙壁上挂有彼得大帝画像、风景素描和一些文件的影印件。大厅中间放置着一个立体彩色大沙盘,再现了当时涅瓦河两岸的旖旎风光。

寝室的面积为 6.72 平方米，显得窄小。寝室内有一个洗手盆，旁边有一根彼得一世 1707 年亲手做的拐杖。

餐厅内有一张餐桌。餐桌上有一个烛台，餐桌旁有一张木椅。墙边有一个类似于中国五斗橱的餐具柜子。

书房占地面积最大。书桌上有一根鹅管笔、一个烛台和一本书。书桌上还有一个彼得大帝使用过的烟斗。它外观润滑，工艺精致。书桌旁有一张据说也是彼得一世亲手做的扶手木椅子。

圆木小屋的内部装饰基本保持了原有的装饰风格。和相对简易的家具相比，窗户算是较为豪华了：高、大、宽，采光十足，窗格精美，玻璃典雅。这窗玻璃是 300 多年前的制品，也可管窥当年圣彼得堡玻璃手工艺概况。

屋内的墙壁用油漆漆成红色，砖缘边线勾勒出红砖形状，排列整齐，错落有致。故此，圆木小屋又被称为"红宫"（Red Chambers）。

圆木小屋旁，有一个独立展厅，展出"彼得之舟"。彼得一世曾往欧洲学习造船技术，是个造船专家。他亲自动手，制作了这艘帆船。他曾亲自驾着小帆船，穿梭于彼得一世小屋和兔子岛之间。

在兔子岛彼得堡罗要塞建设的关键时期，彼得一世不顾狂风骤雨，昼夜不停地指挥军事要塞的建设。

在彼得一世小屋的院子里，有一尊彼得一世的半身纪念雕像，面向浩瀚的涅瓦河。这是俄罗斯著名雕塑家帕门·萨贝拉（Parmen Sabella, 1830—1917）的作品。

我从彼得一世小屋博物馆出来，经过俄罗斯政治历史博物馆和圣彼得堡清真寺。今天是周四，俄罗斯政治历史博物馆闭馆。我走向圣彼得堡清真寺，清真寺也正在维修。我只好在清真寺内走马观花地游览。

从圣彼得堡清真寺出来，我沿着卡缅内岛大街一路北行，穿过卡尔波夫卡运河，走上医生大街，走过康特米罗夫卡大桥，经过康特米罗夫卡大街，走到森林地铁站，回到了宿舍。

11月1日星期六

瓦西里岛：海神柱和二手书摊

昨晚小雨绵绵，今天上午天气晴朗，下午转阴。

今天，我将行走涅瓦河三角洲第一大岛——瓦西里岛。上午10时45分，我背起行囊，搭乘地铁M1（红线）到马雅可夫斯基站，转乘地铁M3（绿线）到瓦西里岛站。

我出了地铁站，一眼看见马路对面的麦当劳门店，那是我理想的中途休息站。

瓦西里岛东西6.6千米，南北4.2千米，东南西北方向十分清晰。我根据太阳的位置判定方向，沿着中街向东行走，目标是位于瓦西里岬角的海神柱。

在中街和第四街的转角处，有一个不小的二手书摊摊位，摊主和员工正在摆设摊桌和书架，准备开启忙碌的一天。我用相机拍了照，记录他们忙碌而紧张的工作场景。他们在零度的气温下，为瓦西里岛的冬日增添了暖意。

二手书摊（开市）

我在书摊前浏览了约 20 分钟。该书摊销售的二手图书绝大多数是俄文书籍。从封面判断，有些书是关于苏联时期的，有的书封面上印着那个时代鲜明的印记和熟悉的面孔。有不少书封面印刷很时髦，我判断是时下流行读物。书摊上还有极少数的英文书，有些是俄罗斯作家作品的英译本，有些是外国作家的作品。

瓦西里东部区域，从第 8 街到代表大会大楼和第 1 街，是圣彼得堡重要的文化机构汇集之地。在不到 3 平方千米的区域内，有科学院图书馆、圣彼得堡国立大学、列宾美术学院、普希金文学纪念馆、土壤科学博物馆、海关博物馆、珍奇博物馆、动物科学博物馆等，还有 5 座教堂和若干文化公园。

这是一个值得我将来多次重访的区域。

我沿着中街，走到代表大会大楼和第 1 街交汇处，街角是圣彼得堡著名的仙鹤商场。我向左转入第 1 街，走到小涅瓦河的马卡洛夫滨河路。

小涅瓦河风光无限，两岸一马平川，视野开阔。我举目远眺，彼得罗夫岛、彼得格勒岛和兔子岛三岛尽收眼底。彼得罗夫岛上的体育学院俱乐部体育宫和体育场、彼得格勒岛上的"周年纪念"体育馆和弗拉基米尔公爵大教堂，以及兔子岛上的彼得保罗大教堂雄伟壮观，赫然在目。

我沿着马卡洛夫滨河路向东行走，不一会儿，就看到了海神柱。海神柱位于瓦西里岛东端的岬角处。

关于瓦西里岛，有个神奇的传说。一支利箭从芬兰湾射向圣彼得堡，利箭遇到强风，掉进涅瓦河，形成了一个东西走向的狭长小岛。小岛将涅瓦河一分为二：向西北流去的支流叫小涅瓦河，向西南流去的干流叫大涅瓦河。箭头落水之处，就是瓦西里岬角，又称"斯特列尔卡"，俄语里"Strelka"有"箭头"之意。

瓦西里岬角两侧各有一座桥连接岛外：贸易桥通往彼得格勒岛，宫廷桥通往宫廷滨河路。

瓦西里岬角凭借特殊的地理位置，成为圣彼得堡的天然港口。瓦西里岬角广场的南北两侧，各耸立着一根海神柱，作为灯塔，为往来于涅瓦河、大涅瓦河和小涅瓦河的船只指明方向和位置。

瓦西里岬角海神柱与宫廷桥、冬宫博物馆、圣伊萨克大教堂和海军部大楼构成圣彼得堡四大标志性建筑。海神柱高 32 米，为红色多立克柱式砖砌结构。

海神柱基座的四面都镶嵌着象征河神的白玉石雕塑。北柱的南北两面分别是伏尔加河神和第聂伯河神，南柱的南北两面分别是沃尔霍夫河神和涅瓦河神。

按照古希腊罗马传统，古希腊罗马人将缴获敌军战船船头上的标识，装饰于象征海军胜利的海神柱柱身上。

例如，为了纪念公元前260年的米拉伊海战（Battle of Mylae）完胜腓尼基人，罗马人在罗马广场上建立了一根海神柱，命名为"盖乌斯·杜伊鲁斯海神柱"，柱身上装饰着从腓尼基人手中缴获的战船船头的标识。

原海神柱已经湮没于历史尘埃中，如今，在罗马文明博物馆里还保存着一件海神柱复制品。

西方人在城市建筑中喜建海神柱。法国南部城市波尔多、意大利的威尼斯和美国纽约哥伦布广场上，都高高耸立着具有历史纪念意义的海神柱。

瓦西里岬角海神柱设计者们继承了古希腊罗马的传统，在海神柱的柱身上，有海神、水中仙女、海底动物和锚等塑像。

海神柱基上的海神雕塑

海神柱内部有一个环形楼梯，通往海神柱顶层。海神柱顶端设有一个平台，平台上有个三角支架，支撑一个巨大的碗状容器，用于盛植物油作为航灯燃料。20世纪40年代，随着电力普及，塔顶的航灯改用电灯。但是，灯塔耗电惊人。1957年，灯塔改用汽油作为燃料。

今天，海神柱不再有航标的作用，只是在新年元旦、圣彼得堡建城纪念日和俄罗斯胜利纪念日等节假日，塔顶会喷出7米高的熊熊火焰，为节日增添喜庆的气氛。

瓦西里岬角的临水区，铺设了一条人行道，为行人提供了赏水观景的理想平台。岬角广场上绿草如茵，堤岸以交易大楼正门向涅瓦河延伸线为中轴线，两排林木分立两边，林木修剪得整齐如一。中轴线是提升环境审美境界的画龙点睛之笔。

林木之下有一排排长凳，供游人休息。我坐在长凳上，背对涅瓦河，面对交易大楼，欣赏着贸易大道上的车水马龙和广场上的人来人往。我正沉醉于美景之中，兔子岛上彼得保罗要塞传来报时的礼炮声。哦，已是正午12点。

我喝完一杯绿茶，吃了几片面包，就走过瓦西里岬角广场，跨过交易大道，绕着贸易大楼走了一圈，欣赏这座典型的希腊风格建筑：四周廊柱环绕、40根多立克列柱组成四周柱廊、红色花岗岩柱座、三竖线花纹饰横楣、槽式柱间壁、立体式四马二轮战车和海神雕塑山墙。

1939年，交易大楼改成俄罗斯中央海军博物馆；2010年，中央海军博物馆迁至新荷兰拱门对面的一栋建筑物内。目前，交易大楼正进行内部装修。

我走下交易大楼的台阶，右转南行，沿着大学滨河路向西行走，经过动物博物馆和海关大楼，参观了圣彼得堡珍奇博物馆。

晚上5时30分左右，珍奇博物馆闭馆（冬天闭馆时间）。我余兴未尽地离开珍奇博物馆，原路返回，即沿着大学滨河路东行、贸易大道北行、马卡洛夫滨河路西行和中街西行。

天色已晚，华灯初上，中街上人来人往，步履匆匆。我回到中街和第四街的转角处时，看到一盏灯在柔和的街灯中特别明亮耀眼。哦，那是二手书摊的灯光。

这盏灯，在寒冷的冬日夜晚，驱散四周的黑暗，给人暖意融融的感觉，就好像一本好书，在蒙昧无知的年代或寂寞孤独的时候，驱散时代的阴霾或心灵的黑暗，给人以生活的希望和人生的启迪。

我看到书摊的工作人员正在收拾摊档，将书装进箱子，将箱子装上汽车。他们动作麻利，紧张有序，忙而不乱。待一切收拾停当，一位老人关

瓦西里岛：海神柱和二手书摊

灯光下的二手书摊

掉电灯，收好灯架，装好包好。他是最后走向汽车的人。

看着他们——这些爱书的人，这些和书籍打交道的人，我心中充满敬意。看着他们的汽车消失在中街柔和的街灯中，我才沿着中街，走进了瓦西里岛地铁站……

圣彼得堡日记

11月2日星期日

圣彼得堡珍奇博物馆

阴雨天，我在宿舍整理昨天在瓦西里拍的照片，查阅相关资料，补写昨天参观圣彼得堡珍奇博物馆（The Kunstkamera）的日记。

圣彼得堡珍奇博物馆，全称是"彼得大帝人类学和民族学博物馆"（Peter the Great Museum of Anthropology and Ethnography），隶属于俄罗斯科学院，是俄罗斯历史上第一家博物馆，也是世界上为数不多的珍奇博物馆。

珍奇博物馆和彼得大帝息息相关。彼得大帝博览群书，游历广泛。他每到异国，都搜集价值连城的奇珍异宝，还要求俄罗斯驻外大使搜集各国自然科学仪器、人体和动植物标本等带回俄罗斯，扩大珍品收藏量，为建立珍奇博物馆打下了良好的基础。

1714年，彼得大帝授权自己的私人医生罗伯特·厄斯金（Robert Erskine，1677—1718）负责将莫斯科的私人珍奇藏品和图书迁至新首都圣彼得堡，并着手筹建圣彼得堡珍奇博物馆。

1718年，彼得大帝下令建立珍奇博物馆，并将自己多年的珍藏品捐献给博物馆。今天，彼得大帝的私人珍藏品仍然是圣彼得堡珍奇博物馆的镇馆之宝。

博物馆位于大学滨河路，濒临涅瓦河，是一座有着蓝白相间外墙的建筑。其正门并不如我想象的那样面向风光旖旎的涅瓦河，而是位于建筑的西侧，面向圣彼得堡国立大学。

我找到入口处，花了250卢布购票，将羽绒外套寄存好，就开始参观圣彼得堡珍奇博物馆。

珍奇博物馆可分为3个小博物馆：位于整座建筑物中部的罗蒙诺索夫展馆、彼得一世展馆、人类学和民族学展馆。我参观博物馆，喜欢按照楼层和主题参观。因此，我从一楼开始参观。

一楼分4个主题展区：北美洲、非洲、日本和本博物馆发展历史。在北美洲展区展出的是18世纪开始从阿拉斯加到加利福尼亚广袤地区搜集到的印第安人、阿留申群岛居民的艺术品，包括劳动和生活用具等。代表

性展品有因纽特人雪橇、阿留申群岛酋长头饰、印第安人6条贝饰、几个篮子和一些陶罐等。

二楼是近东、中东、亚洲展区和彼得一世藏品展区。近东和中东展区主要展出伊朗、阿富汗、土耳其以及阿拉伯国家的生活用品和艺术品，让我们得以管窥这一地区悠久的历史文化。

亚洲展区特设中国展馆，代表性展品有瓷器、木器、铜器、玉器、石器和服饰。其中，一个名为"仙女骑凤凰"的铜制玩具，带有时钟装置，凤凰展翅飞翔，仙女手呈兰花指状，彩带飘飘，翩翩起舞。

三楼是罗蒙诺索夫专题展厅。米哈伊尔·罗蒙诺索夫（Mikhail Lomonosov，1711—1765）是俄罗斯科学的奠基人，被誉为"百科全书式的科学家"。

展厅展示了18世纪俄罗斯科学发展概貌，墙上挂着一幅罗蒙诺索夫油画，展台上立着一尊罗蒙诺索夫半身雕塑。展品包括科学实验仪器、科学院办公用具和家具等。

科学院圆形会议厅有一张大圆桌，见证了俄罗斯第一次全国科学大会。桌面上装饰着一块紫色天鹅绒桌布，桌子中心放置着一面象征俄罗斯帝国法律的"俄罗斯之镜"。

四楼原是圣彼得堡天文台，现辟为天文学展厅，展出天文望远镜、圆形星盘、象限仪、球形钟等天文观测仪器。

俄罗斯早期的天文学家们依靠这些天文观测仪器，为俄罗斯天文事业的发展做出了不可磨灭的贡献，催生了天文学、气象学、测量学、地质学、地形学等影响后世的专门学科。他们根据科学的观测，首次确定了圣彼得堡的子午线，成为城市建设的重要依据，也为俄罗斯地图的绘制做出了贡献。

在展出的天文观测仪器中，有一个罗蒙诺索夫用过的天文望远镜。据载，1763年，他用这架望远镜成功观测到金星掠过太阳的运动轨迹。

五楼是一个独立展厅，展出一个巨大的戈托普天象仪。1654年，应荷尔斯泰因·戈托普公爵（Duke of Holstein-Gottorp）弗雷德里克三世（FrederickⅢ，1597—1659）的要求，在德国著名的数学家、天文学家、地理学家亚当·欧莱利乌斯（Adam Olearius 1599—1671）的指导下，花了10年的时间（1654—1664年），精心制作出星空模型，并以戈托普家族命名，同时在天象仪上镌刻上荷尔斯泰因·戈托普公爵家族的徽章。

在北方战争期间，弗雷德里克三世的孙子将天象仪作为礼品赠送给彼得大帝。1717年，天象仪被运至圣彼得堡，放在战神广场供人参观。彼得大帝常常到此观赏天象仪。随后，戈托普天象仪安置到珍奇博物馆里。

和一切年代久远的文物一样，戈托普天象仪命运多舛。1747年，天文馆失火，天象仪表层损坏。经过多方努力，天象仪终于恢复原貌。"二战"期间，天象仪落入德军手中。1947年，天象仪回归俄罗斯。

20世纪90年代，德国慈善团体依照戈托普天象仪设计，以钢材为原料，重新打造了一座电动天象仪，安装在戈托普家族城堡，成为施洛斯·戈托普博物馆重要馆藏之一。

戈托普天象仪直径3.1米，是世界天文历史上第一个兼备内外结构的天象仪。它的表层上绘制了一张世界地图，陆地、海洋以及各国的地理位置都描绘得十分详细，充分反映出当时人们对世界的认识水平。

内层描绘了一个巨大的星空，星空中以彩色动物形象标明人马座、天秤座、双鱼座、水瓶座等星座的位置。天象仪里面设置有座位，可容纳10人，由蜡烛或油灯提供照明。

天象仪外面设置有一个手摇操纵杆，操纵者缓缓摇动，天象仪缓缓转动，里面的星座也缓缓地呈现在观众面前。整个星空场面壮观，动物栩栩如生，星座一一呈现，日月星辰在时空中摇晃起来。

如今，珍奇博物馆成为世界人类学和民族学藏品最为丰富的博物馆之一，也是世界著名人类学和民族学科研机构。

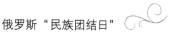

11月4日星期二

俄罗斯"民族团结日"

今天天气阴转晴。

今天是俄罗斯第十个"民族团结日"(Russian National Unity Day)。一个节日可以反映一个民族的传统和一个国家的文化。

"俄罗斯民族团结日"历史悠久。在俄罗斯民族发展史上,俄罗斯经历了一个混乱时期。

1605年4月的一天早上,沙皇鲍里斯·戈东诺夫吃完早餐后,在散步时突然死亡,其幼子继位。随后,俄罗斯内乱不断,朝纲不振。内忧导致外患,波兰军队占领莫斯科。

1611年,为了民族自由和国家独立,王公德米特里·波扎尔斯基和商人库兹马·米宁领导了一场声势浩大的武装起义,并团结哥萨克人的武装力量,于1612年11月4日解放了莫斯科,驱逐了外国侵略者,恢复了俄罗斯作为一个国家的独立性。

1613年年初,米哈伊尔·罗曼诺夫登基,结束了俄罗斯的混乱时期。为了纪念莫斯科从波兰人统治中获得解放和自由这一历史事件,新沙皇签署命令,将11月4日定为"莫斯科解放日"。此后,罗曼诺夫王朝一直延续着"莫斯科解放日"的庆祝传统。

十月革命后,俄罗斯不再纪念"莫斯科解放日",继而庆祝11月7日的"伟大的十月社会主义革命日"。苏联解体后,11月7日改成"和解日"。

2005年,普京总统签署总统令,将11月4日定为"民族团结日",目的是团结俄罗斯各民族和各阶层的民众。

今天,圣彼得堡冬宫广场举行盛大集会,庆祝俄罗斯第十个"民族团结日",喀山大教堂也举行隆重的斋日活动,其他一些地方也有灯光秀来庆祝这一节日。

11月5日星期三

巧克力博物馆和斯特罗加诺夫博物馆

今天，我打算到冬宫广场参观亚历山大柱。

上午10时30分，我出门搭乘地铁1号线（红线）至起义广场站，步行至地铁3号线（绿线）换乘马雅可夫斯基站至圈楼站。走出圈楼站，就到了涅瓦大街，我又左转往冬宫广场走去。

我正沿着涅瓦大街走着，不觉到了一个高宽的拱门旁。墙边站立着一个熟悉的身影——爱神维纳斯雕塑。我站在她面前，仔细端详，发现她并非我所熟悉的白色，而是褐色或巧克力色。

疑惑间，我发现她背向的墙上，挂着一个标牌——"МУЗЕЙ ШОКОЛАДА"。我只认识第一个单词，是"博物馆"的意思，但第二个单词就不懂了。既然是博物馆，不管是什么主题，都应该好好看看。

不经意间，我发现俄语下方还有英文：Chocolate Museum（巧克力博物馆）。墙上还挂着一个蓝色门牌：НЕВСКИЙ 62（涅瓦大街62号）。我高兴极了，兴冲冲地走进拱门。

可惜，巧克力博物馆没有开门，只有巧克力礼品店开张营业。礼品店很小，但里面人头攒动，寸步难移，交易繁忙，一派生意兴隆的景象。

我好不容易挤进礼品店，只见货架上各种各样的巧克力琳琅满目、应有尽有。每一颗巧克力都设计精美，小巧玲珑，形状各异，令人垂涎欲滴。

我兴趣不在商店，而在博物馆。我未做久留，就挤出门外。我回到涅瓦大街之前，再次端详爱神维纳斯雕塑，心想：怪不得维纳斯雕塑是褐色的。但是，爱神维纳斯怎么成为这座城市的巧克力代言人了？

我回到涅瓦大街，继续往西前行，来到了莫伊卡运河和涅瓦大街交汇处。在警察桥旁，我发现一座有着红白相间外墙的巴洛克风格的宫殿建筑，墙上标志牌有英文：Stroganov Palace Museum（斯特罗加诺夫博物馆）。门牌号为涅瓦大街17号。

虽然我对斯特罗加诺夫博物馆一无所知，但对于一个爱上博物馆的人来说，即兴参观博物馆，往往惊喜连连，收获丰富。即兴参观博物馆，是

巧克力博物馆和斯特罗加诺夫博物馆

一种莫大的享受。

对事物的认识,从一无所知到基本了解,甚至深刻理解,是认知的巨大飞跃。试想,一个呱呱坠地的婴儿,第一次睁开双眼,第一次感知阳光,那种期待、好奇、惊喜和收获!

我顺手推门进去,来到售票窗口,一看,一张门票300卢布,凭大学或研究机构的证件(如学生证、借书证等)半价。

主楼梯宽阔,大理石梯面。楼梯两侧用大理石雕塑装饰。沿着主楼梯拾级而上,就到了宫殿大厅。

宫殿大厅的装饰,融合了俄罗斯民族传统和欧洲巴洛克时期的装饰风格,一盏晶莹剔透的巨型水晶吊灯把大厅照得明亮如昼,尽显显贵家族富丽堂皇的气派。

曾几何时,国内外的音乐家、作家、诗人和政要等云集宫殿大厅,无数的俊男靓女在水晶灯下觥筹交错,随着音乐节拍翩翩起舞。

大厅的天花板上,是一组意大利威尼斯画家朱塞佩·维拉里安诺(Giuseppe Valeriano,1526—1596)创作的以希腊神话"英雄远征"为主题的油画。

画面上,在蔚蓝广阔的天空中,各路英雄云集,腾云驾雾,气吞山河,对邪恶之神紧追不舍。

画面的装饰性边框上,希腊英雄们,如宙斯、赫拉、波塞冬、阿波罗、雅典娜等联袂出击,穷追猛打,而邪恶之神则不堪一击,四处逃窜。

在边框上,也出现了人类美好的象征:音乐之神昂扬奔放,诗歌之神如痴如醉,艺术之神神情淡定,共同勾勒出人类发展长河中波澜壮阔的历史画卷。

在绘画展厅,展出了斯特罗加诺夫家族历代收藏的名画,包括人物、动物和历史油画。斯特罗加诺夫家族名画藏品品种繁多,丰富多彩,画廊展出的只是冰山一角。

其他展厅包括家族图书馆、餐厅、书房、卧室、希腊厅、阿拉伯厅和矿物标本厅等。展品包括书籍、雕塑、家具、陶瓷器和艺术品等。

看完各个展厅,我回到一楼大厅。门外有一座花园,园内有一个豪华的餐厅。餐厅招牌菜是"斯特罗加诺夫牛柳",源自斯特罗加诺夫家族的一名大厨。他用酸乳酪和自制的蘑菇调味酱烹饪牛柳,肉汁味美,奶香浓郁。

俄罗斯著名美食家埃琳娜·莫洛霍维茨(Elena Molokhovets)于1861

年出版的美食手册《巧媳妇烹饪宝典》（*A Gift to Young Housewives*）第一次向公众推介这道菜之后，"斯特罗加诺夫牛柳"随即风靡全国，遍及欧洲。至今，"斯特罗加诺夫牛柳"成为俄罗斯的一道名菜，广受欢迎。

我走出斯特罗加诺夫宫殿，重新回到涅瓦大街，站在宫殿大门内，仔细欣赏宫殿拱门的装饰。在拱门顶上，镌刻着一个雄狮头。橡木饰板上，树枝簇拥着雄狮头。

我跨过涅瓦大街，来到对面马路上，仔细欣赏这座出自意大利建筑师拉斯特雷利之手的建筑杰作。在拱门上方，有一个椭圆形大窗和一个半圆形大窗，两侧竖立着科林斯柱。在椭圆形大窗上端的窗角，装饰着各种水果。在两个大窗之上，是斯特罗加诺夫家族纹章形象，居于整座建筑物的最高处。

我把目光投射到建筑正面上、中、下3层那些富有特色的大窗上，发现下层的落地大窗远远矮于上、中层的大窗。原来，宫殿落成后，涅瓦大街历经数次重建，抬高了路面，遮挡了下层部分的落地大窗，使得落地大窗和上两层大窗的高度不一致。

斯特罗加诺夫家族在俄罗斯历史上显赫一时。除了在商业上的成功之外，斯特罗加诺夫家族在俄罗斯发展的重大历史关头，如北方战争、西伯利亚大开发等，都曾发挥十分重要的作用。

自从18世纪20年代初落成以来，斯特罗加诺夫宫殿和莫伊卡运河、绿桥和涅瓦大街一道，共同见证了圣彼得堡的沧海桑田和世事沧桑。

如今，历史尘埃散尽，现实真容显露。斯特罗加诺夫宫殿仍然屹立于涅瓦大街旁，见证着圣彼得堡的熙熙攘攘和现代都市的车水马龙。

在涅瓦大街的人来人往中，我继续沿着涅瓦大街，走向冬宫广场。

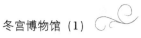

11月6日星期四

冬宫博物馆（1）

阴雨绵绵。

自从来到圣彼得堡，我就一直期待着每个月的第一个星期四。今天是冬宫博物馆（又称"埃尔米塔日博物馆"）的免费开放日。

我一早出门，直奔冬宫广场。刚进入冬宫内院，发现博物馆门外已经排起长龙。今天虽然是冬宫博物馆的免费日，但仍需在购票窗前排队，出示证件，获取免费票。

按照博物馆规定，我花了250卢布购买了照相票。所谓照相票，实际上是一张红色贴纸，贴在身上或挂包等显眼的位置，让馆内工作人员识别，这样，照相时他们便不会干预了。但即使购买了照相票，任何人也都不得使用闪光灯。

我寄存了外套和背包，经过安检，通过长廊，走上了约旦楼梯，开始了一整天的参观活动。因为有所期待，所以特别兴奋。博物馆内，一步一景，景随步移，步移景换，精彩绝伦。

今天，我为冬宫博物馆设置了一个特定目标：走马观花，熟悉环境，为下一次有针对性的参观做好准备。

彼得厅（小金銮厅）的富丽堂皇、圣乔治厅（大金銮厅）的精彩绝伦、徽章厅的无与伦比、拉斐尔长廊的宁静神秘、欧洲装饰的异彩纷呈、俄罗斯绘画的五光十色、孔雀石大厅的沉稳凝重、拜占庭艺术的独一无二、宗教艺术的包罗万象……一切都在我急切的期待中，一切都将纳入我求知的视野中。

当然，参观冬宫博物馆，不需要特设目标，漫无目的地闲逛，也是最好的享受。

即使随性闲逛，或随意漫步，你也不会失望。丰富多彩的世界文化气息笼罩着你，独树一帜的俄罗斯文化气质浸润着你，你一定能激发出内心深处最美妙、最美好的一面。

即使将目光从展品投向窗外，你也会收获一份意外的惊喜：涅瓦河风光旖旎，瓦西里岬角海神柱巍然耸立，冬宫广场上亚历山大柱庄严肃穆，海军部大楼高耸入云……

　　还有，从小冬宫博物馆宽阔的走廊，透过高大的悬窗，空中花园的无边景色款款而来，映入你的视野：琪花瑶草争奇斗艳，成荫绿树苍翠欲滴，雕塑杰作婀娜多姿……

　　冬宫博物馆提供了一个观察圣彼得堡的独特视角，给城市景观披上一层神秘的面纱。

　　一切都充满诱惑，一切都充满神奇，一切都散发出无限光彩和无穷魅力。

　　冬宫博物馆，一座充满人类宏大叙事的博物馆！

冬宫博物馆（2）：《拉奥孔和他的儿子们》

11月7日星期五

冬宫博物馆（2）：《拉奥孔和他的儿子们》

在冬宫博物馆的一楼，从安检通道至约旦楼梯之间，有一条宽阔的长廊，名叫"约旦长廊"（Jordan Gallery）。约旦长廊是冬宫博物馆参观者的必经之地，熙熙攘攘，人来人往。

通常，参观者进入安检通道后，往往被长廊尽头金碧辉煌的约旦楼梯所深深吸引，忽视长廊两侧精心布置、设计精美的雕塑作品。

在西方博物馆或美术馆，"Gallery"是美不胜收、令人肃然起敬的圣地。

今天，我将仔细浏览约旦长廊两侧的雕塑作品。忽然，一座熟悉而陌生的大理石雕塑映入我的眼帘。我定睛一看，是《拉奥孔和他的儿子们》群雕。我立刻放缓脚步，满怀敬仰地走到群雕面前，驻足良久，陷入深思。

我早些年学习西方文论时，通过德国启蒙运动时期剧作家、美学家莱辛（Gotthold Ephraim Lessing，1729—1781）所著《拉奥孔——论绘画和诗的界限》一书，得知在西方雕刻艺术史上有一座名为"拉奥孔"的大理石群雕。

公元前175年至公元前50年间，位于爱琴海东部的罗德岛雕塑家阿格德罗斯（Agesanders）和他的儿子波利多罗斯（Polydorus）、阿典诺多罗斯（Athenodoros）3人根据荷马史诗《伊利亚特》中有关拉奥孔和他的儿子们的故事创作了一座高242厘米的群雕。

由于历史变迁，群雕长期湮没于罗马废墟中。1506年，群雕被发现，被挖掘，重见天日。原作群雕现存于梵蒂冈克里门提诺美术馆。

拉奥孔的故事在古罗马诗人维吉尔的《埃涅阿斯纪》中也有记载。拉奥孔是特洛伊人的祭司。当时，希腊人久攻特洛伊城不下，便大张旗鼓撤军，却悄悄留下了木马，里面藏有希腊勇士。特洛伊人自以为希腊人不战自溃，准备将木马搬入城中。拉奥孔警告他们，不要将木马搬进城中，以免中了希腊人的诡计。但特洛伊人不听拉奥孔的警告，反而听从了希腊人香农的谎言，欲将木马搬进特洛伊城。拉奥孔怒不可遏，把手中的长矛掷向木马，揭穿希腊人的诡计。

《拉奥孔和他的儿子们》

拉奥孔的行为触怒了一心要毁灭特洛伊城的希腊人守护神阿波罗、雅典娜和众神。他们从海中调遣两条巨蟒将拉奥孔和他的两个儿子活活地缠死。

在雕像群中，拉奥孔居于中央，左手紧抓着蟒蛇，右手高举过肩企图甩掉蛇尾，仰着头，呻吟着，一条蛇正咬着他的臀部。

拉奥孔左侧是他的长子。他的长子似乎还没有受伤害，头部转向父亲。他左手企图挣脱牢牢缠绕他左腿的蟒蛇，右手臂高举过肩，也被蟒蛇缠住。

拉奥孔右侧是他的次子。他次子的双腿和双手都被蟒蛇紧紧缠绕。他显然受到严重的伤害，神情绝望，给人以仰头待毙的感觉。

埃尔米塔日博物馆约旦长廊中的这座《拉奥孔和他的儿子们》群雕是一件精美的复制品，生动地表现了拉奥孔和两个儿子痛苦的瞬间。

冬宫博物馆（2）：《拉奥孔和他的儿子们》

在这凝固的一瞬间，生命之手和死神之手紧紧地握在一起。只不过，生命如此脆弱，而死神如此强大。

在这凝固的一瞬间，人类的过去和未来也紧紧相连。

瞬间，在时间中流淌；瞬间，在空间中凝固。

群雕整体呈三角形，结构稳定且富于变化：长子眼望父亲，次子头部也微微倾向中心，突出父亲在群雕的中心位置。

3人惊恐万分，痛苦异常，表情变化微妙，形象逼真。人物动作相互呼应，肌肉扭曲变形，依然展现出人体之美。

拉奥孔是特洛伊的祭司和预言家。他知道真相，并且说出真相，却付出了生命的代价。他的儿子也遭到灭顶之灾。

知道真相是一件痛苦的事情。知道真相却掩盖真相，天理难容；知道真相并揭露真相，却要遭弥天大祸。这是人类生存的两难境地。这不仅是拉奥孔的悲剧，也是人类的生存悲剧。

群雕《拉奥孔和他的儿子们》借助古希腊题材，以造型艺术形式，探索隐藏在人类内心和处境的深层次危机。

身未动，心已远。我站在群雕面前，把目光投向梵蒂冈克里门提诺美术馆和华盛顿国家艺术画廊。

在克里门提诺美术馆有《拉奥孔和他的儿子们》的原作，残缺部分已经得到修复。

在华盛顿国家艺术画廊，有一幅希腊画家埃尔·格列柯（El Greco，1514—1614）的名画《拉奥孔》。格列柯观察群雕《拉奥孔和他的儿子们》之后，心中泛起古希腊悲剧情怀，心情久久难以平复，便以线条和色彩创作出同样震撼人心的名画《拉奥孔》。

《拉奥孔和他的儿子们》的线条和符号凝固于我心灵，它的色彩和光影掠过我心海。

11月8日星期六

冬宫博物馆（3）：
格里特·范·弘索斯特的烛光

17世纪在西方美术史上称得上是"光线世纪"或"光影世纪"。

意大利画家卡拉瓦乔（Michelangelo Merisi da Caravaggio，1571—1610）是一位开拓者，对光和影对比、明和暗变化等情有独钟。

在艺术路上，卡拉瓦乔不乏同路人，委拉斯贵支和伦勃朗与卡拉瓦乔一样，在光与影的对比、明与暗的变化中，捕捉那千变万化且震撼人心的画面。

格里特·范·弘索斯特《童年耶稣》

卡拉瓦乔不乏睿智的继承者，如意大利画家格里特·范·弘索斯特和法国画家乔治·德·拉·图尔。他们都深受卡拉瓦乔的影响，对光和影、明和暗的探索卓尔不群，对颤动、闪烁的烛光更是情有独钟。

弘索斯特注重现实，以简练、明晰、幽微的笔调，捕捉瞬间的光影，栩栩如生地刻画人物性格，激情澎湃地再现戏剧性的场景。

冬宫博物馆（3）：格里特·范·弘索斯特的烛光

弘索斯特的油画《童年耶稣》大约创作于 1620 年，现存于冬宫博物馆。作品规格为 127 厘米×185 厘米。

约瑟是一位仁厚、朴实、能干的木匠，妻子是善良、美丽、勤劳的玛利亚。耶稣在家庭的熏陶下，养成了吃苦耐劳、意志坚韧的品质。

《童年耶稣》画面再现了约瑟现实家庭生活中十分平常的场景：童年耶稣全神贯注，聚精会神，右手贴案，左手举起蜡烛，为父亲照明；约瑟左手握凿，右手挥锤，一丝不苟地雕刻十字架。

烛光中的十字架，预示着耶稣将被钉死于十字架。

烛光是画面中唯一的光源，成为整个画面的中心，也是观众目光的焦点。在烛光的辉映下，约瑟和耶稣的脸庞清晰可见，父子身影交织，投射到木匠的工作台面上。在父子之间那交织的身影和契合的目光，折射出和睦、温暖的画面。在耶稣身后，在半明半暗中，浮现两位天使，见证了普通人家现实生活中动人的一幕和温馨的氛围。

烛光驱散了小屋中的黑暗，也驱散了人类心中的黑暗。烛光照亮了父子的脸庞，也照亮了西方文明的发展道路。

11月9日星期日

冬宫博物馆（4）：小爱神的威吓手势

在冬宫博物馆的法国洛可可时期艺术展厅中央，有一尊造型优雅的小爱神丘比特的雕塑。这是法国洛可可时期著名雕塑家艾蒂安·莫里斯·法尔科内（Étienne Maurice Falconet，1716—1791）于1757年创作的作品，标题是《故做威吓手势的丘比特》。

1767年，法尔科内受叶卡捷琳娜二世的邀请，来到圣彼得堡，负责建造《青铜骑士》雕像。如今，《青铜骑士》雕像仍然耸立于元老院广场，成为圣彼得堡的标志。《青铜骑士》雕像是法尔科内雕塑艺术生涯的巅峰之作。

不过，冬宫博物馆所展出的法尔科内作品都是雕塑家在法国时期的作品。法尔科内善于将古希腊罗马神话题材点化成栩栩如生、高贵典雅的雕塑作品。

1757年，法尔科内在艺术沙龙同时展出的两件作品——《狄安娜》和《故做威吓手势的丘比特》，轰动一时，广受欢迎，奠定了他在法国雕塑艺术的地位。

《故做威吓手势的丘比特》取材于古希腊罗马神话。爱神维纳斯诞生于爱琴海的白色泡沫，既无童年也无老年，只有青春美丽，优雅动人。她不顾天神的婚约，倾情于英俊健美、智勇双全的战神马尔斯，生下了机灵、淘气、可爱的小爱神丘比特。

当战神马尔斯年老体弱时，永葆青春的爱神无法容忍战神的残暴，就另觅新欢，移情别恋，苦苦追求英俊少年阿多尼斯。

有一次，爱神维纳斯和阿多尼斯于僻静的葡萄架下幽会。不料，女神哈波克拉特斯（Harpocrates）不期而至，发现了他们的私情。哈波克拉特斯正欲转身离开这是非之地，不料，小爱神丘比特从黑暗中蹿了出来，迎面向她走来。

丘比特一手摘了一朵玫瑰花，送给哈波克拉特斯，另一手的食指轻贴双唇，示意哈波克拉特斯坚守爱神的秘密。

迫于小爱神的神箭，声音甜润、歌声动人的女神哈波克拉特斯从此沉

冬宫博物馆（4）：小爱神的威吓手势

《故做威吓手势的丘比特》

默不语，成了沉默女神。在西方文化中，玫瑰花也成了沉默女神形影相随的意象。

法尔科内根据神话故事，创作了《故做威吓手势的丘比特》雕塑作品。小爱神坐在由玫瑰花组成的基座上，两眼直瞪着哈波克拉特斯，右手食指轻贴嘴唇，示意她不出声响，保持沉默。

小爱神嘴角上露出顽皮的微笑，左手却悄悄地伸向箭筒。丘比特与其说是示意，不如说是威迫哈波克拉特斯坚守秘密。

在英语世界中，"under the rose"（玫瑰花下）也成了"保守秘密"的代名词。在西方的政府大楼、外交使馆等重要机构的大厅穹顶，往往都有玫瑰花的绘画或装饰带，时时提醒有关人员"玫瑰花下，谨言慎行"或者"玫瑰花下，仅限于玫瑰花下"。

法尔科内创作的小爱神形象家喻户晓，出现了许许多多优秀的仿作，让普通人真假难辨，同时也造成了普通民众对罗马神话的误读。

实际上，丘比特的"沉默手势"源自古希腊神话的女神哈波克拉特斯。自从葡萄架下的那场邂逅，她无意中得知爱神维纳斯的恋情真相，但又迫于丘比特的威吓，不得不坚守秘密，从此陷入没完没了的痛苦之中。

知道真相是一件十分痛苦的事，知道真相却又不能揭露真相更是苦不堪言。哈波克拉特斯从此沉默不语，放弃了用语言表达思想的自由和权利，遇到任何人或谈论任何事情，都只做一个将右手食指轻贴嘴唇的动作，只发出一种"嘘……嘘……"的声音，示意别人别发出声音，别说出任何事情。哈波克拉特斯女神从此成了沉默女神。

在西方文化中，沉默女神长着翅膀，右手轻贴嘴唇，提醒人们保持安静或保守秘密。

目前，卢浮宫也收藏了一尊沉默女神的全身雕像，是公元前100年至公元前50年时期的作品，出土于希腊利姆诺斯岛的米利纳遗址。

古希腊文明和古埃及文明同属泛地中海文化圈，两种古老文明自古以来就相互交流、相互碰撞、相互交融。

古希腊神话吸收了许多古埃及神话的元素。古希腊神话中的沉默女神哈波克拉特斯源自古埃及神话中的荷鲁斯（Horus）。他是生育女神（Isis）伊希斯和冥府之神塞拉皮斯（Serapis）的孩子。

在古埃及神话中，荷鲁斯是太阳神，表示新的一天开始，预示植物萌芽和动物降生，象征新生命的诞生。

在古埃及艺术中，荷鲁斯是个天真无邪的孩子，赤身裸体，朝气蓬勃，坐在尼罗河盛开的莲花之上，手指轻贴脸颊或下巴。

据说，这种具有神秘色彩的肢体语言与古埃及表示"孩子"的象形文字相似，而与古希腊神话或现代人的"保持安静"或"保守秘密"没有任何关系。

一个小小的动作，穿越历史漫长的时间隧道，跨越遥远的空间距离，依然深深地影响着现代人的思维模式和生活方式。

文化是跨越时空最美的桥梁。

文化源远流长。她宛若涓涓细流，至柔至刚，川流不息。

文化长河，孕育着宇宙顽强的生命，铸造着人类精神的丰碑。

文明的火种，文化的力量。生命脉动，蕴含着强烈冲动。生命不止，冲动不息。

冬宫广场：亚历山大柱

11月10日星期一

冬宫广场：亚历山大柱

天气晴朗，气温4℃。

今天，我再次来到冬宫广场。我不止一次来到冬宫广场，但每次都只是仰望着亚历山大柱，与它擦肩而过。今天，我仔细观察了冬宫广场上的亚历山大柱和广场周边的著名建筑物。

冬宫广场的亚历山大柱

冬宫广场北面是冬宫博物馆，南面是总参谋部大楼（凯旋门连接冬宫广场和涅瓦大街），东面是皇家警卫队、外交部和财政部大楼，西面是海军部大楼和海军部公园。

冬宫广场建筑群经过一代又一代设计师和建筑师的努力，以冬宫广场为中心，形成了一个具有巴洛克建筑风格的环形建筑群。

位于冬宫广场中央的是圣彼得堡地标性建筑物——亚历山大柱。亚历山大柱高47.5米，花岗岩柱身长25.45米，直径3.5米，净重600吨。它是世界上最高的整体花岗岩纪念柱，也是当时世界运输历史上曾经承运

的最重的单体花岗岩石柱。

沙皇尼古拉一世即位后,为了巩固自己的统治地位,彰显其前任沙皇亚历山大一世在1812年俄法战争中的赫赫战功,在冬宫广场建造一座高出巴黎旺多姆纪念碑的花岗岩纪念柱,将它命名为"亚历山大柱"。

亚历山大柱由法国新古典主义建筑大师奥古斯特·德·蒙费朗(Auguste de Montferrand,1786—1858)按照古罗马图拉真柱的样式,负责建筑设计和方案实施。

蒙费朗在圣彼得堡留下的不朽建筑杰作,包括距亚历山大柱不远的圣伊萨克广场的尼古拉一世纪念雕像和圣伊萨克大教堂穹顶。

蒙费朗花了4年时间,于1834年完成了使命,其创举是,让亚历山大柱完全依靠自身重力,高高耸立在冬宫广场上。工程落成之初,无论在上流社会还是在市井百姓之间,都盛传着令人沮丧的不祥消息:亚历山大柱不假时日即将倒塌。雪上加霜的是,亚历山大柱身出现裂隙,传言甚嚣尘上。

为了证明亚历山大柱将屹立不倒,蒙费朗每天都到亚历山大柱周围遛狗闲逛。

一个视建筑作品重于自身性命的建筑师,创造了建筑奇迹。亚历山大柱屹立于冬宫广场近200年,见证了历史的激荡和沧海桑田的巨变。亚历山大柱自身也历经风霜雨雪的严峻考验,击破了一次又一次有关它坍塌的传言。时至今日,依然有人预言:只需要一次地震,亚历山大柱必将坍塌。

在亚历山大柱的柱顶之上,一名天使右手直指向苍穹,左手扶着一座高达6.4米的十字架,将十字架严严实实地压在一条象征邪恶势力的毒蛇身上。天使身穿长裙,插上一双巨大的翅膀。据说,天使的脸型酷似亚历山大一世。

亚历山大柱的基座四面,有一组反映俄罗斯军队丰功伟绩和不朽荣誉的主题浮雕。面向冬宫一面的浮雕,左右上角各雕刻有一名天使,她们相向而飞,双手拿着一幅展开的圣匾,上书:"感恩的俄罗斯向亚历山大一世致敬。"

在圣匾之下方,居中的是一名古俄罗斯勇士的形象。他的两侧是在俄法战争中著名战役之地——涅曼河和维斯瓦河的河神形象。涅曼河和维斯瓦河是俄罗斯士兵勇猛渡河,乘胜追击,取得决定性胜利的主要战场。男河神正在河里取水,女河神依偎在水瓮旁。他们周围是一副俄罗斯战士盔

冬宫广场：亚历山大柱

亚历山大柱柱顶雕像

甲：诺夫哥罗德奥列格王公之矛、亚历山大·涅夫斯基的头盔、亚历山大一世的护胸甲、叶尔马克·齐莫菲耶维奇的锁子甲以及俄罗斯历史上著名将领的象征性物件。

基座其他三面的浮雕，俄罗斯战士盔甲和古罗马军队军械有机地融合在一起，将俄罗斯帝国和古罗马帝国联系起来。浮雕的主题分别是智慧和丰收女神、公正和仁慈女神、和平和胜利女神。

在和平和胜利女神浮雕上，出现一个盾牌，写着"1812""1813"和"1814"，展示俄法战争发生、经过和胜利的关键时间和事件。

亚历山大柱是世界建筑的奇迹。雄伟壮观的亚历山大柱凝聚着圣彼得堡的城市智慧，神秘的天使和屹立的十字架彰显了俄罗斯民族的心理指归，典雅端庄的主题浮雕承载着俄罗斯民族历史的集体记忆。

历史上，圣彼得堡是俄罗斯的中心，巴洛克环形建筑群是圣彼得堡的中心，冬宫广场是巴洛克环形建筑群的中心，亚历山大柱是冬宫广场的中心，而奠定俄罗斯国家信仰基石的就是高高耸立在亚历山大柱顶上的神圣十字架。

11月11日星期二

元老院广场：青铜骑士雕像

阴雨绵绵，气温3℃～4℃。国内"双11"购物狂欢，异常火爆，堪比"黄金周"。我在宿舍补写日记。

昨天，我欣赏完亚历山大柱后，又参观了冬宫广场周边的建筑，如海军部大楼和海军部花园、元老院广场（十二月党人广场）和青铜骑士雕像。

元老院广场位于涅瓦河南畔，历史上屡次易名。19世纪初，著名建筑设计师罗西在涅瓦河南畔修建了俄罗斯元老院（参政院），在位于参政院东侧的一大片空地开辟出一个巨大的广场，并命名为"元老院广场"。

1825年12月14日（俄历），几百名怀揣自由主义梦想的近卫军在元老院广场发动了一场武装起义，要求俄罗斯实行政治改革，反抗沙皇的专制统治。这场起义以失败告终，率领起义的5名军官被处以极刑，许多人遭到流放。

这场武装起义被称为"十二月党人革命"。在苏联时期，元老院广场易名为"十二月党人广场"。2008年，十二月党人广场又恢复原来"元老院广场"的名字。

元老院广场中心，耸立着骑着骏马的彼得大帝青铜雕塑。历史上，女沙皇叶卡捷琳娜二世为了证明自己继承皇位的合法性和正统性，表明其实行开明专制统治的意志，下令在元老院广场中心修建一座彼得大帝的青铜雕像。

青铜骑士的底座是一块完整的花岗岩巨石。底座上书俄语"叶卡捷琳娜二世纪念彼得大帝一世，于1782年8月"的字样。基石上，一匹骏马头朝西方，前身奋蹄腾空而起，后腿牢牢定于花岗岩上。彼得大帝坐在骏马上，面向涅瓦河，目光炯炯，神情坚定。骏马后腿踩着一条巨蛇，巨蛇痛苦地缠绕着，垂死挣扎着……在俄罗斯文化中，蛇象征着邪恶势力，它在当时俄罗斯政治语境中，象征着腐朽的农奴制度和没落的政治体制。

彼得大帝创建了一座伟大的城市，圣彼得堡向西方敞开了一扇明亮的窗户。俄罗斯著名诗人普希金曾热情洋溢地赞颂彼得大帝在圣彼得堡建城

元老院广场上的青铜骑士雕像

过程中和在俄罗斯发展历史上的丰功伟绩。他在《青铜骑士》① 中写道：

> 我爱你，彼得兴建的大城，
> 我爱你严肃整齐的面容，
> 涅瓦河的水流多么庄严，
> 大理石铺在它的两岸……

青铜骑士雕像是圣彼得堡的城市标志，也是俄罗斯的文化象征。

---

① 此诗译者为查良铮。

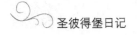

11月12日星期三

圣伊萨克广场：尼古拉一世雕像

前天，我参观完元老院广场上的青铜骑士雕像之后，便从元老院广场南行，经过圣伊萨克大教堂和圣伊萨克广场，欣赏了亚历山大柱作者蒙费朗在圣彼得堡留下的另一个建筑杰作——尼古拉一世雕塑。

以圣伊萨克大教堂为中心，教堂以北是青铜骑士雕像，教堂以南是尼古拉一世雕像。两座雕像背南朝北，两位沙皇举目远眺滔滔不绝的涅瓦河滚滚西流。

俄罗斯的两代沙皇催马扬鞭，马不停蹄，形成你追我赶的态势，引发了一个令人深思的历史拷问：尼古拉一世究竟能否追赶上彼得大帝？

还有，尼古拉一世雕塑后面的玛丽亚宫的女主人、尼古拉一世的爱女、每天清晨起床后第一眼就看见父亲背影和马背的玛丽亚，究竟能否追赶上历史步伐和世界潮流？

尼古拉一世雕像高6米，是欧洲第一座、世界第二座仅凭后双腿承重的骏马雕塑。尼古拉一世雕像落成于1859年，仅比类似的美国华盛顿特区拉斐特广场（Lafayette Square）上的安德鲁·杰克逊总统骑马雕像晚7年，后者落成于1852年。

青铜骑士雕像落成于1782年，双后脚加马尾巴形成三足之势，气势磅礴，雄伟壮观。但从力学角度看，尼古拉一世雕像的设计和制作难度远高于青铜骑士雕塑。

尼古拉一世雕像的基座分别坐落于三级台阶高的红色花岗岩平台上，分上、中、下3层。

下层由圆形灰色花岗岩和红色斑岩组成，具有鲜明的对比度。红色斑岩色泽鲜艳，延伸到中层的主题雕塑边框，给人以一气呵成之感。

中层装饰着青铜浮雕，记录尼古拉一世执政30年间的关键历史事件，也是沙皇本人引以为傲的历史功绩，其中包括：

1825年12月14日，尼古拉一世亲临元老院广场镇压十二月党人起义。

1831年6月22日，尼古拉一世亲临干草广场平定一场叛乱。

圣伊萨克广场：尼古拉一世雕像

圣伊萨克广场上的尼古拉一世雕像

　　1831年，圣彼得堡遭受俄罗斯历史上第一次霍乱的袭击。当时，人们对霍乱根源认识不足，城市居民仍然以已受到严重污染的涅瓦河或运河作为饮用水源。尽管政府部门采取了警戒和隔离措施，也未能控制霍乱蔓延。民众将矛头指向贵族、官员、医生和外国人。6月22日，民众集聚于干草广场上，抗议特权阶层借口控制霍乱疫情欺压下层民众。当局派来军队，仍无法扑灭民众的怒火。人们将怒火烧向医生，甚至街道环卫人员和市场卫生监督员，并开始冲击医院和政府部门。双方冲突愈演愈烈。6月24日，沙皇尼古拉一世不得不亲临干草广场安抚民心。民众见沙皇驾到，跪倒在地，脱帽致敬，向沙皇表示顺从。这一浮雕表现的正是这一瞬间。尼古拉一世一直以此为荣，视之为自己的功绩。

　　1833年1月20日，《俄罗斯帝国法律全集》（Full Collection of Laws）颁布，尼古拉一世向俄罗斯自由主义之父米哈伊尔·斯佩兰斯基

(Mikhail Speransky，1772—1839）颁发俄罗斯帝国勋章——圣安德烈勋章（Order of St. Andrew）。1826 年，尼古拉一世任命斯佩兰斯基为第二届御前大臣办公厅主席。斯佩兰斯基统领刚刚成立的俄罗斯法律编辑委员会，对俄罗斯法律进行全面的整理，包括编撰条文、撰写摘要和编制索引等工作。在斯佩兰斯基的领导下，法律编辑委员会取得了巨大的成就。1833 年，委员会颁布了《俄罗斯法律全集》，将其作为珍贵的礼物献给沙皇尼古拉一世。《俄罗斯法律全集》构成了《俄罗斯帝国法律全书》的基础，是尼古拉一世执政的重要成果，对俄罗斯法制、法治建设具有重要的意义。1839 年 2 月 23 日，斯佩兰斯基逝世。尼古拉一世授予斯佩兰斯基伯爵头衔。

1851 年 11 月 13 日，尼古拉一世视察莫斯科—圣彼得堡铁路（尼古拉大铁路）的维里比亚大桥（Verebinsky Bridge）。沙皇力排众议，决意修建连接俄罗斯两大城市的大铁路，力图赶上欧洲发展的步伐。

1842 年 2 月 1 日，尼古拉一世签署命令，动工兴建莫斯科—圣彼得堡铁路。

1851 年 11 月 1 日，俄罗斯历史上第二条铁路莫斯科—圣彼得堡铁路顺利通车。该铁路是俄罗斯当时最长的铁路。

尼古拉一世雕像基座上的红色斑岩继续延伸至上层的底缘。上层的青铜浮雕是尼古拉一世的妻子和 3 个女儿的雕像，具有古希腊罗马神话中的正义（justice）、力量（force）、智慧（wisdom）和信仰（belief）女神的象征意义。

尼古拉一世雕像构思巧妙、设计独特，无论在当时还是当下，都是世界雕塑史上的杰作。

青铜骑士雕塑位于圣伊萨克大教堂北侧，而尼古拉一世雕塑位于圣伊萨克大教堂南侧。尼古拉一世雕塑坐南朝北，似乎无时无刻不在凝望着彼得大帝，昼夜不停地追赶着彼得大帝。

历史上，尼古拉一世有所建树，但就雄才伟略和历史功业而言，无法和彼得大帝相提并论。难怪有人戏言，尼古拉一世的骏马被圣伊萨克大教堂阻隔，永远也追不上彼得大帝的骏马。

11月13日星期四

机场探路

乌云密布，阴雨绵绵。

据说，圣彼得堡普尔科沃机场新航站楼已经启用。有些国际航班乘客按照公共交通指示路线或旧的交通地图的指引，错误地走向旧航站楼而耽误了乘机。

下午，我决定到新航站楼走一趟，免得日后手忙脚乱耽误了时间。我乘地铁一号线（红线）至技术学院站，转乘地铁二号线（蓝线）至莫斯科站。由于未带行李，只用了40分钟。我心想，我以后回国时，少不了大包小包的，可多预留15～20分钟的时间。

我出了地铁站，找到了通往机场的公交站台。根据网上的信息，问了好几路公交车的司机或售票员，他们都摇头，表示不去"Pulkovo-2"（普尔科沃机场第二航站楼）。

好不容易等到13路巴士，赶紧上车，问一声售票员："Pulkovo-2？（普尔科沃机场第二航站楼？）"小伙子说，"Yes"。

我坐定后，环顾四周，见有一位学生模样的年轻姑娘，想必她一定会讲英语。我就主动凑上前搭讪，用英语和她打招呼，请她帮忙向售票的小伙子说一声，到站时请提醒我下车。

她用俄语转告了小伙子。他点头微笑。

她还怕我不放心，就用英文提醒我说："You may rest assured. He will.（请放心，他会的。）"

我见有热心人当翻译，就多问了有关13路巴士早班车的情况。他们都热心如实地告诉我。我真心地谢过他们。

在圣彼得堡，经常会遇到热心人，为孤独的旅人增添了难以忘怀的温暖。他们表面很冷漠，态度似乎冷淡，但是，如果真心实意地请他们帮忙，他们总是很热情、很周到。

有时候，我刚刚掏出相机拍照，路人见我一人拍照不方便，会主动上前问需不需要帮忙。即使天寒地冻，他们也乐意脱下手套，帮我照相。

照完相，他们通常会将相机递回给我，让我查查相片，看看是否满意。若不满意，他们会毫不犹豫地帮忙重拍，直到我满意为止。圣彼得堡人总是在细节上体现出主人翁的心胸宽广和热情周到。

我总是放心地将相机递给他们，让他们帮忙照相，甚至还邀请他们一起照相留念。

萍水相逢的人能够一起照相留念，是上辈子修下的善缘，也是上天赐给人间的福分。这些相片很珍贵，值得我永久珍藏。

现在，我坐上了公交车，也问明了情况，就很放心地坐下，开始计算从莫斯科地铁站到机场所需的时间。

约莫过了20分钟，小伙子提醒我到了普尔科沃机场第二航站楼。

我起身道谢，随即下了车。我一看周遭，心里打怵。正门上"Pulko-vo-2"的大字黯然失色，广场上空无一人，航站楼内黑灯瞎火。这完全不像是任何一个国家任何一座城市任何一个国际机场常见的灯火通明、人来人往的景象！赫赫有名的圣彼得堡国际机场竟然是一栋"烂尾楼"。

天色不早。我心里十分纳闷，也十分焦急。我心想，路已熟悉，所需时间也明了，趁早回去吧。

但转念一想，既然来了，为什么不进出发大厅看看？熟悉环境，看看办理登记手续的柜台和安检通道的位置，到时肯定能省下不少时间。

我走向大门，正向柜台进去，里面匆匆忙忙走出一个中年男子，边走边大声地用俄语冲着我连声喊着。我猜出了"No Terminal"（没有航站楼）的意思。

他叽里呱啦，我比手画脚。我掏出一张便笺纸给他看。便签上写着我出发日期、航班号、公交和换乘等信息。

他看出了我的意图，于是拿起笔，将便笺纸上的巴士路线、换乘站等信息一一画去，写了"Moskovskaya" "39" 和 "K39" 字样。

我明白，他是说，我必须在地铁2号线莫斯科地铁站乘坐39路或K39路公交车。他还用手指向远处，我猜那才是我该去的新航站楼的方向。

这时，一个稍年轻的男子用英语和我打招呼。

"Out of service?" 我问他。

"Yes," 他回答道，"You should take Bus 39 or K39 to Pulkovo, and check in there.（你该乘39路或K39路巴士到普尔科沃机场，并办理登机手续。）"

我来错了地方。我对他们的帮助表示感谢。他们看我明白了，就回到各自的岗位去了。

我懊恼不已，在网上做的攻略，竟然是过时的信息。我十分奇怪，莫斯科地铁站上的公交站牌明明还写着13路巴士开往普尔科沃国际机场。我还十分庆幸，我用最愚笨的办法避免了将来我回国时的误机。愚笨换来聪明，错误催生正确。

我正暗自庆幸之际，一道车灯从我身后划过。我转身一看，13路回程公交车来了。我该回学校了。

我上车一看，车上乘客不多。我惊奇地发现，车上的售票员还是那个小伙子。我冲着他点头微笑，打过招呼。他也冲着我笑了笑，回应了我的目光和微笑。

我掏出地图，向他走去。我用手指着地图上的"Moskovskaya"（莫斯科地铁站），示意他到时提醒我下车。他点头，让我很温暖；他微笑，让我很放心。我的感激之情油然而生。

我后退了几步，倚着扶手，双手摸着地图的折痕折好地图，小心翼翼地将地图放进背包。身在异乡为异客，我总是十分小心地呵护着地图。

地图是我在圣彼得堡旅程中最好的导游和旅伴。

我正想转身找位置坐下，毕竟奔波了一个下午，还真累了。

"Sit down, please."耳边传来让我坐下的声音，很准确、很地道的英语。我转身循声望去。那小伙子用手指着后面的一个空座位，笑着对我说道。我大吃一惊，原来你会讲英语啊！我说："Oh, you can speak English so well.（你英语讲得真好）。"

我感激之余，深感内疚。刚才来时，我不应该先请那位学生模样的女乘客帮忙翻译，而应直接用英语向小伙子售票员问路。我意识到我做了一件很傻的事情。

我内心深处不自觉地预设了一个结果：他是一个售票员，应不会讲英语；而她一副学生模样，应会讲英语。

我下意识地对他们做了一连串带有偏见的价值判断，印证了中国人的一句俗语——"人不可貌相"，也违背了西方人传统价值观念和判断尺度。

耶稣早在两千年前就警示世人，不要论断人，免得被人论断。

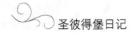

11月14日星期五

预设：愚蠢的开始

昨天，我到机场探路，遇到好心人的热心帮助和指点，心存感激，不忘感恩。同时，我对好心人进行了价值判断，对他们的行为预设了结果，羞愧之情，油然而生。

我突然觉得，我是一个很不厚道的人，在内心深处已经伤害了他们的自尊心。他们克服语言困难，真心实意地在帮助着我这样一个素不相识、萍水相逢的陌生人；而我却在内心深处对他做了判断，给他预设了一个结果。

在内心深处论断他人或判断他人，比用口头语言或书面语言论断或判断他人更加卑鄙可耻。

论断人，是一连串愚蠢判断的开始；预设一个结果，或预想一个结局，是一连串愚蠢行为的开始。

多年以前，我曾在阳台栽种一棵葡萄树，从第一天开始，我就预设了一个令人向往的图景：枝繁叶茂，硕果累累。因此，我天天呵护小树苗，天天细心浇水，天天看它十几二十回，但不久我就大失所望：葡萄烂根！

在圣彼得堡，我犯了同样的价值判断错误。我重新修正思维定式，思考在圣彼得堡的所见所闻，于是有了下面一段文字：

圣彼得堡，一座文明的城市，拥有善良、热情、乐观、宽容的市民。他们的心灵如涅瓦河般清澈纯净，心底如大海般宽广，精神如蓝天白云般高尚。

圣彼得堡，一座有灵魂、有血肉、有精神、有信仰的城市。

俄罗斯博物馆（1）

11月15日星期六

俄罗斯博物馆（1）

上午，我一早出发，去参观俄罗斯博物馆。

俄罗斯博物馆位于圣彼得堡艺术广场和米哈伊洛夫公园之间。这座俄罗斯馆藏最丰富、规模最大的国家博物馆，面向艺术广场，巍然屹立，与普希金雕像相映成趣，相得益彰。

就建筑而言，俄罗斯博物馆本身就是艺术丰碑，是无言的诗歌、无声的音乐。俄罗斯博物馆是一座绝美的艺术圣殿。

俄罗斯博物馆

这里原本是米哈伊洛夫宫，结构协调，华丽庄重。博物馆正门，有一排铸铁栅栏，和宫殿正殿、东西两翼构成一个宽阔典雅的花园。

花园正中，人行道通往正殿。正殿门前有一对雄壮威武的狮子石雕，赫然醒目。正门两侧各有一条弯曲的回旋式斜坡，将行人引向正门。

宫殿正面是一个凝重的科林斯式柱廊，8根白色圆柱构成回廊，44个浮雕活灵活现。

我经过正门，走向售票窗口。在售票窗口，我出示学校借书证，看看能否享受半价优惠。售票员摆了摆手，说需学生证。

我买了一张全票，350卢布。我寄存了大衣和背包，到咖啡厅喝了一杯咖啡，顿时精神大振，迫不及待地冲向展厅。

按照参观路线指引，我沿着主楼梯拾级而上，到达二楼的科林斯柱式廊厅，这里是参观者分流的平台。这个醒目的分流平台，开启了我的俄罗斯博物馆艺术之旅。

11月16日星期日

俄罗斯博物馆（2）：俄罗斯古代艺术

认识俄罗斯博物馆，从俄罗斯古代艺术开始。圣像画是俄罗斯古代艺术的代表。

圣像画是俄罗斯民族十分富有特色的绘画形式，它源自拜占庭的宗教艺术。公元988年，基辅罗斯公国皈依基督教。随后，教堂装饰画和圣像画渐渐传入俄罗斯，与俄罗斯民族传统艺术相结合，成为俄罗斯绘画艺术百花园中的一朵奇葩。

二楼展厅集中展出俄罗斯古代圣像画。俄罗斯博物馆收藏着大量俄罗斯中世纪以来的圣像画，其馆藏之丰富、年代之久远、品种之繁多均与莫斯科的特列季亚科夫画廊和俄罗斯国家历史博物馆等量齐观。

《大天使加百列》（*The Archangel Gabriel*）又称《金发天使》，是俄罗斯博物馆收藏的最古老的圣像画。该画创作于12世纪。

圣像画看上去有点小，规格只有49厘米×38.8厘米，是当时某个教堂的装饰板上的蛋彩画。

画中，大天使优美，富有魅力，头部较大，几乎占据整个画面。她双眼圆睁，目光炯炯有神；脸部装饰简洁，线条清晰；神态淡定安详，神情乐观，意志坚定；头发金黄，向后自然垂下。

《大天使加百列》有许多不解之谜，如：它的作者是谁？它是哪一座教堂的装饰画？但有一点无疑：金线为发，反映出俄罗斯圣像画艺术和古希腊艺术源远流长的关系。

在古希腊艺术中，金线为发常常用来表现奥林匹斯山诸神的至高无上和神力无边。

中世纪时，这一表现手法为拜占庭宗教艺术所继承，并在拜占庭文化中有着十分重要的意义和作用。

俄罗斯圣像画从拜占庭宗教艺术中继承了该表现手法，并与俄罗斯民族艺术相结合，体现了俄罗斯民族对美的认识和对人文主义理想的追求。

另一幅圣像画《使徒彼得和保罗》是俄罗斯14世纪末15世纪初著名的圣像画家安德烈·鲁布廖夫（Andrei Rublev，约1360—约1430）的作品。

鲁布廖夫早年曾与同时代的大师们一道为莫斯科克里姆林宫圣母升天大教堂、弗拉基米尔圣母升天大教堂等绘制圣像和壁画。随着时间的推移，鲁布廖夫逐渐形成了独树一帜的圣像画艺术风格：融宗教禁欲主义和拜占庭矫饰主义于一体，将平和、宁静、朴素的人物形象栩栩如生地展现在世人面前。

鲁布廖夫是俄罗斯艺术的革新者。《使徒彼得和保罗》是鲁布廖夫大约于1408年为弗拉基米尔圣母升天大教堂绘制的圣像组画，装饰于教堂叠层上，规格为312厘米×105厘米和311厘米×104厘米，展现了耶稣十二门徒之二彼得和保罗谦恭、忍让、平和、朴素的艺术形象。

《使徒彼得和保罗》和现藏于莫斯科特列季亚科夫画廊的《圣三一画像》（作于1410年）一样，是鲁布廖夫留给人类弥足珍贵的文化遗产。

我徜徉于俄罗斯古代艺术展厅，宛如乘坐一部时光机器，穿行于历史时光隧道，感受着俄罗斯古代艺术的无穷魅力，领略着西方宗教历史长河中一幕幕动人心弦、感人至深的场景。

《圣殿献小耶稣归主》（The Presentation in the Temple）是15世纪上半叶的蛋彩画。根据《路加福音》第2章第22~23节记载，约瑟和玛利亚一起来到圣城耶路撒冷的圣殿，在祭坛前恭恭敬敬地将小耶稣献给上帝。

《拉撒路复活》（The Rising of Lazarus）也是15世纪上半叶的作品。根据《约翰福音》第11章第1~16节，耶稣施神迹，让死去的拉撒路复活。《拉撒路复活》艺术又生动地再现了这动人的一幕。

《神圣三位一体》（The Holy Trinity）展示了基督教中圣父、圣子和圣灵三位一体的基本教义。

《圣约翰在拔摩岛上》（St. John the Divine on Patmos Island）讲述了使徒约翰在晚年遭罗马皇帝流放至南欧爱琴海上距离小亚细亚不到80千米的拔摩岛上废寝忘餐、夜以继日地创作《启示录》的动人情景。

《圣多马的多疑》（The Incredulity of St. Thomas）反映了耶稣门徒多马凡事眼见为实的多疑个性。根据《约翰福音》第20章第24~31节记载，多马刚刚从门徒口中听到耶稣复活消息时表现出疑惑或不信。这幅圣像画展现了多马第一次见到复活的耶稣时伸出右手、将手指探入耶稣肋旁以探虚实、辨认真伪的情景。

二楼展厅汇集了丰富多彩的圣像画。这些精彩绝伦的圣像画，把宗教人物的魅力和美丽、神圣和庄严表现得栩栩如生、出神入化，显示出艺术家虔诚、朴素的宗教情怀，以及和谐、圆融的艺术格调。

俄罗斯博物馆（3）：伊万·尼基京和他的肖像画

11 月 17 日星期一

俄罗斯博物馆（3）：伊万·尼基京和他的肖像画

今天，我在宿舍补写昨天参观国立俄罗斯博物馆的日记。

我离开俄罗斯古代艺术的各个展厅，来到了第 5～10 展厅和第 12 展厅。这些展厅展出俄罗斯 18 世纪的艺术品，让人感受到巴洛克和古典主义两种艺术风格在俄罗斯的交汇、撞击和融合：一是巴洛克艺术的严肃和高贵、紧张和凝重背后所隐含的勃勃生机和空灵动感；二是古典主义艺术的典雅和华丽、精练和规范之中所彰显的理性主义光辉和人文主义思想。

18 世纪，俄罗斯经历了彼得大帝和叶卡捷琳娜大帝两位著名君主的统治，为俄罗斯艺术发展带来了前所未有的历史新风和社会时尚。

18 世纪之初，彼得大帝实行"向西方敞开一扇窗户"的开放政策，在引进欧洲法国、德国、意大利、荷兰艺术人才同时，也选拔俄罗斯有潜力的艺术家到欧洲各国学习，培养了一大批俄罗斯本土的艺术家，促使了俄罗斯民族艺术的繁荣。

肖像画在俄罗斯艺术中占有举足轻重的地位，其奠基人就是肖像画画家伊万·尼基京（Ivan Nikitin，1680—1742）。他是俄罗斯派往意大利学习绘画的画家之一。

回国后，尼基京成了宫廷画师，深受彼得大帝的喜爱。尼基京也很敬重彼得大帝，为这位沙皇画了不少肖像画，展现了彼得大帝的潇洒仪态和坚毅性格。

尼基京为彼得大帝画的肖像画《彼得大帝肖像》（*Portrait of Peter the Great*，1720）充分展示了彼得大帝的自信、坚毅和果断的个性，而另一幅《灵床上的彼得大帝》（*Peter the Great on His Deathbed*，1725）则朴实而简约地展现出彼得大帝的安详容貌。

尼基京的油画《哥萨克盖特曼肖像》（*Portrait of a Hetman*，18 年纪 20 年代）和《玛利亚·斯特洛加诺娃肖像》（*Portrait of Maria Stroganova*，1721—1724）画面朴实，却活灵活现地体现了人物的精神风貌。

11月18日星期二

俄罗斯博物馆（4）：
18世纪俄罗斯艺术——舒宾和他的雕塑

叶卡捷琳娜大帝深受法国启蒙思想的熏陶，是一位艺术修养很高的艺术品收藏家和鉴赏家。她在艺术上兼收并蓄，博采众长，积极推动俄罗斯民族艺术的发展。

女皇的艺术品位和审美志趣大大地影响了博物馆的艺术品收藏。在她的亲自管理下，圣彼得堡美术学院成为欧洲著名的美术学院，俄罗斯艺术也走向繁荣。

这一时期，俄罗斯的雕塑艺术也取得了长足的发展。费多特·伊凡诺维奇·舒宾（Fedot Ivanovich Shubin，1740—1805）是俄罗斯第一位肖像雕塑大师。他的作品注重细节，突出质感，人物脸部表情丰富，十分细腻。大理石在舒宾手中灵气十足，自由呼吸。

俄罗斯博物馆收藏舒宾的雕塑作品，有两件是稀世之宝：一是大理石全身雕塑《立法者叶卡捷琳娜大帝》（*Catherine the Great as a Legislator*，1789），规格为198厘米×114厘米×188厘米；二是大理石半身雕塑《保罗一世》（*Portrait of Paul I*，1800），规格为80厘米×53厘米×33厘米。

11月19日星期三

俄罗斯博物馆（5）：安东·罗申科

叶卡捷琳娜大帝在位时期，取材于《圣经》、历史或古希腊罗马神话的油画作品也如雨后春笋般层出不穷。

安东·罗申科（Anton Pavlovich Losenko，1737—1773）的《亚伯拉罕献祭》（*Abraham's Sacrifice*，1765）取材于《创世纪》。该作品主题鲜明，戏剧性强，哲理深刻，耐人寻味。

根据《创世纪》第22章记载，耶和华试炼亚伯拉罕的信心，要求亚伯拉罕将儿子以撒献祭给神。亚伯拉罕毫不迟疑，带着儿子以撒来到耶和华指定的地方。他筑起一个祭坛，收集柴火，捆绑以撒，准备杀死儿子，向耶和华献祭。

以撒不知缘故，惊恐万状。千钧一发之际，天使出现，一把抓住亚伯拉罕的手，阻止了一场杀戮。

关键时刻，耶和华见证了亚伯拉罕的信心和虔诚，也挽救了一个鲜活的生命。

在罗申科的《亚伯拉罕献祭》中，以撒无助地躺在一堆木柴上，他双手被紧紧反绑，惊恐绝望；亚伯拉罕右手高高举刀，正刺向儿子的胸膛；亚伯拉罕手起刀落之际，天使闪现，左手紧紧抓住亚伯拉罕的右手。

《亚伯拉罕献祭》的场面极富戏剧性，十分震撼人心。惊心动魄的瞬间，就凝固在画面上。

西方绘画史上，以亚伯拉罕献祭作为创作题材的艺术家不乏其人，佳作迭出。荷兰17世纪画家伦勃朗创作的同名油画《亚伯拉罕献祭》（1635）十分生动：以撒双手被反绑，被按倒在柴堆上；亚伯拉罕站在柴堆旁，左手按住以撒的头部，右手举刀正欲刺向以撒胸膛；天使闪现，左手向天高举，右手强力抓住亚伯拉罕的右手；亚伯拉罕大吃一惊，利刃掉落……

从以上同一题材的油画中，我们可以看出伦勃朗对罗申科的影响。罗申科喜欢伦勃朗的艺术，一定仔细揣摩过伦勃朗的画。

伦勃朗的《亚伯拉罕献祭》作品规格为133厘米×193厘米，布面油画，现藏于美国哥伦比亚艺术博物馆。

11月23日星期日

俄罗斯博物馆（6）：
弗拉基米尔·波罗维科夫斯基

徜徉于俄罗斯博物馆展厅，浏览着一件件精美的艺术品，如同漫步于18世纪俄罗斯艺术发展的历史长廊。18世纪末，俄罗斯独特的肖像画风格已悄然改变：人物肖像往往被置于风景中，让人感受到一股亲近自然的清新气息。

弗拉基米尔·波罗维科夫斯基（Vladimir Borovikovsky，1757—1825）的《叶卡捷琳娜·阿森涅娃肖像》（*Portrait of Yekaterina Arsenyeva*，1796）油画可以看出当时艺术风尚的转变。

女孩轻松自然，神情淡定，媚态百生，婀娜多姿。她身着白色衣服，反映出当时的社会风尚。她头上戴着一顶用麦秆编织成的金黄色草帽，这是18世纪俄罗斯乡村牧羊女外出牧羊、走亲访友时常戴的一种草帽。

女孩罕有地被置身于自然风景之中：远景天色泛蓝，天边似有一抹霞光；近景树影朦胧，衬托出清晰的人物容貌。自然风景在视觉上造成了开阔、辽远之感，烘托出女性清新亮丽的面貌和乐观开朗的性格。

18世纪末，俄罗斯艺术天空中，闪现出一抹自然主义的彩霞。在自然主义艺术画框内，也出现了略带忧伤的伤感主义气息。这一时期，伤感主义初露端倪，浪漫主义呼之欲出。

11月25日星期二

俄罗斯博物馆（7）：浪漫主义

从俄罗斯18世纪艺术展厅出来，我进入白厅（White Hall），由此就进入了俄罗斯19世纪的艺术世界。第13～17展厅主要展出俄罗斯19世纪上半叶的代表性艺术品。

1814年，俄罗斯军队攻取巴黎，取得了俄法战争的胜利。胜利的喜悦冲淡了战争所带来的民族悲痛，也淡化了战争之前长久积累的社会矛盾。

俄法战争的胜利，对俄罗斯艺术发展带来了深刻的影响。在绘画上，一方面，追寻个人伤感情愫或英雄理想主义的艺术风气刚一抬头，就淹没在反映现实生活和社会风貌的洪流之中；另一方面，田园风光淡出画面，牧歌式的和谐如昙花一现，浪漫主义如一股清风扑面而来。

浪漫主义摒弃了学院派匀称庄重的形式和绝对平衡的构图，注重艺术家自身对自然和社会的内心感受，以饱满的色彩、强烈的阴暗对比和自由奔放的构图，表达了艺术家的个人情感、理想追求和自由渴望。

11月26日星期三

俄罗斯博物馆（8）：西尔维斯特·谢德林

西尔维斯特·谢德林（Sylvester Shchedrin，1791—1830）是19世纪上半叶俄罗斯浪漫主义代表画家，擅长风景画，对意大利海边的旖旎风光情有独钟。

西尔维斯特·谢德林《海滨露台》

意大利独特的山色、沙滩、渔村、海岸线、海边岩石、海边小镇无不进入他的艺术视野。

谢德林曾创作了好几幅以海边露台为背景的风景画，俄罗斯博物馆收藏了一幅《海滨露台》（Terrace on the Seashore，1828）。

这幅《海滨露台》画面生动活泼，充满生活情趣。远处，蓝天碧海，海天一色；近处，绿树成荫，阳光透过浓密的树叶洒满露台。露台上，人们神态悠然自得，或休闲，或劳作，或路过，均没有正面呈现人物形象，但人物生动自然、栩栩如生。

《海滨露台》色彩鲜明,色调明朗,笔触敏捷,笔法柔和,生动地展现了19世纪早期意大利海滨小镇索伦托充满古希腊罗马韵味和地中海沿岸生活气息的真实生活场景。

11月27日星期四

俄罗斯博物馆（9）：奥列斯特·基普连斯基

奥列斯特·基普连斯基（Orest Kiprensky，1782—1836）是与谢德林几乎同一时代的浪漫主义画家。

他擅长肖像画，但他的肖像画已经脱去了古典主义肖像画的矫饰气息和公式化风格，取而代之的是人物清晰的轮廓线、表现力丰富的形态、复杂多变的内心活动和细腻复杂的情感表达。

基普连斯基的《艺术家的父亲亚当·施瓦尔贝肖像》（Portrait of the Artist's Father Adam Schawalbe，1804）收藏于俄罗斯博物馆，是基普连斯基具有代表性的肖像画之一。画面构图简单明了，人物姿态自然，表情凝重，目光炯炯，在沉思中传递出一个普通父亲的睿智和坚毅，展现了一个普通人的无穷魅力。这种对日常生活中普通人物的敏锐观察和心理活动的细致刻画，在古典主义画家笔下几乎是没有的。

基普连斯基为达官贵人和上流人士作画。他的成名作《骑兵军官达维多夫肖像》（Portrait of Life-Guards Colonel Yevgraf Davydov，1809）是画家的传世之作。达维多夫是一个诗人，曾组织和领导1812年卫国战争中的游击队抗击外国侵略者。这幅肖像画构图丰富，色彩对比强烈。背景中，天空中乌云密布，预示着暴风雨即将来临；前景中，达维多夫戎装齐整，右手叉腰，左手倚刀，抬头远望，信心十足，表现出一个骑兵指挥官的果断、坚毅和无畏。

基普连斯基也创作一些普通老百姓的肖像画，收藏于俄罗斯博物馆的有《烛光中的算命人》（Fortune-Teller with a Candle，1830）、《年轻的园丁》（A Young Gardener，1817）、《叶卡捷琳娜·阿芙杜琳娜肖像》（Portrait of Yekaterina Avdulina，1822？—1823）等。

另外，《佩戴花环的女孩》（A Girl Wearing a Poppy Wreath，1819）、《带有桃金娘枝的吉卜赛人》（A Gypsy with a Branch of Myrtle，1819）、《可怜的丽莎》（Poor Lisa，1827）等人物肖像画收藏于莫斯科特列季亚科夫美术馆。

11月30日星期日

俄罗斯博物馆（10）：韦涅齐阿诺夫

从19世纪初开始，以基普连斯基为代表的俄罗斯浪漫主义艺术家开始将目光转向现实生活。

阿列克谢·韦涅齐阿诺夫（Alexei Venetsianov，1780—1847）在关注现实生活方面走得更远。他深入俄罗斯广袤的农村，呼吸着乡村的新鲜空气，沐浴着郊野泥土的芳香，吸收着普通农民质朴憨厚、自强不息的养料，创作了大量反映农村地区普通农民真实生活和精神风貌的作品。

韦涅齐阿诺夫出生于莫斯科一个具有希腊血统的商人家庭，成年后谋得一份公职，被派往圣彼得堡工作。他利用闲暇时间学习绘画，常到冬宫博物馆临摹，结识了弗拉基米尔·波罗维科夫斯基（Vladimir Borovikovsky，1757—1825）等著名艺术家，并得其真传。

1801年，韦涅齐阿诺夫为母亲画了一幅肖像画《艺术家母亲肖像》（*Portrait of Artist's Mother*，1801），生动地刻画了一个普通母亲的端庄仪容和平静内心。

1811年，画家凭两幅肖像画——《自画像》（*Self Portrait*，1811）和《戈洛瓦切夫斯基教授及其年轻学生肖像》（*Portrait of K. I. Golovachevesky and His Students*，1811）一举成名，他的画获得好评如潮，而他被授予俄罗斯帝国艺术学院院士称号。目前，这两幅肖像画收藏于俄罗斯博物馆内。

1819年，为了全面了解俄罗斯农村生活，韦涅齐阿诺夫辞去公职，定居于特维尔省一个名叫萨枫科沃的小村庄，完全投入以乡村生活为题材的艺术创作中。韦涅齐阿诺夫为俄罗斯艺术开辟了一条全新的道路。

韦涅齐阿诺夫在平常的生活场景中，细致地观察农民的一举一动，感知他们的善意和情怀，表达他们生活中的甜酸苦辣，在五光十色的画面中传递出一种田园式的单纯、快乐和甜美。

此后，韦涅齐阿诺夫创作了大量具有自己独特艺术风格的作品，仅收藏于俄罗斯博物馆的代表作就有《穿鞋的农家少年》（*Peasant Boy Putting on Bast Sandals*，1823—1827）、《沉睡的牧羊少年》（*Sleeping Herd-Boy*，

1824)、《手拎桦木篮子的姑娘》(*Girl with a Birchen Basket*,1824)、《带镰耙的农家女》(*Peasant Woman with Scythe and Rake*,1825)、《收割女》(*Reaper*,19世纪20年代)、《收割者》(*Reapers*,19世纪20年代)、《田间孩子们》(*Peasant Children in the Field*,19世纪20年代)、《女浴者》(*Bather*,1820—1830)、《沐浴女人》(*Bathers*,1820—1830)、《戴头巾的女孩》(*Girl in a Kerchief*,19世纪30年代)、《玩牌算命的女孩》(*Cartomancy*,1842)等。

俄罗斯博物馆收藏的韦涅齐阿诺夫的作品中,最著名的是《打谷场》(*Threshing Barn*,1821—1822)。画家真实地描绘了俄罗斯农村室内打谷场的现实场景:日光从左侧正门和远处的侧门照射进来,农民们在紧张的劳作之后,有的依然忙碌着,有的坐在地上,有的靠着墙休息。整幅画构图简单明了,真实地再现了农民们的劳动场面,反映了俄罗斯农村淳朴、宁静的田园生活。

阿列克谢·韦涅齐阿诺夫《打谷场》

《打谷场》在俄罗斯艺术发展史上有着十分重要的意义。韦涅齐阿诺夫是俄罗斯第一个将目光转向俄罗斯广袤农村的画家,《打谷场》是俄罗斯第一幅将画框定格在普普通通的农民身上的油画。

在俄罗斯,从来没有一个画家像韦涅齐阿诺夫那样忠实地再现俄罗斯乡村的真实生活。韦涅齐阿诺夫用画笔创作田园诗,那生动的人物形象、那自然的色彩对比、那普通的劳动工具、那充满生机的点点绿意,正是田园诗的境界。

12月3日星期三

俄罗斯博物馆（11）：格列高里·索罗卡

韦涅齐阿诺夫曾努力成为美术学院的教授，但美术学院拒绝了他的申请，原因是他没有受过传统的、正规的、系统的美术学院教育。

韦涅齐阿诺夫在失望之余也意识到，普天之下还有许多贫苦的孩子因为没有机会接受艺术教育，从而失去了发挥艺术才华的舞台。

因此，他自己出资创办了一所艺术学校，招收来自各个阶层，尤其是来自社会底层、具有绘画天赋的孩子，包括农民甚至农奴的孩子，让他们免费接受系统的艺术训练。

韦涅齐阿诺夫美术学校是俄罗斯艺术史上第一所私立艺术学校，为大批具有艺术禀赋却被拒于传统美术学院大门外的贫寒学子提供了系统的美术课程专业训练。

这些寒门学子果然不负众望，许多人成为俄罗斯19世纪的艺术精英。格列高里·索罗卡（Grigory Soroka，1823—1864）就是其中的佼佼者。

1823年，格列高里·索罗卡出生于一户农奴家里，主人是俄罗斯特维尔省波克罗夫村里一个名叫米柳科夫的庄园主。1842—1847年，索罗卡就读于韦涅齐阿诺夫美术学校。后来，他回到波克罗夫村。

尽管俄罗斯于1861年废除了农奴制，但是，尖酸刻薄的米柳科夫拒绝让索罗卡获得自由人的身份，甚至把他关押起来。索罗卡感到痛苦和绝望，精神崩溃，于1864年4月10日（俄历），在庄园的面包房里上吊自杀。主人的女儿莉迪亚发现恋人索罗卡自杀，悲痛欲绝，也服毒自尽，随爱人到另一个世界去了。

索罗卡的作品主要收藏于俄罗斯博物馆、冬宫博物馆和莫斯科特列季亚科夫美术馆。在俄罗斯博物馆中，藏有《打谷坪》（*Threshing Floor*，19世纪40年代）、《渔夫》（*Fishermen*，19世纪40年代）、《水坝一瞥》（*View of Dam in the Estate of Spasskoe*，19世纪40年代）、《米柳科夫居住岛上庄园书房》（*Study of the House in the Ostrovky Estate*，1844）、《奥斯特洛夫基庄园外景》（*Outbuilding in the Estate of Ostrovky*，1844），以及画家为主人、女主人和他们的女儿们画的一些肖像画。

俄罗斯博物馆展出的索罗卡作品中,《打谷坪》一画独树一帜、特色鲜明,很明显受到老师《打谷场》的影响。师生两人都站在打谷场地之外,将那扇阻隔画家和打谷场景的"墙"拆了,画家和观众站在同一位置观看画面。

只不过,索罗卡"拆墙"后,在两侧加了方木作为立柱,构成一个打谷坪的正门入口。

另外,师生两人都在画家和观众对面的墙上,安排了一扇门,有3个作用:让自然光线照射进来,增强室内的明暗对比;打通室内和室外的通道;增强画面的层次感,扩大观众的视野。不同的是,韦涅齐阿诺夫在《打谷场》中,将正面那扇门作为辅助光源,主要强光从画面左侧投射进来,画面十分明亮。

格列高里·索罗卡《打谷坪》

在《打谷坪》中,索罗卡将正面那扇门当作主光源,只在室外(在画家或观众位置)安排了微弱的光线。这光线因为太弱,造成了室内的阴暗面,继而与正面那扇门的光线又构成了强烈的明暗对比度。

在《打谷坪》中,近景有两位年龄相仿、头戴红色围巾的老农妇。右边那位弯着腰正要将谷筐抬起,抬头望着左边的那位妇人,似乎在交谈着。左边那位农妇站着,背着一个灰色布袋,侧着脸,似乎回应着右边妇人的话语。她又似乎以柔和的目光邀请画外的画家、观者和画中人物进行交流。她的目光是一种不可抗拒的原始召唤。观者会情不自禁地被她的真挚、纯洁的目光所吸引,走进田园牧歌式的画面中。

《打谷坪》整个画面充满柔和、宁静的气氛,劳动者的负担和艰辛不言而喻,但一切都顺其自然,悠然自得。

索罗卡另一幅作品《米柳科夫居住岛上庄园书房》以庄园主米柳科夫的家庭生活为主题,真实地呈现了当时俄罗斯农村的社会风俗和农场上一个庄园主的日常生活。

格列高里·索罗卡《米柳科夫居住岛上庄园书房》

索罗卡精心地描绘着书房里的每一个细节。两扇玻璃窗是画面的光源,将观者的视线自然地引向窗外的景色。玻璃窗透进了日光,映照在屋顶和墙面上,让观者能够看清屋内的物件。

两个玻璃窗之间的物架上的那个十字架和墙上挂着的那幅东正教圣像画,反映出主人的价值观念和宗教信仰。

书桌后面的椅子虽然空着,但不难想象,这是主人的位置。实际上,画家以高超的技法,巧妙地将主人的脑袋和身影隐藏于画面中。

桌子上的时钟、毛管笔、烛台、账本、剪刀、书籍等物件,反映出主人的日常生活和个性品格,如精打细算、为人苛刻、勤勉好学等,尽管主人暂时缺场。

墙根的沙发上，一个小男孩正在看书。他聚精会神，自得其乐，让室内的静物顿时充满诗意盎然、生动活泼的气氛。

索罗卡将静物和人物有机结合，并置于明净的白色、宁静的灰色和热烈的红色充分融合的色调之中，在光线效果的映衬下，整个画面光影交织，视觉空间层次分明。

在绘画上，索罗卡继承了老师韦涅齐阿诺夫的乡村情结和田园情怀。但是师生两人在创作思想上还有不同之处：韦涅齐阿诺在继承古典风格和学院技法的基础上走向广袤的俄罗斯乡村，而索罗卡则直接来自乡村，最终回归原野。

在索罗卡的绘画中，他完全摒弃了古典艺术的矫饰和华丽，或者说，他压根儿就没有沾染上古典艺术的矫饰和华丽。他的绘画，比老师多了一份纯真和质朴，多了一丝忧伤和抑郁。

作为俄罗斯一个时代的代表性艺术家，索罗卡在农村风景画和农人肖像画方面也比老师韦涅齐阿诺夫走得更远。

索罗卡开创了俄罗斯浪漫主义风俗画的先河。

12月6日星期六

俄罗斯博物馆（12）：
亚历山大·伊万诺夫（上）

在 19 世纪上半叶，俄罗斯绘画艺术由古典主义转向了浪漫主义。与古典主义不同，浪漫主义并不强调绝对对称、绝对真实或单一主题，而是注重艺术家个体情感的表达和艺术理想的抒发。

具体来说，俄罗斯古典主义绘画经过韦涅齐阿诺夫和索罗卡之手后，就逐步融入现实生活元素。许多艺术家将目光投向浩瀚的历史、神话和宗教，从中寻找能够反映浪漫主义艺术理想（如艺术的真实性、视觉的原创性和情感的独特性等）的题材以及画家自身情感、创作信念的自由表达方式。

这种转向对古典主义艺术家而言，是一个漫长而曲折的过程。有的艺术家一辈子都没有走出古典主义的樊篱；有的艺术家在漫漫长路上隐隐约约看到了前路的微弱灯光，却苦于其可望而不可即；有的艺术家在艺术生涯中经过多年的艰苦探索，顿悟了浪漫主义、现实主义真谛，创作出具有划时代意义的艺术作品。亚历山大·伊万诺夫（Alexander Ivanov，1806—1858）就是俄罗斯艺术转向道路上的一个路标。

亚历山大·伊万诺夫生于圣彼得堡，但他大部分时间都在意大利罗马度过。伊万诺夫和卡尔·布留洛夫同为俄罗斯国家美术学院的学生，师从父亲安德烈·伊万诺维奇·伊万诺夫教授。

伊万诺夫走过新古典主义花园，透过浪漫主义式的顿悟，跨进了现实主义门槛。他从人类历史、古希腊罗马神话和宗教哲学中获得源源不断的创作灵感，创作了大量反映现实主义题材的经典作品，反映出画家毕生的艺术追求和审美理想。

伊万诺夫的作品，现收藏于俄罗斯博物馆的主要有《约瑟狱中为犯人释梦》（*Joseph Interprets the Butlers's and the Baker's Dreams in a Prison*，1827）、《基督向抹大拉的玛丽亚现形》（*The Appearance of Christ to Mary Magdalene*，1834—1836）、《万福玛利亚》（*Hail Mary*，1839）等；还有一些风景画和人物画，如《穿彩色衣服的七个男孩》（*Seven Boys in Color-*

ful Clothes，19世纪40年代)、《裸体男孩》(*A Nude Boy*，19世纪四五十年代)和《基督显现人间》(*The Appearance of Christ to the People*，1836—1857)等。

《基督显现人间》是伊万诺夫花了20年的呕心沥血之作。他在漫长的创作过程中，精心构图，雕琢人物，数易其稿。画中每一个人物，伊万诺夫都画过许多素描。这许多人物素描，连同数以百计《基督显现人间》的草图、初稿、修改稿等，都已成为艺术精品，收藏于俄罗斯或其他世界著名的博物馆内。

《基督显现人间》终稿收藏于莫斯科特列季亚科夫美术馆。现收藏于俄罗斯博物馆的是终稿之前的一幅修改稿。伊万诺夫于1836年开始创作，于1955年前后完成这一稿，作品规格为172厘米×247厘米。

《基督显现人间》取材于《圣经》四福音书的有关章节，即《马太福音》第三章、《马可福音》第一章、《路加福音》第三章和《约翰福音》第一章。

亚历山大·伊万诺夫《基督显现人间》

施洗者约翰在约旦河岸边传播基督教义，为信徒施洗，并预言："我是用水给你们施洗，叫你们悔改；但那在我以后来的，能力比我更大，我就是给他提鞋也不配。他要用圣灵与火给你们施洗。他手里拿着簸箕，要扬尽他的场，把麦子收在仓里，把糠用不灭的火烧尽了。"(《马太福音》

第三章第 11～12 节)

约翰正说着,耶稣就出现在众人面前。伊万诺夫就将画面定格于这一神圣的时刻。

画面中,远景:平原之外,重峦叠嶂;约旦河谷,云雾缭绕。近景:约旦河岸,绿树丛旁,约翰正在布道。听道众人,有老有少,有长有幼,有贫有富,有官有民,有着衣有裸体。

耶稣居于画面中心,构成视觉焦点。他脚穿粗制草鞋,身穿红色内袍,披着黑色外袍,踏着坚毅的步伐,走在坚实的岩石上。约翰所说的"那在我以后来的,能力比我更大,我就是给他提鞋也不配"的耶稣基督,正风尘仆仆地向众人走来。

施洗者约翰光着双脚,身穿骆驼毛制的衣服,披着一件质地粗糙的外袍,左手持一根牧杖,右手高举,说道:"看哪,神的羔羊,除去世人罪孽的。这就是我曾说'有一位在我以后的,反成了在我以前的,因他本来在我以前'。"(《约翰福音》第一章第 29～31 节)

约翰说着,众人目光转向画面的中心人物——耶稣基督。在这一瞬间,众人反应不一,神态迥异,表情不同。喜悦、诧异、惊慌、观望、怀疑、沉默、不屑,甚至愤怒、憎恨,都栩栩如生地体现在众人的一举一动、一起一坐之间。

在施洗者约翰后面有 4 个使徒。他们是神学家约翰、"多疑的"彼得、西门彼得和安得烈两兄弟。

在画面的最左侧,一位老者站在水中,拄着拐杖;一位少年赤身裸体,弯着腰,一脚还在水中,一脚已踏在岸边岩石上。他们都顺着约翰右手所指,将目光投向耶稣。他们已经下水,正准备接受施洗者约翰的洗礼。

在画面的右侧,有赤身裸体的一长一幼,正拿起衣服时,听见约翰说话,就循声望去。他们已经脱去衣服,正准备下水受洗。

左右两组各一长一幼,形成鲜明对照。他们成双地出现在画面左右两侧,相辅相成,相得益彰,将观者的目光引向画面中央。

在画面近景中间,一位坐在河岸、面向约旦河的长者,白发苍苍,听到约翰"看哪,神的羔羊……"时,心头一热,急忙想站起来,但年事已高,力不从心。正当此时,一位穿黑衣的青年男子及时上前助力。

面对这一组互相搀扶的一老一少,我还注意到左手持牧杖的施洗者约翰和左侧站在水中双手拄杖的老者。

一个人在生命的不同阶段，时时需要拐杖助力。有时候，这拐杖是一根竹杖或一节木棍；有时候，这拐杖是他人的一边肩膀或一弯手臂；有时候，这拐杖是他人一句暖心的话或一个温情的眼神。

在基督教信仰中，基督福音就是人类的"心灵拐杖"。在伊万诺夫眼里，这拐杖就是基督福音。

这老者含辛茹苦，历经风霜，处于社会底层，无助而绝望。此时此刻，施洗者约翰的一句"看哪，神的羔羊……"让老人如久旱逢甘霖，精神大振，激动不已。从此，他的眼里有光亮，他的生命有希望。基督福音成了这位老者忠实可靠的"拐杖"，陪伴他走向明天，走向永恒的天国。正如伊万诺夫所说，他是一位"在寻常苦难中第一次感受到了愉悦"的奴隶。

这互相搀扶的一老一少也提示我们，人与人之间相互搀扶，正是人类在现世生活中应秉持的相处之道。

在画面右侧，远处有两位骑着高头大马的罗马兵丁。他们头右转向画面中心，将眼光投向耶稣。那些法利赛人对约翰的话半信半疑，甚至对耶稣的到来不屑一顾。

画面近景中间，在施洗者保罗前面，有一个戴着红色头巾的男子，正用眼神邀请观者进入画面，和他进行心灵交流。他就是这幅画的作者伊万诺夫。

伊万诺夫将"人类获得解放的庄严时刻"凝固在《基督显现人间》画面上。在俄罗斯绘画史上，《基督显现人间》标志着历史、宗教的题材向现实主义转变，向世人昭示了历史、宗教或神话题材都具有深刻的现实意义。

人类的解放不仅要在身体上摆脱各种欲望的肉体枷锁，而且要在心灵上冲破精神羁绊。只有肉体和精神都获得解放和自由，人类才能获得真正意义上的解放。

人类在追求自身解放和精神自由的道路上，筚路蓝缕，砥砺前行，共同期待那庄严时刻的到来。

12月10日星期三

俄罗斯博物馆（13）：
亚历山大·伊万诺夫（下）

在俄罗斯博物馆馆藏的伊万诺夫的作品中，还有一幅油画让我久久驻足，静静观看，细细品味，深深沉思，那就是伊万诺夫的《基督向抹大拉的玛利亚现形》（The Appearance of Christ to Mary Magdalene, 1834—1836）。

《基督向抹大拉的玛利亚现形》与《圣经》中有关耶稣基督复活的主题有关，分别记载于《马太福音》第28章第1～10节、《马可福音》第16章第1～8节、《路加福音》第24章第1～9节和《约翰福音》第20章第10～18节。

抹大拉（Magdalene）是位于加利利海西南方的一个小渔村，距离提比哩亚大约4.5千米的路程。这个小小的村庄孕育出一个虔诚的女信徒，为基督教早期的传播和发展做出了贡献。抹大拉在基督教历史上流芳百世，名垂青史。

《圣经·新约》的四福音书中，同名叫玛利亚的女性有6位：耶稣的母亲玛利亚、小雅阁的母亲玛利亚、马可的母亲玛利亚、罗马的信徒玛利亚、伯大尼的玛利亚和抹大拉的玛利亚。

抹大拉的玛利亚曾被恶鬼附身。耶稣施行神迹，拯救过她。玛利亚对耶稣十分虔诚和敬重，和其他女性信徒一起，跟随耶稣及其12个门徒到各个城镇乡村传道，宣讲基督神国的福音。她们无私捐献自己的财物，为耶稣及其门徒提供帮助。

耶稣背着十字架去受难时，抹大拉的玛利亚等人跟在耶稣后面，悲痛万状，泪流满面。

在十字架下，抹大拉的玛利亚目睹了耶稣受死的痛苦和惨状，也聆听了耶稣临死前在十字架上所说的至今仍回荡在历史时空中的7句话。

抹大拉的玛利亚等人也见证了耶稣的安葬。耶稣蒙难后第三天，抹大拉的玛利亚、雅阁的母亲玛利亚和撒罗米来到安葬耶稣的坟墓前，发现墓石已被移开，往坟墓里面看，墓室里空空如也。

正当她们疑惑之际，天使出现，告诉她们，耶稣已经复活了。她们将消息告诉彼得和约翰，他们跑来坟墓查看，果然发现耶稣已经不在墓中了。

根据《约翰福音》记载，他们走后，抹大拉的玛利亚仍然站在墓外哭泣。她边哭边低头往坟墓里看，只见坟墓里有两个身穿白衣的天使，"在安放耶稣的地方坐着，一个在头，一个在脚"。

天使问她为何哭泣。她回答着，感觉到身后好像有人。于是，她转身，抬头，就看见耶稣站在那里。但玛利亚并没有认出耶稣，还以为他是园丁。

耶稣说："妇人，为什么哭？你找谁呢？"

玛利亚向他打听耶稣尸体的下落。她打算去取回他的尸体重新安葬。耶稣并没有回答她的问题，而是深情地说了一声："玛利亚！"

玛利亚愕然，心想一个看园子的人怎能喊出她的名字。玛利亚转过身来，大吃一惊，不由自主地喊了一声："拉波尼（拉波尼就是夫子的意思）！"

玛利亚认出了耶稣，心情十分激动。耶稣在世时，与门徒同工同吃同住同传天国福音。他们亲密无间，如同兄弟姐妹。玛利亚多么想上前去拥抱耶稣，但耶稣说："不要摸我（Do not hold on to me），因我还没有升上去见我的父。你往兄弟那里去，告诉他们说，我要升上去见我的父，也是你们的父；见我的神，也是你们的神。"（《约翰福音》第20章第17节）

伊万诺夫的《基督向抹大拉的玛利亚现形》生动地再现了这一激动人心、充满戏剧性的场面。

这段时间，历经磨难的抹大拉玛利亚经历了人生中的低谷：3天前，她最信赖的耶稣死去；3天后，她发现安葬耶稣的墓穴空空如也。天使的话让她半信半疑。甚至当耶稣出现时，起初她还以为他是园丁。

经历了跌宕起伏的情感波折，玛利亚确信耶稣显现在她面前，她怎能抑住内心的万分激动？

《基督向抹大拉的玛利亚现形》整个画面以黑色为背景，但远处森林里光线充足，为整个画面带来了光明和色彩。

前景中，画面左侧的玛利亚身穿红色外袍，外披白色长巾，头发秀丽，满面红光。当她认出耶稣的那一刻，她单膝跪下，张开双臂。玛利亚对信仰的虔诚和笃信、对耶稣的敬仰和崇拜，在她的举手投足和眉眼神色中一览无遗。

俄罗斯博物馆（13）：亚历山大·伊万诺夫（下）

亚历山大·伊万诺夫《基督向抹大拉的玛利亚现形》

  她的目光、她的双手，将观者的目光引向画面右边的耶稣。耶稣站立着，身穿白色外袍，目光投向玛利亚；他胸前的那一道伤痕，左右两脚上的钉痕，都提示观者他在十字架上所受的磨难。

  耶稣对玛利亚的深情呼唤和暖心安抚、对人类的深切关怀和贴心体恤，在沉着冷寂和波澜不惊中静静流露，润物无声。整个画面充满温馨和希望。

  玛利亚按照耶稣话，随即去告诉门徒，说："我已经看见了主！"她又将主对她说的这话告诉他们。（《约翰福音》第 20 章第 18 节）

  玛利亚的虔诚和笃信，让她成为基督教信仰中最伟大的女性之一，让她成为遇上复活后的耶稣的第一人。抹大拉的玛利亚也因此被载入基督教史册。

12月13日星期六

俄罗斯博物馆（14）：费奥多尔·布鲁尼（上）

费奥多尔·布鲁尼（Feodor Bruni，1801—1875）出生于意大利的艺术之都米兰，是一位画家和雕塑家。6岁时，费奥多尔·布鲁尼随父亲和家人来到俄罗斯圣彼得堡。

费奥多尔·布鲁尼自小表现出极高的艺术天赋。8岁时，他进入美术学院，师从艺术大师A. E. 叶戈罗夫（A. E. Yegorov，约1776—1851）、安德烈·伊万诺夫（Andrey Ivanov，1775—1848）和V. K. 舍布耶夫（V. K. Shebuyev，1777—1855）。

1818年，布鲁尼以优异的成绩毕业后，到意大利继续深造。在意大利，布鲁尼在艺术上取得了巨大的成就。1824年，布鲁尼根据古罗马诗人维吉尔的史诗《埃涅阿斯纪》题材和提图斯·李维的《罗马自建城以来的历史》史实创作了大型油画《卡米拉之死》（The Death of Camilla，1824），获得好评。

10年后，该油画在圣彼得堡首次展出，轰动一时。布鲁尼凭着《卡米拉之死》获得了俄罗斯帝国艺术学院院士的称号。

19世纪30年代，布鲁尼着手创作以《出埃及记》中摩西高举铜蛇为题材的巨幅布面油画《铜蛇》（The Brazen Serpent）。在此期间，布鲁尼忙于为圣伊萨克大教堂和喀山圣母大教堂作画。直至1841年，他才完成了《铜蛇》的创作。

布鲁尼的画作《卡米拉之死》和《铜蛇》均收藏于俄罗斯博物馆里。其中，《铜蛇》作品规格为565厘米×852厘米，是俄罗斯博物馆画面面积最大的油画作品。

12月16日星期二

俄罗斯博物馆（15）：费奥多尔·布鲁尼（中）

巨幅布面油画《卡米拉之死》规格为350厘米×526.5厘米，是布鲁尼的成名作。

费奥多尔·布鲁尼曾受俄罗斯西方古典艺术教育，对古希腊罗马神话谙熟于心。《卡米拉之死》就是布鲁尼基于传统又超越传统的艺术力作。

《卡米拉之死》取材于维吉尔的史诗《埃涅阿斯纪》第十一、十二卷中的故事。卡米拉是沃尔斯基国王米特巴斯（Metabus）和妻子卡斯米拉（Casmilla）的女儿。米特巴斯被国人推翻，带着婴儿卡米拉逃亡。忽然，一条大河挡住他们的去路。米特巴斯急中生智，用绳索将婴儿卡米拉绑在长矛上，并向月神戴安娜求助。国王米特巴斯向月神许诺，若月神帮助卡米拉平安到达彼岸，护佑她长大成人，他将卡米拉送给月神做奴仆。

月神应允，力助米特巴斯。米特巴斯奋力投掷，长矛搭着卡米拉成功飞抵大河彼岸。米特巴斯带着卡米拉深居山林，用马奶哺育卡米拉茁壮成长。

米特巴斯精心哺育卡米拉，教她骑马射箭，投掷标枪。卡米拉不爱红妆爱武装，骑着高头大马，标枪在手，弓弩在身，灵气逼人，英姿飒爽。

她成为出色的猎手和英勇的战士，深得月神戴安娜的喜爱。无奈，根据天神旨意，卡米拉红颜薄命，就连月神也无力回天。但月神许诺，一旦卡米拉被杀，任何人不得伤害或侮辱其身。

特洛伊人和托斯卡纳人联手来犯。卡米拉率众将士英勇迎敌。卡米拉身先士卒，连杀敌军数名将领。

正当卡米拉奋力追击时，敌军弓箭手盯上了她。卡米拉一眼看见一位骑着高头大马、身披红色战袍、头戴金冠的将领，便扬鞭纵马，催马摇枪，向他直奔而去。

敌军弓箭手拉满弓，向卡米拉射出一支毒箭，直穿卡米拉的胸膛。卡米拉应声倒下，血染战袍，奄奄一息。临死前，她还叮嘱将士坚守城池，夺取胜利。

将士们剑击盔甲，喊声震天。月神戴安娜十分伤心，派出神将（Opis）将那名射杀卡米拉的弓箭手射死，为卡米拉报了一箭之仇。

费奥多尔·布鲁尼《卡米拉之死》

费奥多尔·布鲁尼在创作《卡米拉之死》时，还根据古罗马历史学家提图斯·李维（Titus Livius，前59—17）的《罗马自建城以来的历史》（以下简称《罗马史》）进行再创作。

《罗马史》记载了从特洛伊战争中败北而逃的埃涅阿斯来到意大利半岛开始到公元前9年的罗马发展历史。《罗马史》是研究古罗马发展历史的重要史料。

根据提图斯·李维记载，罗马和阿尔巴之间爆发冲突。两个城邦为了避免大规模伤亡，签订了决斗协议。

根据协议，罗马派出贺拉提乌斯三兄弟，阿尔巴派出库拉提乌斯三兄弟，代表各自的城邦进行决战。决斗的终结者就是战争得胜者。

结果，罗马的赫拉西斯是决斗的终结者，罗马大获全胜。但是，赫拉西斯发现妹妹卡米拉悲痛万分，百思不得其解。原来，她亲眼看见自己的未婚夫在决斗中被自己的哥哥无情杀死。

赫拉西斯发现妹妹和被自己杀死的敌人定亲，怒不可遏，乘利剑血迹未干，直击卡米拉的胸膛。卡米拉在悲愤中死去。

费奥多尔·布鲁尼根据《埃涅阿斯纪》和《罗马史》的记述，发挥想象力，创作了旷世之作《卡米拉之死》。时至今日，不少艺术鉴赏家还将《卡米拉之死》归入历史题材的作品。

作为赏画人，我们了解了西方神话和历史事迹，就能更深刻、更全面地把握这幅画的主题思想。

12月18日星期四

俄罗斯博物馆（16）：费奥多尔·布鲁尼（下）

巨幅画《铜蛇》悬挂于第 15 展厅的正中央，气势磅礴，震人心弦。《铜蛇》取材于《圣经》。

费奥多尔·布鲁尼《铜蛇》

在基督教信仰中，蛇象征与神为敌的罪恶势力，也就是撒旦（魔鬼）的化身。

在《民数记》里分别提到"火蛇"和"铜蛇"，有着不同的含义。

相传摩西按照神谕，带领以色列人逃出埃及，前往上帝的应许之地迦南。他们来到以东境内，以东王拒绝他们取道"帝王大道"。摩西只好绕道而行，前往红海。路上困难重重，以色列人心生烦怨，埋怨摩西，怨恨上帝。他们向摩西抱怨：为什么把我们从埃及领出来？这里没有粮食，没有水，只有"淡薄的食物"。

以色列人的信心开始动摇。"于是耶和华使火蛇进入百姓中间,蛇就咬他们。以色列人中死了许多。"(《民数记》第21章第6节)

这火蛇(venomous snake)就是"有毒的蛇、罪恶的蛇",和《创世纪》中那条引诱人类犯罪的蛇有着某些共同的特征。

以色列百姓死伤无数,意识到他们犯了罪,开始后悔了。于是,摩西向耶和华祷告,求耶和华让火蛇离开以色列百姓。

耶和华指示摩西"制造一条火蛇,挂在杆子上。凡被咬的,一望这蛇,就必得活"(《民数记》第21章第8节)。

"制造一条火蛇",英文是"make a snake",并没有"venomous"修饰,表明这里提到的"蛇"与《创世纪》的蛇、与《民数记》第21章第6节提到的蛇,都有着本质的不同。

摩西用铜制造一条"火蛇"(snake)。这条"火蛇"是一条具有蛇的形状却无毒性的蛇,是有救治功效的蛇。以色列百姓照着耶和华的话做了,凡望了铜蛇的人,都活了,都得救了。

画面背景中,乌云密布,血色云头高悬。整个画面充满紧张、惊恐、混乱的气氛。

画面正中间,摩西手持利剑,安抚百姓。柱子上,铜蛇昂首耸立。以色列百姓死的死,伤的伤;有的奄奄一息,有气无力;有的伤痕累累,生命垂危;有的惊恐万状,无助绝望;有的眼望铜蛇,盼望得救。

那些顽固不化的人、不相信铜蛇具有救治功效的人走向了死亡;那些信心坚定的人、相信铜蛇具有神奇力量的人得到了救治。画家用画笔定格了这一瞬间。

在《圣经》中,铜蛇的形象再次出现在《列王记》第18章里。当以色列人向铜蛇烧香敬拜时,铜蛇已经失去了救赎的意义,因为以色列人将铜蛇当作偶像来敬拜,就违反了基督教中不可拜偶像的戒律。

在此,铜蛇在以色列人心中,已沦落为具有偶像性质的"铜块"或"铜像"。犹大王希西家将"铜块"摧毁,他"废去丘坛,毁坏柱像,砍下木偶,打碎摩西所造的铜蛇,因为到那时以色列人仍向铜蛇烧香"[《列王记》(下)第18章第4节]。

在《圣经·新约》中,铜蛇的象征意义就十分清楚了。《约翰福音》第3章第14~15节:"摩西在旷野怎样举蛇,人子也必照样被举起来,叫一切信他的人都得永生。"《约翰福音》第12章第32节:"我若从地上被举起来,就要吸引万人来归我。"

在基督教信仰中，铜蛇有着更重要、更深刻的含义。铜蛇象征《圣经·新约》中被钉于十字架上的耶稣。

"铜"象征"审判"。"铜蛇"无毒，象征耶稣基督的纯洁性和无罪性。众人"望见铜蛇"象征"仰望耶稣基督"，坚定信仰的信心。"就必得活"象征基督教"救赎"。

在基督教信仰中，世人仰望基督，悔罪得救，得到永生。

12月20日星期六

俄罗斯博物馆（17）：卡尔·布留洛夫

卡尔·布留洛夫（Karl Briullov，1799—1852）是俄罗斯19世纪上半叶由新古典主义转向浪漫主义的标志性艺术家。他的画作获得了西方社会的广泛认可，其艺术成就也融入了西方文化的洪流。

1822年，布留洛夫远赴意大利留学。他一面接受古典主义艺术的熏陶，终日沉浸于古希腊罗马的艺术氛围和西方文艺复兴时期的思想光辉之中，一面思索着如何突破前人艺术传统的束缚，追求当时方兴未艾的浪漫主义艺术理想。

1827年，为了创作《庞贝末日》，布留洛夫到庞贝古城遗址进行实地考察，在历史时空交汇处获取创作灵感。1833年，他完成了巨幅油画《庞贝末日》。

《庞贝末日》在意大利、法国各地巡回展出，最后到了俄罗斯圣彼得堡，在冬宫博物馆展出。作品获得了巨大的成功，人们把布留洛夫比作鲁本斯、伦勃朗和凡·代克。

《庞贝末日》取材于意大利那不勒斯附近的庞贝古城。庞贝古城位于离维苏威火山10千米处。

公元79年8月24日，维苏威火山爆发。火山熔岩挟裹着泥石流，形成滚滚洪流，毫不留情地吞噬了庞贝城——这座昔日罗马帝国繁华的城市，遮天蔽日的火山灰又悄无声息地掩盖了惊天动地的毁灭。

一切都平静如昨，就像什么都没有发生过似的。庞贝古城就在时间长河中静静地沉睡了近2000年。

布留洛夫的《庞贝末日》就像一面穿越时空的历史的镜子，将那惊天动地、天翻地覆的瞬间呈现在世人面前。

《庞贝末日》的整个画面可以划分为3层，形成了震撼的场面：漆黑的天空，电闪雷鸣，维苏威火山爆发，熔岩滚滚而下，火山灰遮天蔽日；建筑物摇摇晃晃，墙壁断裂，偶像坍塌；惊慌失措的人群在尸横遍野的街道上四处奔逃。

地面上，一位母亲已死去，无助的婴儿在呼喊妈妈；不远处，骏马受

俄罗斯博物馆（17）：卡尔·布留洛夫

卡尔·布留洛夫《庞贝末日》

惊，奋蹄长嘶，骑马人应声落地；远处，动物四处奔逃，街道陷入一片火海。

死去的母亲、倒地的男人、逃窜的动物和远处的火海，构成一条虚拟的中心线，将画面分为左右两半。

画面右侧的人物大致可分为3组。第一组，几乎居于中心位置的两个青年男子，齐心合力抬起父亲逃生。第二组，一位长者倒在地上，一位青年男子上前施救，而长者却规劝青年男子不要耽搁时间，尽快逃生。他们或许是母子，或许是陌生人，一老一少的眼神交流，传递出人间在灾变瞬间的无限真情。第三组是一对新婚青年夫妇，青年男子死死地抱着已经死去妻子。灾难临头，不离不弃。

画面左侧的人物大致也可分为3组。第一组，靠近虚拟中心线母婴旁边，一对夫妇头顶斗篷，保护两个小孩不受伤害。母亲右手抱着婴儿，左手将另一个小孩置于臂膀之下。第二组，四口之家的身后，以一个头顶画具箱子的男子为中心，围绕着他的是一群惊恐万分、神态各异的男男女女。第三组，左侧长者是一位祭司。在他前面的是一个母亲，她双手紧紧搂住两个孩子。

一组组各自独立却又紧密相连的人物图谱，反映出画家灵活自如的创作技巧和手法。布留洛夫不仅能够娴熟地刻画出典型人物的性格特征，而且能够精准地将人物的年龄、肤色、眉毛、眼神传递到画面中，让我们无论从哪一个角度观赏，灾变瞬间的人物形象都能活灵活现地呈现在眼前。

更重要的是，布留洛夫并非简单地呈现庞贝古城湮没的历史事件，而是旨在揭示在天灾面前人与人之间、历史与现实之间的复杂关系。

在天灾瞬间，人类本能地释放出人性的光辉：夫妻之间的永不言弃、母子之间的舍生忘死、父子之间的恩重如山、家人之间的永不分离、人与人之间的爱和责任……

在突如其来的天灾面前，人们始终无力左右命运。在生命的最后一刻，人们都尽力帮助他人摆脱那早已注定的死亡的威胁。

那位头顶画具箱子的男子就是布留洛夫自己。画家把自己置身于历史和现实之中。他跨越 2000 年的历史时空，作为灾变的亲历者和目击者，和庞贝古城的居民一道，融入势不可当的火山熔岩和滚滚向前的历史洪流中。

在历史的关键时刻，人们始终无法置之度外。人人都是历史的参与者和见证者，甚至人人都是历史的创造者。

庞贝城毁于自然灾害。公元前 8 世纪，这里是地中海沿岸一个小小的渔村。凭借着优越的地理位置和良好的自然条件，到了公元 1 世纪，庞贝城已经发展成一个商贾云集、灯红酒绿的繁华大都市。

庞贝城里的人们无休无止地追求财富，忘乎所以，暴殄天物，纵情欢歌，声色犬马，人伦丧尽，把繁华的都市变成酒池肉林的声色之都。

庞贝城果真毁于维苏威火山爆发的天灾？与其说庞贝城毁于火山，不如说它毁于人类的欲望。人类的骄奢淫逸，点燃了欲望之火；人类的原始罪孽，唤醒了沉睡的火山。

这就是布留洛夫《庞贝末日》留给世人的启迪。

俄罗斯博物馆（18）：伊里亚·列宾（上）

12月21日星期日

俄罗斯博物馆（18）：伊里亚·列宾（上）

19世纪中叶，随着布留洛夫、伊万诺夫等艺术家相继去世，俄罗斯艺术逐渐由古典主义、浪漫主义转向现实主义。

19世纪下半叶，俄罗斯一批新锐艺术家不满古典主义的桎梏，努力摆脱西方艺术的影响。他们坚信，俄罗斯民族土壤能孕育出为大多数观众所接受、理解并欣赏的艺术作品，他们将目光投向俄罗斯本土历史发展、社会生活和大自然。

他们到民间去写生，到基层去创作，不断地记录着身边的人和事，将创作的艺术作品带到全国各巡回展出，让普通老百姓都有机会欣赏到阳春白雪的艺术作品。他们形成了俄罗斯本土画派——巡回展览画派。

列宾在圣彼得堡皇家美术学院读书时，就受到巡回展览画派的影响，形成了独具一格的以刻画人物和历史题材见长的艺术风格。

俄罗斯博物馆开辟了专门的展厅展出列宾的著名作品。俄罗斯博物馆收藏的列宾经典肖像作品包括《艺术家库因吉肖像》（*Portrait of the Artist Arkhip Kuinji*，1877）、《自画像》（*Self-Portrait*，1878）、《艺术家的父亲肖像画》（*Portrait of Efim Repin, the Artist's Father*，1879）、《文艺批评家斯塔索夫肖像》（*Portrait of the Art Critic Vladimir Stasov*，1883）、《民间故事讲述者画像》（*Portrait of the Narrator of the Folk Tales*，1879）、《维拉·拉宾娜肖像》（*Portrait of Vila Repinna*，1886）等。

此外，俄罗斯博物馆也展出列宾的一些人物画像，如《赤脚托尔斯泰》（*Leo Tolstoy with Bare Feet*，1901），也有一些著名的静物画，如《苹果和叶子》（*Apples and Leaves*，1879）等。

悬挂在展厅中央的是众所周知的列宾的成名作和代表作《伏尔加河上的纤夫》（*Barge Haulers on the Volga*，1870—1873）。画面上的11个纤夫，仿佛是一座座人物雕塑。

在这幅画前，每一个赏画人心中都有不同的关注点，有人关注绘画技巧、画面布局、人物性格和色调环境，但是更打动人心的是画面人物内在的心灵状态和灵魂挣扎：内心渴望自由和解放，却无力挣脱奴役的枷锁。

观看列宾的画，无论是小巧玲珑的人物肖像、风景画，还是气势恢宏的反映历史题材的画，我们总能够领悟到其中的某种深意。

俄罗斯博物馆收藏列宾的以历史为题材的作品包括《扎波罗热哥萨克人给土耳其苏丹的回信》（*The Reply of the Zaporozhian Cossacks to Sultan Mahmoud* Ⅳ, 1880—1891）、《1901年5月7日在国务院召开的国家成立100周年纪念活动庄严会议》（*Formal Session of the State Council in Honor of Its Centenary on 7 May* 1901, 1903，以下简称《国务会议》）。

《国务会议》规格为400厘米×877厘米，画面恢宏，人物众多。在俄罗斯博物馆馆藏作品中，它的画面面积仅次于《铜蛇》。当时参加国务会议的81位国务委员全都形象地再现于画面上，其中，坐在正中间的是沙皇尼古拉二世。

《国务会议》是列宾应俄罗斯政府邀请，为纪念俄罗斯国务会议成立100周年而作的巨幅群像画，在俄罗斯博物馆一楼第54号展厅展出。展厅两侧也展出了列宾和学生为了创作《国务会议》而作的一些人物肖像画。这些人物肖像画同样也已成为艺术精品。

俄罗斯博物馆（19）：伊里亚·列宾（下）

12月23日星期二

俄罗斯博物馆（19）：伊里亚·列宾（下）

在艺术创作道路上，列宾自始至终都坚持源于现实、反映真实的原则。通过《扎波罗热哥萨克人给土耳其苏丹的回信》一画，我加深了对列宾的审美理想和艺术追求的理解。

列宾根据17世纪在乌克兰扎波罗热土地上发生的真实历史事件，构思了13年之久，创作了这幅充满爱国主义情怀、民族主义自豪和英雄主义豪情的艺术杰作。

17世纪，扎波罗热地区居住着俄罗斯人、乌克兰人、土耳其人、波兰人和哥萨克人。长期以来，哥萨克人颠沛流离，居无定所。17世纪上半叶，他们进入扎波罗热地区并定居下来，在各民族、各个利益集团和政治力量的夹缝中求生存和发展。

1660年，土耳其苏丹穆罕默德四世自称"万王之王，帝中之帝"，向他们发出劝降信，要求他们放弃抵抗，自愿投降，背弃俄罗斯，归顺土耳其。

扎波罗热的哥萨克人热爱自由，性格刚烈，不畏强敌，骁勇善战。他们在敌强我弱的情势下，不但没有被强敌吓到，反而鼓起勇气，拿起笔杆子，对当时最强大的帝王土耳其苏丹写下了气吞山河、流芳百世的豪言壮语。

为了真实地再现哥萨克人写挑战信时那激动人心的历史一刻，列宾花了13年时间，深入乌克兰扎波罗热地区进行实地考察，寻访古迹，求教专家，搜集当时哥萨克人的服饰、发式、武器和生活用品的详实资料，力求在作品中真实而生动地反映当时的历史原貌。

画面上，白雪皑皑，冰天雪地。一群哥萨克士兵正围着将领伊万·赛尔柯（Ivan Sirko，约1610—1680）给土耳其苏丹写回信。

画面中心是一位青年男子，铺开信纸，拿起羽管，正聚精会神地写着。在他身后，就是伊万·赛尔柯。他手拿烟头，神态自若，沉着冷静，但双眼燃烧着愤怒之火。众将士身处险境却轻松自如，面对强兵压境仍谈笑风生。他们极尽挖苦、嘲讽之能事，淋漓尽致地将土耳其苏丹骂得一无是处。他们集思广益,似乎在进行一场"骂人措辞"比赛。每说出一个精妙的骂人词语,众将士即刻哄堂大笑。他们搜肠刮肚,妙语连珠,脏话迭出,一个词比一个词骂得精彩,一个人比一个人骂得来劲。

列宾《扎波罗热哥萨克人给土耳其苏丹的回信》

这是一幅众生"笑相画":他们有的开怀大笑,有的纵情大笑,有的破涕为笑,有的扑哧一笑,有的哈哈大笑,有的眯眼偷笑,有的捧腹大笑,有的眉开眼笑,有的冷眼讥笑,有的掩口窃笑,有的仰头狂笑,有的微微一笑,有的皮笑肉不笑……

他们脸上流露出不同的笑,展示出爱自由、爱故土的独立天性,展现了众志成城、同仇敌忾的豪迈精神。

《扎波罗热哥萨克人给土耳其苏丹的回信》生动地描绘了众生笑态,不仅为俄罗斯博物馆添光增彩,而且为俄罗斯艺术史上增添了浓墨重彩的一笔。

俄罗斯博物馆（20）：浪漫主义和现实主义

12月25日星期四

俄罗斯博物馆（20）：浪漫主义和现实主义

19世纪后期，俄罗斯社会正孕育着重大的变革，国内阶级矛盾渐趋激化，艺术思潮也春潮涌动。浪漫主义浪潮继续集聚能量，现实主义孕育出批判现实主义，形成后浪推前浪之势。

一批画家以敏锐的目光关注着社会底层民众的现实生活，创作出一批优秀的批判现实主义作品。

亚伯兰·阿尔希科夫（Abram Arkhipov，1862—1930）1901年创作的《洗衣女》（*Laundresses*，1901）、尼古拉·卡萨特金（Nikolai Kasatkin，1859—1930）于1894年创作的《捡煤渣》（*Gathering Coal*，1894）带着现实批判的目光审视着不同行业普通民众的生活。

他们在表现穷人的痛苦生活时，并没有着意反映普通老百姓对生活的抱怨，也没有刻意要煽动他们对富人的仇恨，而是通过画笔，用生活中平凡却不失真意的细节去反映普通老百姓平凡而真实的生活。

平凡而真实的生活，才是艺术的真正源泉。

一批画家以批判的目光重新审视历史和战争。代表人物有瓦西里·伊凡诺维奇·苏里科夫（Vasily Ivanovich Surikov，1848—1916）和维克多·瓦斯涅佐夫（Victor Vasnetsov，1848—1926）。

如果说苏里科夫的《苏沃洛夫越过阿尔卑斯山》（*Alexander Suvorov's Army Crossing the Alps in 1799*，1899）表现了俄罗斯苏沃洛夫元帅率领俄罗斯士兵于1799年远征欧洲，翻越阿尔卑斯山时勇往直前的大无畏精神，那么，瓦斯涅佐夫的《十字路口的骑士》（*Knight at the Crossroads*，1882）则反映了战争的血腥残酷和给人们带来的无穷无尽的心理创伤。目前这两幅画都珍藏在俄罗斯博物馆。

一批画家继续沿着浪漫主义足迹，沉醉于乡村郊野的原始之美和大自然的和谐之美，将朴素恬静的景物质朴地呈现在观众面前。

19世纪70年代，亚历山大·萨弗拉索夫为风景画带来了一股清新的现实主义风气。许多艺术家坚持用手中的画笔描绘具有俄罗斯民族风格的风景画，其中的佼佼者当属阿尔希普·库因吉（Arkhip Kuinji，1842—1910）。

12月27日星期六

俄罗斯博物馆（21）：阿尔希普·库因吉（上）

阿尔希普·库因吉是 19 世纪后半叶俄罗斯著名的浪漫主义风景画家和巡回展览画派的代表人物之一。

库因吉早年生活坎坷，人生道路充满辛酸。为了生计，他曾在面包店做帮工。面包店老板发现了库因吉的绘画天赋，推荐他到伊凡·艾瓦佐夫斯基（Ivan Aivazovsky, 1817—1900）门下学习绘画。

当时，艾瓦佐夫斯基已是俄罗斯海景画大师，他的代表作之一《九级浪》（The Ninth Wave, 1850）家喻户晓，现收藏于俄罗斯博物馆。艾瓦佐夫斯基的画风既有浪漫主义激情，又有现实主义情怀。可惜，库因吉在艺术上与这位俄罗斯海景画大师始终结缘不深。

1860 年，库因吉只身来到圣彼得堡，投考圣彼得堡美术学院。直至 1868 年，才被美术学院录为旁听生。

1873 年，库因吉游历欧洲的德国、法国、瑞士和英国，观摩欧洲名师的画作。回国后，他信心满满，坚信自己选择的浪漫主义风景画创作道路是大有前途的。

俄罗斯博物馆收藏的库因吉作品主要有两幅，一幅是《虹》（Rainbow, 1900—1905），另一幅是《乌克兰的傍晚》（Evening in Ukraine, 1878—1880）。

《虹》是库因吉创作生涯后期的力作，描绘了俄罗斯乡村田野上美丽的画面：田野上，绿意盎然；一条小道，车辙清晰可见，将田野分成左右两边，也将观众视线引向道路和天空交汇的

阿尔希普·库因吉《虹》

远方；天空中，灰暗的浮云深处映射出明亮的阳光，一条亮丽的彩虹优雅地悬挂在空中。

库因吉精准地捕捉到阳光照射在原野上时出现的色彩变化，将色彩和光线定格于天空和原野上，各种相近色和互补色和谐地搭配在一起，构成了一个充满生命律动的自然画面。

空气中弥漫着生命的气息。云层翻滚，变化多端，营造出一种温度和湿度感；彩虹上的色彩斑斓、庄稼末梢的亮光点点，使得画面具有一种格外清新、生动活泼的气息。

12月28日星期日

俄罗斯博物馆（22）：阿尔希普·库因吉（下）

库因吉的另一幅名画《乌克兰的傍晚》也收藏于俄罗斯博物馆。

《乌克兰的傍晚》是最能代表库因吉艺术风格的一幅画，描绘出画家的家乡——乌克兰乡村宁静而壮丽的景色：傍晚，太阳落山之际，霞光万丈；晚霞映红了山坡上林间空地；坡地上，野草如茵，鲜花烂漫，树木疏密有致，乌克兰乡村民居白墙和原色的茅草屋顶沐浴在夕阳的余晖之中……

阿尔希普·库因吉《乌克兰的傍晚》

库因吉将远景天空的淡蓝、中景树木的青翠、近景落日的红霞和视觉中心民居的纯白，演绎成一首乌克兰乡村质朴、宁静、祥和的田园牧歌式的抒情诗，抒发了艺术家对故乡的眷恋和热爱。

走进俄罗斯博物馆后，我才开始了解阿尔希普·库因吉的风景画，并被其浪漫主义情怀所深深吸引。

后来，我再一次造访位于涅瓦河和涅瓦大街东端尽头交汇处亚历山大·涅夫斯基修道院的拉扎列夫墓园和季赫温墓园。

在季赫温墓园，我穿过小道，途经陀思妥耶夫斯基、柴可夫斯基等俄罗斯艺术家的墓碑，找到一座融合古典和现代风格的墓碑，这就是阿尔希普·库因吉的墓地。

在绛红色大理石基座上，安放着库因吉的半身雕塑。墓碑上装饰着形态各异的奇花异草和飞禽走兽图案。

墓碑壁龛背景是绛红色和金色相间的花叶和飞鸟装饰，据说花叶装饰的设计灵感源自天堂上的动植物形象。

放置艺术家塑像的大理石基座和墓碑背景花叶装饰的色彩鲜明，两者颜色相得益彰，十分和谐，共同衬托出艺术家雕塑的凝重和典雅。

12月30日星期二

俄罗斯博物馆（23）：19世纪的巡回展览画派

综观俄罗斯博物馆里有关19世纪俄罗斯艺术的展品，我们大致可将俄罗斯艺术以1861年俄罗斯废除农奴制为分界线划分为前后两个阶段。

19世纪上半叶，俄罗斯艺术家基本沿着欧洲古典主义的路线，按照古典主义艺术法则，主要画作是反映宗教题材的圣像画、渗透贵族气息的人物肖像画和以古希腊罗马神话为题材的作品。这一时期，反映俄罗斯民族性、独立性的作品如凤毛麟角。

19世纪下半叶，沙皇被迫废除农奴制，社会上出现了一定程度上的自由氛围，涌现出一批先进的艺术家。

同时，皇家艺术学院进行了一定限度和范围的改革，将来自非贵族阶层但有艺术天赋的青年人纳入招生范围，涌现出如巡回展览画派等反映俄罗斯民族文化、强调艺术真实性和社会性的艺术家。

巡回展览画派的艺术家们一方面努力将俄罗斯本土题材融入艺术创作之中，另一方面密切关注西方艺术发展潮流，为实现俄罗斯艺术民族化、本土化和自由化开辟了一条崭新的道路。

19世纪末20世纪初，俄罗斯艺术终于实现了与欧洲艺术并驾齐驱的梦想，实现了凤凰涅槃般的华丽转身。

俄罗斯艺术家们可以在艺术舞台上与欧洲艺术家们平起平坐，平等交流，并且在艺术理念、创作风格和艺术主张上影响了欧洲现代艺术的发展。

1月1日星期四

俄罗斯博物馆（24）：米哈伊尔·弗鲁贝尔

俄罗斯博物馆精心布展，向观众展示了 20 世纪俄罗斯艺术发展的历史长卷。第 66 号展厅展出了米哈伊尔·弗鲁贝尔（Mikhail Vrubel, 1856—1910）的作品。在这里，我开启了观赏 20 世纪俄罗斯绘画的艺术之旅。

米哈伊尔·弗鲁贝尔是 19 世纪末期的艺术家，但是他的作品被安排在 20 世纪俄罗斯艺术展厅中展出。在这些展厅中，我们也可以看到 19 世纪末期许多其他艺术家的作品。

米哈伊尔·弗鲁贝尔未完成的作品《飞翔的天魔》（*The Demon in Flight*, 1899）赫然在目。

在大学期间，弗鲁贝尔曾应邀在乌克兰基辅的一座教堂里做壁画修复工作，因而有机会接触到大量充满神秘、庄严色彩的壁画作品。后来，弗鲁贝尔为莱蒙托夫的诗集绘制插图时，被诗篇《天魔》深深打动，由此开启创作天魔系列作品的历程，并为此倾注了毕生心血。

弗鲁贝尔创作的天魔作品有为莱蒙托夫散文诗集《天魔》创作的插画《坐着的天魔》（*The Seated Demon*, 1890），现藏于莫斯科特列季亚科夫美术馆。俄罗斯博物馆收藏并展出的《飞翔的天魔》是一件未完成的作品，充满神秘的象征主义意味。

在俄罗斯艺术星空中，弗鲁贝尔不是最耀眼的那一颗，他的光芒远比许多优秀的艺术明星暗淡。但是，弗鲁贝尔确实是俄罗斯艺术星空中独具一格、独一无二的一颗明星。

凭借一系列天魔作品，弗鲁贝尔跻身于俄罗斯象征主义的天才画家的行列。

在《飞翔的天魔》中，画面色彩灰暗，色调阴冷。天空一片混乱，失去秩序，失去理性。天魔惆怅、忧伤的表情中，蕴含着一股不可一世的力量。天魔张开双臂，奋力飞翔。她双目充满烈火，注视着天空之下的大地……

飞翔的天魔是弗鲁贝尔苦闷内心的象征，也是他扭曲灵魂的真实反映。

有时候，象征比语言更真实，艺术比现实更发人深省。《飞翔的天魔》是弗鲁贝尔对自己内心世界最好的表达。

或许，天魔诠释了弗鲁贝尔的艺术人生。以画写心，以画载情。或许，弗鲁贝尔就隐藏在飞翔的天魔里……

1月2日星期五

俄罗斯博物馆（25）：马克·夏加尔

从俄罗斯博物馆展出的艺术作品看，20世纪初期，俄罗斯艺术繁花似锦，流派纷呈，呈现出一片繁荣的景象。除了巡回展览画派继续坚持"艺术是生活的教科书"的创作信条之外，《艺术世界》杂志将西方不同的艺术潮流、创作理念和艺术风格介绍到俄罗斯，并通过杂志聚集了一批新锐画家，如亚历山大·伯努瓦（Alexander Benois，1870—1960）、康斯坦丁·索莫夫（Konstantin Somov，1869—1939）等。

亚历山大·伯努瓦创作的《威尼斯花园》（*Venetian Garden*，1910）和康斯坦丁·沙莫夫的《冬天：溜冰场》（*Winter：Skating Rink*，1915）都是这一时期具有代表性的作品。

聚集在《艺术世界》周围的艺术家不断扩大活动范围，将触须延伸至歌舞剧院的舞台设计和场景布置，使舞台艺术和绘画艺术相得益彰、交相辉映。俄罗斯博物馆有一幅莱昂·巴克斯特（Leon Bakst，1866—1924）的绘画作品《古董幽灵》（*Terror Antiques*，1908），实际上是一幅巨幅舞台设计画面。

俄罗斯先锋画派也异彩纷呈。立体主义、未来主义、印象主义、至上主义、结构主义、解构主义、野兽主义等，构成了20世纪初期至中期俄罗斯星光熠熠的现代艺术世界。

俄罗斯博物馆精心安排、细致布展，将这些流派的标志性艺术家的代表性作品一一呈现在观众面前。

在展品中，我注意到马克·夏加尔那幅著名的作品——《漫步》（*Promenade*，1917）。

马克·夏加尔（Marc Z. Chagall，1887—1985）生长于俄罗斯的犹太人家庭，两种文化熏陶了他，造就了他宽阔的文化视野和艺术胸襟。在艺术上，夏加尔受象征主义、立体主义、野兽主义、抽象主义、印象主义、构造主义等艺术流派的影响如此深刻，以至即使在同一幅画中，观众都可以轻而易举地看到不同流派的技法和元素。

《漫步》是一幅充满着浓郁浪漫主义情怀的超现实主义的画作。《漫步》的浪漫主义情怀，写在男女主人公的脸上：喜气洋洋、兴高采烈、欢天喜地。他们手挽着手，心连着心，漫步于充满俄罗斯风情的村子里，放飞于无尽延伸的绿色原野上。《漫步》的超现实主义风格，表现在被解构得七零八落的几何图案、屹立于绿色原野上的丈夫和飞翔在半空中的妻子上，也表现在大胆搭配的颜色所传递出来的一种幸福和喜悦之情上。

  站在地上的丈夫身上的黑色服装、飞翔于空中的妻子身上的玫瑰色衣裙、远处粉红色的东正教堂、低矮的绿色山丘民居、左下角的一块红色花布，组合成一套艺术家内心的主观色彩，构成华丽、浓郁、活泼的色彩语言，传递出艺术家真挚、淳朴、浪漫、梦幻的情怀。

  经过艺术家解构、重构、改造后的世界，或许是一个更富有创意、更富有浪漫精神、更符合人们审美理想的生命空间。

  这一时期，俄罗斯艺术从"艺术世界"转向"先锋艺术"。这标志着俄罗斯艺术走向现代艺术，实现了由欧洲古典主义向俄罗斯民族艺术的华丽转身。

1月3日星期六

俄罗斯博物馆（26）：俄罗斯艺术新潮流

十月革命后，俄罗斯艺术"获得了新生"。这是苏联主流艺术观点，目前俄罗斯人并不完全认同。但俄罗斯是一个具有历史反思精神的民族，不会完全抹杀十月革命以后所取得伟大艺术成就。

20世纪，俄罗斯经历了第一次世界大战、十月革命和第二次世界大战。随着斯大林强化中央集权领导，俄罗斯艺术也和主流的社会意识形态紧密相连。

30年代，"艺术家联盟"成为苏联官方认可的艺术家组织。苏联的艺术家大致可分为官方认可、半官方认可和官方不认可3类。

苏联艺术界推崇官方认可的"社会主义现实主义"艺术家，排斥各种流派的"异类"艺术创作。许多被视为"异类"的艺术家不得不终止前卫的先锋艺术探索，有不少艺术家终其一生都在压抑、苦闷中度过。

卡西米尔·马列维奇（Kasimier Malevich，1878—1935）是俄罗斯至上主义艺术的奠基人。马列维奇主张绘画应抛弃主题、物象、内容和空间，将绘画表现浓缩成极简化，将绘画内容简化成几近于零，将画家最有意义、最有价值的感觉在"白色的沉默"中充分表现出来。

俄罗斯博物馆展出了卡西米尔·马列维奇很有代表性的《黑色方块》（Black Square，约1923）和《红色骑兵》（The Red Cavalry，1918）。

卡西米尔·马列维奇最终放弃了至上主义艺术创作，以绘画教学为生。1935年，马列维奇在沉默中于列宁格勒（今圣彼得堡）逝世。他逝世半个世纪后，俄罗斯博物馆为卡西米尔·马列维奇举办了一次空前的画展，表达了新时代对这位伟大艺术家的敬意和怀念。

俄罗斯博物馆展出了当时符合主流意识形态、获得官方认可的艺术杂志、展览作品、艺术书籍、艺术招贴、明信片和政治宣传画等。这些展品有着共同的特点：主题明确，色彩亮丽，风格明快，形象突出，感召力强。

有一巨幅布面油画《伟大的斯大林万岁》（Long Live the Great Stalin，1950），作品规格为351厘米×525厘米，由苏联艺术家尤里·库加奇

（Yury Kugach，1917—2013）、瓦西里·涅奇泰洛（Vasily Nechitailo，1915—1980）和维克托·齐普拉科夫（Victor Tsyplakov，1915—1986）联袂创作，于1950年完成。

在苏联时期，为领导人作画是一种很普遍的艺术创作。这类画作具有鲜明的时代特征、明确的政治目的和崇高的艺术作用。对于领袖的画像或以领袖为题材的画像，人民群众喜闻乐见、津津乐道。人民群众以艺术的眼光去欣赏领袖画像时，还融入一种特殊的情感，并赋予其更伟大的艺术意义和更崇高的审美理想。

俄罗斯博物馆也展出了20世纪60年代以后一些非官方接受和认可的艺术家的作品。艺术变革悄悄地进行着，新的艺术思潮如暗流涌动。很多不满苏联意识形态的艺术家也离开了自己的国家，散落在欧美各地，继续和欧美艺术潮流保持同步，也继续坚持自己的艺术信念和艺术创作。

俄罗斯博物馆展出了所谓"地下艺术家"和海外艺术家的作品，观众可以领略这一"特殊艺术家"群体的代表性作品。所谓"特殊艺术家"，实际上是指苏联国内边缘艺术家和国外新锐艺术家。

德国艺术品收藏家彼得·路德维希和艾丽娜·路德维希（Peter and Irena Ludwig）收藏了大量的苏联20世纪60年代至90年代"特殊艺术家"的艺术作品，并将这些珍贵的作品赠送给俄罗斯博物馆。

俄罗斯博物馆在旗下的"大理石宫博物馆"（The Marble Palace Museum）开辟专门的展厅，以"俄罗斯博物馆路德维希藏品"为主题，向公众开放。来自世界各地的艺术爱好者终于有机会系统、全面地了解20世纪后半叶苏联"特殊艺术家"的艺术风格了。

俄罗斯博物馆（27）：俄罗斯艺术的特点

1月4日星期日

俄罗斯博物馆（27）：俄罗斯艺术的特点

  俄罗斯博物馆艺术之美深深吸引着我，她的艺术之光常常启迪着我。我常常在俄罗斯博物馆流连忘返，得到心灵慰藉，也学会崇敬，学会感恩。

  俄罗斯博物馆本身也见证了社会变迁、历史兴衰和时光流转。她用铜墙铁壁抵御着自然界风霜雨雪的侵蚀，以钢铁般的意志抵御着时间长河的大浪淘沙，无声地承载着伟大艺术品所蕴含的真善美，尽可能完整地保存着人类文明发展史上光辉灿烂的艺术作品。

  俄罗斯横跨欧亚大陆。特殊的地理位置决定了俄罗斯艺术兼有东方和西方的双重特点。文化上东西融合和思想上兼收并蓄孕育出一代又一代独具风格的俄罗斯艺术家。他们既不同于以欧洲为代表的西方艺术家，又有别于东方艺术家。这也决定了俄罗斯艺术有着深厚的宗教、哲学基础，有着广阔的人类视野。俄罗斯艺术家始终思索着民族命运和民族精神，始终关心人类的前途和命运，关注人类心灵的净化和灵魂的升华。

  因此，俄罗斯的艺术作品有一个共同的特征：艺术作品始终浸润着一代又一代俄罗斯艺术家那萦绕于心的艺术情结，始终反映着每一个时代的审美理想。

  一个艺术仰望者只有从总体上了解这一要点，才能真正深入其中，仔细品味，才能从宏观上把握俄罗斯艺术的审美情趣和理想追求。

  正因如此，我在圣彼得堡访学期间，一次又一次走进俄罗斯博物馆，乐此不疲地徜徉于艺术作品之间，心甘情愿地为艺术作品所吸引，专心致志地体悟着俄罗斯艺术的无穷魅力。

1月5日星期一

博物馆的价值

在人类文明进程中,有许多东西具有重要的实用价值。长年累月积累的生活经验让我们少走弯路,少犯错误;代代相传的技能技巧让生活异彩纷呈。但是,也有少数的东西,如博物馆或艺术馆里的艺术品,虽然价值连城,却看似没有多少实用价值。

然而,她的价值不是以实用价值来衡量的,甚至不是以市场价格来确定的。

她永远耸立在人类文明之巅,永远耸立在自己的时空坐标上。她傲视时空,巍然独立,永远不会主动走向你。

当你主动走向她时,她永远敞开胸怀,张开双臂,典雅端庄地欢迎你,落落大方地拥抱你。而你会拥有前所未有的收获和满足。

你若不走向她,她依然泰然自若,毫不在乎。她和你的疏离,并不影响她的存在意义和历史价值。

她的存在意义随着历史沉淀而更加深厚,她的历史价值随着时间的推移而与日俱增。

1月6日星期二

圣彼得堡的公园

到圣彼得堡以来,我一直留意着学校宿舍后面的一座公园。公园面积很大,树木葱茏,绿浪依山顺势,延绵不断,延伸至天际。

今天天气晴朗。晚饭后,我走出宿舍,沿着街边人行道,到公园去散步。

这个公园是一个开放式公园,没有栅栏或围墙,也没有大门,行人可以随时随地、随心随意进入公园。园内古木参天,枝繁叶茂,曲径通幽,阵阵幽香沁人心脾。小径旁设有石凳或木椅,设计精致,两旁还摆设有石制花坛。花坛上的泥土看似久未松动过;泥土上剩些枯枝败叶,提醒路人时值隆冬,花季已过。我脑海里倒浮现出一幅美丽画面:冬去春来,花坛上花团簇拥,繁花似锦,色彩斑斓,绚丽多姿……圣彼得堡市民懂花爱花,一定会将小小的花坛装扮得百花争艳,春意盎然。

我沿着小径一直往前走,直到夜色催更,方原路返回。这个公园是散步的好地方。从此,只要天气好,我都会到这个公园来散步。我爱上了这个不知名字的公园,也更加喜欢圣彼得堡大大小小的公园。

自从来到圣彼得堡后,我去过不少公园,有昔日的皇家园林,有街边的市民公园,还有街心的小园子。

圣彼得堡的公园布局合理,设计人性化,令人印象深刻。回到宿舍,开始记日记,重点谈谈我对圣彼得堡公园的印象。

圣彼得堡是一座拥有众多公园的城市。圣彼得堡的公园绿草如茵,小径通幽,草木繁盛,树木参天。

圣彼得堡的公园别有风情,别有景致,细微之处透出浓浓的人情味:凡有公园,里面必有休闲长凳;凡有长凳,旁边必有垃圾桶;凡有垃圾桶,上面必有烟灰缸。

烟灰缸也反映出圣彼得堡市井生活的一个侧面。但是,圣彼得堡的烟民抽烟都规规矩矩。圣彼得堡风大,即使有烟民在公园等露天公共场所抽烟,烟雾也会很快消散,不至于造成严重的二手烟危害。

1月7日星期三

圣彼得堡市民印象（1）：遵守秩序

　　在圣彼得堡，排队十分普遍。在超市、餐厅、银行、公交站或地铁售票窗口，人们具有很强的规则意识，自觉地遵守着"先到先服务，后到后服务"的原则。

　　在排长队时，人们都是静静等候，不会出现拥挤、插队等不良现象。即便在上下班高峰期，步履匆匆的人们在走到排队位置前，都会有意识地关注有没有别人也向这一位置移动，如果有，他们会自觉地放慢脚步，让他人先进入排队位置。

　　排队时"抢步"的行为，在世界许多地方屡见不鲜。在公共场合，和他人抢步伐、抢座位的举动，会被视为没有礼貌、没有教养的行为。

　　有一次，我在大学对面的FG大楼内的超市购物。超市热闹非凡，顾客摩肩接踵。在付款的长龙里，一位女士无意中站前了两个人的位置，在另一个收款机后排队的一位男士急忙走上前去，很有礼貌地提醒她站错位置了。她意识到自己站错位置时，很快就退到队伍的末尾去了。

　　还有一次，我正在地铁售票窗口前排队购票。快要轮到我购票时，我的手机铃声突然响起。为了不影响他人购票，我离开窗口几步接电话。我听完电话后，又自然地回到原来的位置排队。此时，后面的一个小伙子马上来到我跟前，用俄语和我说话，大概是说我不应该插队。我忙用英语向他解释："I waited here just now. I stepped aside to receive a phone call. This is my position.（我刚才在这里排队，去接电话。这是我的位置。）"

　　听完我的解释，他明白了，又回到了自己排队的位置去了。

　　普通市民排队意识很强，自觉遵守"先来先服务，后来后服务"的规则，也绝对不容许他人破坏这一公共规则。

圣彼得堡市民印象（2）：俄罗斯父子身影

1月8日星期四

圣彼得堡市民印象（2）：俄罗斯父子身影

我作为一个不懂俄语的外国人，来到圣彼得堡这个陌生的大城市，迷路是常有的事。我出行时常常不得不面对的一个问题就是迷路。一旦迷路，我就得问路。

我向路人问路时，路人都很礼貌周到，即便是问到不懂英语的人，他们都尽量解释，指明方向；若他们不熟悉环境，也会去问其他人，让旁人帮忙。

有时，他们用俄语解释一通后，见我还不太懂，就干脆向我挥挥手，示意"跟我来"，把我带到让我不会迷路的位置。有时，他们干脆把我带到目的地。

偶尔，我也碰到一些和我一样不懂路的人。此时，他们会表示歉意；我也曾问过懂路的人，他却不懂英语，用俄语解释，叽里呱啦，比手画脚，见我还是没弄明白，急得满头大汗。

1月7日（东正教圣诞节），天气寒冷，阳光灿烂。我打算到圣彼得堡中央海军博物馆参观。到了博物馆，只见大门紧闭，门边有俄语告示。我感到疑惑，按照博物馆的开放时间，今天博物馆应该开放才对。

在博物馆入口处，我见有父子俩，看来他们也是来参观博物馆的，就问他们："Why is it closed?（为什么闭馆？）"

我从他们表情上看出，父亲不懂英文。十来岁的儿子听懂了我的意思，可是找不到合适的英文词句来回答我，支支吾吾了一阵，见我还是不明白，十分着急。最后，他们还遗憾地表达了歉意。

我谢过他们，打算到中央海军博物馆对面的荷兰拱门参观。正埋头赶路之际，直觉告诉我后面有人跟着。我猛然回头一看，那父子俩恰巧也往这个方向走来，脚步明显比我快，大有要赶上我的势头。

我猜，哈，你们也和我一样，博物馆参观不成，就来参观荷兰拱门了。

当他们赶上我的时候，我发现他们已经是气喘吁吁了。我迟疑、吃惊之际，小伙子走上前来，用拼装的英语单词，耐心地解释说："It should be open today. But it is Christmas holidays. Closed.（博物馆今天应开放的，但现在仍是圣诞假期，关闭了。）"

原来，他们气喘吁吁赶上来，就是为了向我解释博物馆闭馆的原因。

我看着他，耐心地听他解释。他搜肠刮肚，结结巴巴，费了九牛二虎之力边说边比画着。他虽然焦急万分，却不慌不忙、有板有眼，尽量把每一单词说得像英语单词。

我听着，敬意油然而生。他说出的每一个单词都让我感到那么亲切熟悉，他说出的每一个音节都让我听得那么清晰响亮。

我郑重地向他们道谢，并送上圣诞和新年祝福："Thank you very much. It is very kind of you. Merry Christmas and Happy New Year.（谢谢你们的好意。圣诞快乐，新年快乐！）"

父子俩心满意足地和我道别了。他们转身向北，向涅瓦河方向走去。哦，他们并非来参观荷兰拱门，而是为了一个简单的解释。

在生活中，我们往往需要一个简单的解释，却往往缺少一个简单的解释。在一个国际化的大都市里，给一个萍水相逢的路人一个简单解释，能长久地温暖人心，显得弥足珍贵。

我望着他们的背影，一股暖流涌上心窝。他们的双脚在雪地上留下长串脚印，一深一浅；他们的身影映照在白雪覆盖的大街上，一高一矮；他们的背影消失在远处的涅瓦河畔，一前一后。

一个十来岁的少年，面对一个远方来的访客，如此耐心、细致、体贴、得体，他赢得了我的尊重。

更让我敬重的是，那位看似未接受过太多教育的父亲，脸上写满了岁月印记，额头布满了沧桑的痕迹。他以身作则，身体力行，为儿子树立了一个平凡而伟大的榜样。

或许，正是在父亲的鼓励下，那位少年苦思冥想，搜肠刮肚，把零星散落于脑海里的英语单词拼装成一个标准的英语句子。可以肯定，这位父亲在内心一定为儿子的努力而骄傲，为儿子的行为而自豪。

圣彼得堡给我留下过许多美好的记忆。这父子两人的画面是我许多美好记忆中最感人的画面。

如今，我离开圣彼得堡多年了，这感人的画面没有因岁月的流逝而悄悄褪色，反而因时光的打磨而熠熠生辉。

在我内心深处，圣彼得堡春之鹅黄、夏之浓绿、秋之金黄和冬之雪

圣彼得堡市民印象（2）：俄罗斯父子身影

白，因古巷的灵气而更加生动活泼；圣彼得堡如歌的岁月、如洗的碧空、苍茫的大地和悠长的落日，因涅瓦河闪亮的浪花而更加壮丽多彩。

父子的身影，伴随着涅瓦河上的点点波光，伴随着圣彼得堡的沧桑流年和岁月长歌，让圣彼得堡获得一次诗意的升华。

1月9日星期五

圣彼得堡市民印象（3）：享受阅读

阅读，是一种生活体验；阅读，是一种生活方式；阅读，是一种生活态度；阅读，是一种生活享受。

高尔基曾说，书籍是人类进步的阶梯、终生的伴侣、最真挚的朋友。

自从来到圣彼得堡，看到圣彼得堡人对书爱不释手，我对高尔基的话有了更深刻的感悟。

在公交汽车上，在地铁上，不少人捧着书，津津有味地阅读；在排队时，即使是上下班高峰时段，不少人聚精会神地看书，旁若无人；在公园的草地上，不少人专心致志地看书，对人来人往视若无睹；在小巷的长凳上，不少人如饥似渴地看书，对时光的流逝毫无察觉……

从我的住处到马路对面的公交站、地铁站，要穿过一个地下通道。通道内，过道两旁有面包店、服饰店、花店、电子元件店，店面很小。地下通道内，人来人往，摩肩接踵，行人步履匆匆。这里显得窄小逼仄。

有一位老太太，独自打理一个小小的服饰店。说是小商店，实际上是在墙壁上挖出的一块长约3米、高约2米、深约20厘米的凹面，内壁上设有挂钩，挂满围巾、衣物和一些装饰品等。衣物和饰品不算新潮，款式也不多，偶尔有路过的人在店前驻足。店面小，过道窄，连一张小凳子都容不下，老太太只好站着招呼客人。

没有生意时，老太太就拿出一本书，旁若无人地阅读起来。她读的书，有新的、有旧的，有薄的、有厚的，有大的、有小的。站得太久，实在累了，她就倚着墙，照样目不转睛地看书。

她看得实在入神，周围熙熙攘攘，环境纷扰不息，似乎都和她没有一点关系。有时候，步履匆匆的客人难得在店前停下脚步，打量着墙上的衣物，老太太也全然不知，照样沉浸在自己的阅读世界里。

阅读不能给她带来利润，也不能改善她的物质生活。一个普通的老太太，一个厚道的生意人，在做生意的空隙，在地下通道的狭窄空间，在冬日凛冽的寒风中，在光线并不充足的环境里，都能如饥似渴地阅读书籍，都能旁若无人地沉浸于书中的世界，怎不令人肃然起敬。

圣彼得堡市民印象（3）：享受阅读

阅读让她忘记了时间流逝，阅读让她忘记了世间的纷扰，阅读让她忘记了生活的劳累。她也因阅读而美丽，因阅读而优雅，因阅读而高贵。

1月10日星期六

圣彼得堡市民印象（4）：图书共享

圣彼得堡国立理工大学的每一栋宿舍楼，正门内有值班室。值班室内24小时均有人值班。

窄小的值班室，一扇门、一扇窗；窗后有张办公桌，墙上挂着一台小电视机，角落里还有一张小床。

值班人员的工作简单重复、单调乏味，但她们善于装饰，把狭小的空间装扮得舒适宜人，把看似机械重复的上班的日子过得有滋有味。

办公桌上，除了办公纸笔和登记本之外，一方小书立内总有三五本流行的杂志和小说，一个小花瓶上总有一两朵鲜花。即使在寒冬腊月，值班室内也生机勃勃，春意盎然。

宿舍大楼正门通道旁放着一张小小的书桌。桌子上面放着各种流行杂志、新旧书籍。

起初，我没有太留意这张书桌的存在，不就是宿舍管理人员专用或者公用的普通的书桌嘛。

后来，我发现，小小的书桌别有洞天。桌子上的图书、杂志和画册，时多时少。原来，书桌上的书籍、杂志、画册都来自舍友们的无私奉献。

早上，舍友们出门时，将刚刚读完的图书杂志放在这张小小的书桌上；晚上，舍友们进门时，可以随手取走桌上的图书杂志，带回宿舍阅读。

每当我走进宿舍大楼，还没来得及掸去身上的雪花，看到桌子上的书籍杂志已经换了模样，心里就感到丝丝春意；每当我急匆匆走出宿舍大楼，已经走出大门好远好远了，还念念不忘楼内那张书桌，还有桌上的图书杂志。

窄小的空间，因为有书籍而变得辽阔；单调的生活，因为有书籍而变得滋润。

一本书，因漂流而不再孤独，因漂流而异彩纷呈；一个公共空间，因图书漂流而不再渺小，因图书漂流而丰富多彩。

图书漂流传递的不只是图书，还有信任、温情和文明。

圣彼得堡市民印象（5）：母女情深

1月11日星期日

圣彼得堡市民印象（5）：母女情深

今天，地铁一号线的车厢内乘客不多。上下班高峰期拥挤不堪的车厢，好像一下子宽敞了许多。

一对年轻夫妇，带着一个四五岁的女儿，悠然自得，十分轻松。小女孩坐在父母中间，手里拿着一个iPad，正在玩儿童游戏。她玩得十分投入，不亦乐乎。

母亲坐在孩子一旁，看着女儿玩游戏，手里还拿着一本儿童故事读物。母亲在女儿游戏间歇，将故事书放在iPad上，让女儿朗读一小段故事。

女儿朗读时，母亲时而要求女儿大声一点朗读，时而纠正女儿某个单词的读音，时而示范句子的正确音调。小孩难免读错音，认错字，母亲一一纠正。直到女儿认字、读音、语音、语调完全符合母亲要求时，母亲才允许女儿再玩一会儿iPad游戏。

一段车程，小女孩顺利完成了母亲预设的学习任务。坐在另一旁的父亲，脸上始终流露着微笑。小孩在玩游戏过程中，也获得了父母的奖赏和肯定。

四五岁的小女孩，爱玩、贪玩是天性，对新科技也充满强烈的好奇心。今天，要想完全控制小孩不玩手机、不玩电脑、不玩iPad，对父母来说是十分困难的事情，因为父母本身都离不开这些科技产品。试想，科技产品就在小孩身边，父母要压制小孩的天性，不准小孩触碰科技产品，其难度可想而知。

这位母亲的可贵之处，在于她充分利用小孩爱玩、贪玩的天性，把玩iPad、玩游戏作为一种正面的激励手段，在小孩游戏的过程中，适当引导小孩认字、识字、朗读，养成正确的学习习惯。受到母亲的阅读引导、肯定、赞扬和鼓励，小孩将学会阅读，享受阅读，分享阅读。阅读也将让她受益终生。

1月12日星期一

口音和乡音

在圣彼得堡，我有很多机会和来自世界各地的国际友人用英语进行交流。

当我和一个英语口音很重的外籍人士交流而听不懂他的意思时，我不会抱怨他的口音太重了，让我听不懂。相反，我会惭愧，会内疚，会自责：一个专业的英语教师，应该努力习惯、听懂来自世界各地的人讲的英语。

我庆幸自己有这样一个学习的好机会，和一个具有浓郁地方语言特色的外籍人士交流，欣赏他的语音、语调和语速等语言要素，领略来自世界各地的"土腔土调"节奏和声韵。

语言，在他的唇齿之间，变成一串串美丽的音符；文字，在他的口舌之间，化成抑扬顿挫的音乐。

这一切会激起我对生他、养他、育他的文化土壤的浓厚兴趣。要了解他那一方水土，我就要努力适应他的口音、听懂他的英语、明白他的意思。

语言，是了解一邦文化、一国文明的闪亮窗口；口音，是了解一方水土、一族风俗的一盏明灯；口音，承载着一个人毕生的经历和乡愁。

1月13日星期二

圣彼得堡玩具博物馆

玩具是儿童的忠实玩伴。有玩具的童年,是幸福的童年。玩具承载着一个人童年的甜美梦想和美好记忆。记忆中的玩具,跨越时空,永不褪色。记忆中的玩具,历久弥新,一直伴随着一个人的一生。

今天,我打算参观圣彼得堡玩具博物馆,看看俄罗斯的儿童有什么样的玩具陪伴他们成长,领略各式各样异彩纷呈且具有鲜明时代印记的俄罗斯玩具的风采。

一大早,我乘坐K31无轨电车,到了彼得格勒岛地铁站(Petrogradskaya)下车。在地铁站附近的麦当劳休息片刻,沿着卡尔波夫卡运河一路向西行走,步行到了彼得格勒桥(Petrogradsky Bridge),左拐进一条大街。

按照地图标识,玩具博物馆就在附近。但是,我转了一大圈,仍未见博物馆的踪影。

天空飘起雪花,我茫然不知所措。我回头看了看来时路,发现路旁有两个女士在抽烟聊天。

我上前问道:"Where is the Toy Museum?(请问玩具博物馆在哪?)""It is here.(就在这里。)"一位年轻的女士回答道。她边说边匆忙掐灭了还剩2/3的烟。她带着我进了一个临街的大门。这个门十分不起眼,和普通房门的样式并无不同,很难让人将这扇门和博物馆大门联系起来。

她径直走向售票台,向我介绍票价:"300 rubles for adults, 100 rubles for students.(成年人300卢布,学生100卢布。)"

原来,她是玩具博物馆的工作人员。难怪刚才我问路时,她匆匆忙忙地掐灭了还有一大半的香烟。

我出示学校的借书证,她说:"We believe you."她随手打印了一张100卢布的门票,交给我。我付了100卢布。

她用英语简要地向我介绍了玩具博物馆的基本情况后,就让我一个人静静地浏览展品。

圣彼得堡玩具博物馆创建于1997年,是"博物馆之城"——圣彼得堡最年轻的专题博物馆。

我是唯一的参观者。自从我爱上博物馆以来，这是令我最难忘的经历：这是我第一次参观以玩具为主题的博物馆，也是我唯一一次独自享有一个人参观一座博物馆的"特权"。

圣彼得堡玩具博物馆并不大，共有3个展厅：苏联时期玩具、外国玩具和织物玩具。其中，外国玩具展厅也展出了苏联解体后俄罗斯富有民族特色的玩具，因为苏联时期玩具展厅面积太小，只能将不同时期各民族具有代表性的玩具安排在外国玩具展厅展出。

在俄罗斯和国际玩具展厅，展出东西方的玩具。其中有一副微缩的麻将玩具，麻将牌上雕刻着万、饼、条不同花色，有的方块上还刻有汉字。

小小的一件玩具，深深地烙出一个时代一个国家的鲜明印记。它是一面神奇的镜子，折射出一个家庭的生活状况，反映出不同年龄的长幼关系。透过这面独具魔力的镜子，我们可以窥见玩具小主人成长道路上的酸甜苦辣和喜怒哀乐。

在售票台前，有一个综合展示厅，集儿童娱乐、教育于一体。这实际上是一个儿童游戏厅。桌子上放着各式各样的益智玩具，供儿童玩耍。地面上也摆放着时尚的玩偶或布娃娃，虽然有些凌乱，但十分干净，符合儿童的天性发展。

玩具博物馆每周都举行儿童活动日，组织家长和儿童到博物馆游戏厅，开展各种各样的益智游戏，激发孩子们的好奇心，满足他们的游戏愿望。

工作人员从交谈中，得知我来自中国，特地向我介绍一套"中国手掌成像游戏"。她在互联网上得知中国素有"手掌影像游戏"的传统，便通过网络购买到这一组游戏设备，还认真学习了各种手掌成像的技术。

交谈中，她拿起一只手电筒，架在简易的支架上，对准白色的墙壁，按下手电筒开关，打开光源，墙面上立即成了一幅宽大的银幕。她伸出双手，置于手电筒前，巧弄纤手，在屏幕上形成一幅幅生动活泼的画面：一棵小树从地上发芽，生根，渐渐长大成一棵大树；一只小鸟从屏幕左边缓缓飞来，在屏幕中心停了停，看了看，渐渐消失在屏幕的右侧；一个小孩，伸着脑袋，探头探脑地出现在画面中心，左右观看了一阵子，招招手；一群小孩蜂拥而至，欢乐地跳起舞来……

她的双手十分灵巧，配合手型变化，嘴里还模拟出各种声响，让人如置身于真实的环境中。

我看得出神，沉浸在光和影的交织中。过了好一会儿，我才缓过神来，意识到她在利用光和影，讲述一个连贯、生动的益智故事。我的佩服之情油然而生。

她的表演饶有趣味、惟妙惟肖，让成年人都陶醉其中。不难想象，孩子们在她的面前，该有多么喜欢、多么欢乐。

她说，游戏是儿童的天性，要让孩子们在游戏中成长，在游戏中交流，在游戏中开发智力。在家里，不需要拥有一套复杂的光影设备，有时只要有一支手电筒和一只玻璃杯就够。

接着，她往玻璃杯里倒满了水，打开手电筒，让手电筒光线透过玻璃杯，映射在白色的墙面上，幻化出斑驳陆离、亦真亦幻的图案。随着手电光线角度的变化、玻璃杯内水量的增加或减少，墙上的图案也随之千变万化，气象万千。

我在世界各地参观博物馆，都愿意和博物馆工作人员交流，问他们各种问题。这让我受益匪浅。在圣彼得堡玩具博物馆，我和工作人员交流，并亲自参与其中的活动，是我平生第一次，对我工作和生活的启示不言而喻。

我想，一个人从事儿童教育工作，就应该顺应儿童的成长天性，多设计出一些生动有趣、富有想象力的智力游戏，让孩子们参与其中，享受游戏的乐趣，享受童真的欢乐，享受成长的幸福。

我面对的学生都是成年人，他们也喜欢游戏。因此，在今后的英语教学中，我也要多设计出课堂活动，让学生在课堂活动中掌握语言交流能力，让学生享受用英语进行交际的乐趣。

1月14日星期三

误译铸就经典

今天气温0℃，天气晴朗。

我先到学校宿舍管理科询问有关续租宿舍的事情，进展顺利，看时间还早，就顺道到学校图书馆看书。

在图书馆三楼，我找到了一本有关西方文艺复兴时期雕塑家米开朗琪罗艺术作品的书（俄文版）。我虽然不懂俄文，但能在一座百年图书馆里欣赏500年前的艺术大师的雕塑作品，是莫大的享受，也是一次难忘的经历。

其中有一件雕塑作品，标明是米开朗琪罗创作于1513—1516年间的作品。这是米开朗琪罗根据圣经《出埃及记》创作的摩西雕塑（又称《带角的摩西》）。

摩西是历史上一位伟大的以色列领袖，著名的犹太人先知。他著有《创世纪》《出埃及记》《利未记》《民数记》和《申命记》5卷经文，构成了《圣经》中的"摩西五经"，内容涉及上帝的创造、人的堕落、上帝的救赎、上帝的拣选、上帝的立约和圣地的律法，是犹太教经典中最重要的经文，也是以色列人的国家法律规范。

据说，摩西受耶和华差遣，带领以色列人出埃及，跨红海，住旷野，进迦南，历经无数磨难，克服千难万险，终于到达上帝的"应许之地"。

离开埃及满3个月的那一天，他们来到西奈山旷野。他们在西奈山旷野逗留长达10个月时间。摩西共两次应耶和华召唤，独自一人登上西奈山，领受神谕。每一次，摩西都在西奈山上逗留40个昼夜。

第一次，摩西从耶和华那领受神谕后就下山，看见以色列百姓围着擅自制造的金牛犊，载歌载舞，对偶像顶礼膜拜。摩西"便发烈怒，把两块法版扔在山下摔碎了，又将他们所铸的牛犊用火焚烧，磨得粉碎，撒在水面上，叫以色列人喝"（《出埃及记》第32章第19～20节）。

后来，摩西再次应耶和华召唤，上西奈山顶，接受神谕，并将神谕（即《十诫》）镌刻在两块法版上。

"摩西手里拿着两块法版下西奈山的时候，不知道自己的面皮因耶和

华和他说话就发了光。亚伦和以色列众人看见摩西的面皮发光,就怕挨近他。"(《出埃及记》第34章第29～30节)

米开朗琪罗根据《出埃及记》的这段经文创作了《摩西雕像》。

这座雕像,摩西坐在基座上,身体朝着正前方,头朝向左边,脸上挂着长及腹部的大胡子。他右脚着地,左脚抬起,仅用脚趾触地。他右手拿着《十诫》律法书,左手放在大腿之上。摩西目光炯炯,凝望远方,表现出非凡气度和英雄气概。

但是,摩西头上长着一对犄角,让我很困惑。我手头上不同版本的《圣经》,都没有提及摩西头上长角的记载。《出埃及记》第34章第29节,无论是中文还是英文,都明确地告诉我们,摩西的脸上发了光。中文"发了光",英文是"radiant"或"shine",都和头上长角没有任何关联。

我通过比照其他版本的《圣经》,查阅《圣经》传播历史的书籍,寻找摩西头上长角之谜的答案。

原来,"摩西之角"源于西方早期基督教拉丁教父、伟大的圣经学者圣哲罗姆(Saint Jerome,约347—420)的一次错误翻译。

哲罗姆受当时教皇之托,以希伯来文《圣经》为基础,花了近23年的时间(约382—405),将《圣经》翻译成拉丁文,俗称《武加大译本》(*Vulgate Version*)。《圣经》(武加大译本)是罗马天主教教皇钦定的正典,至今仍被西方教会采用,在西方历史上有着深刻的影响。

哲罗姆在翻译《出埃及记》第34章第29～30节时,将希伯来语的"qaran"一词翻译成拉丁文的"cornuta",即"角"之意。"qaran"在希伯来语中有"光辉"和"角"的双重含义,"光辉"才是它在这段经文中正确含义,却被哲罗姆舍弃了。

此后,西方学者以哲罗姆的拉丁文《圣经》为基础,翻译成英文《圣经》,也就有了后来的像杜埃兰斯英译本《圣经》(*The Douay-Rheims Bible*)那样的翻译:

And when Moses came down from the mount Sinai, he held the two tablets of the testimony, and he knew not that his face was <u>horned</u> from the conversation of the Lord. And Aaron and the children of Israel seeing the face of Moses <u>horned</u>, were afraid to come near.

为了说明问题,我给引文的"horned"加了下划线。这段英文的意思是，摩西从西奈山下来，手里拿着法版，不知道自己因耶和华和他说话而"长了角"（was horned），亚伦和以色列众人看见摩西"长了角"就不敢挨近他。

"摩西之角"从此走进西方信仰的经典，深入西方人们的心里。在经历了漫长的岁月之后，《圣经》学者才发现了哲罗姆的误译，并逐步更新了《圣经》经文有关摩西形象的观念。

目前，国际通行的《圣经》版本，无论是中文的还是英文的版本，都接受了"摩西面容发光"或"摩西脸上发光"的意义。

在西方艺术中，根据哲罗姆的拉丁文和后来的英文《出埃及记》第34章第29～30节经文的翻译，艺术家们创作了大量有关摩西"长角"的雕塑和绘画作品。米开朗琪罗的雕塑作品《带角的摩西》就是其中之一。

米开朗琪罗《带角的摩西》

但是，也有些学者认为，哲罗姆将希伯来语的"qaran"一词翻译成拉丁文的"cornuta"（角）并非误译，而是有意而为之。在古代西亚文化形象中，神明的冠冕上都有"光芒"或"角"，光芒（光辉）和角都象征着神明的无限权能。据说，古巴比伦国王汉谟拉比的儿子萨姆苏伊路那（Samsuiluna）接待恩利尔神的使者，使者们的脸上闪闪发光。其他文献也表明恩利尔神也头上长角，发出闪耀的光辉。哲罗姆游历广泛，博览群书，知识丰富，具有扎实的拉丁语和希伯来文的功底。他将希伯来语的"qaran"一词翻译成拉丁文的"cornuta"（角），更证明了他对拉丁传统和希伯来文化的融会贯通。

持这一观点的人不在少数，只是他们的声音微弱。西方主流文化已经摒弃了"摩西之角"，接受了"摩西之光"的观念。

但是，"摩西之角"毕竟在西方文化上曾盛极一时，深入人心。即使在今天，许多人都十分喜欢头上长了双角的摩西形象。

弗洛伊德曾写过一篇题为《米开朗琪罗的摩西》的文章，从精神分析入手，对米开朗琪罗的摩西雕塑进行深入细致的分析，揭示了艺术形象所蕴含的主题思想，揭示了艺术家的创作意图。

米开朗琪罗的《带角的摩西》雕塑现存于罗马的圣彼得镣铐教堂（Church of Saint Peter in Chains）。每年，成千上万的人络绎不绝地来到这里，目睹米开朗琪罗的经典作品《带角的摩西》。

"摩西之角"是哲罗姆留给世界的宝贵的文化遗产。

圣彼得堡日记

1月15日星期四

A. S. 波波夫中央通信博物馆

今天天气晴朗，气温1℃左右。我打算参观圣彼得堡A. S. 波波夫中央通信博物馆（Alexander Stepanovich Popov Central Museum of Telecommunications）。

上午10时左右，我走出宿舍大门，乘地铁到海军部站下车，出站后，经过圣伊萨克大教堂、圣伊萨克广场，进入邮政大街（Pochtamtskaya Street），在一个似乎很不起眼的门口停了下来。

我犹疑不决了。按照地图标示，这里就是博物馆的位置。但是，我还是纳闷：一座具有100多年历史的中央通信博物馆，大门怎么如此不起眼，不起眼到让人怀疑这里只是普通居民住所的入口处。

我推门进去，发现里面竟有岗亭和门卫。我问问门卫，确信这是A. S. 波波夫中央通信博物馆。

我走向售票窗，得知成人购票每张150卢布。我出示了学校借书证，以60卢布的价格购得一张门票。

A. S. 波波夫中央通信博物馆建造于1872年，是世界上历史最悠久的科技博物馆之一，以俄罗斯著名的物理学家、无线电先驱A. S. 波波夫（Alexander Stepanovich Popov，1859—1905）的名字命名，纪念这位"无线电之父"对俄罗斯和世界无线电通信技术事业发展所做出的卓越贡献。

A. S. 波波夫曾在俄罗斯海军学校任教。由于工作的关系，他对无线电通信技术兴趣浓厚，潜心研究无线电波、频率和传播途径。他研制了无线电接收机、天线、金属检波器等在俄罗斯无线电通信历史上具有划时代意义的技术设备。

1895年5月7日，波波夫在圣彼得堡演示他研制的无线电接收机，受到人们的赞誉。1945年，为了纪念波波夫对俄罗斯无线电通信技术发展做出的伟大贡献，苏联人民委员会通过决议，将5月7日定为"俄罗斯无线电节"，设置"波波夫金质奖章"，授予那些为无线电通信技术发展做出杰出贡献的科学家。

博物馆分为俄罗斯邮政历史展厅、电报电话技术展厅、收音机展厅、电视机展厅、通信交换技术展厅和无线电通信技术教育展厅。

俄罗斯邮政历史展厅展出了俄罗斯邮政发展状况。其中，边疆区或边远山区的邮路令人印象深刻：深山密林，道路崎岖不平；山高路远，羊肠小道消失在云端；林海雪原，狗拉着雪橇勇往直前；无边草原，马拉着邮车一路狂奔；苍茫沙漠，驼队负重跋涉，留下串串驼铃声；积雪过膝，邮递员身后留下一串长长的脚印……

邮政历史展厅里还特辟一处专题展区，展出俄罗斯历史上曾采用过的形状不一、尺寸各异、色彩不同的邮筒。我一眼就认出了如今在圣彼得堡大街小巷常见的蓝色邮筒，这是目前俄罗斯使用的标准色调邮筒。

在通信交换技术展厅里，展出各个历史时期不同款式的电话机。电话机形形色色，琳琅满目，应有尽有。印象最深的是电话交换机。

20世纪80年代，我在广东梅州嘉应大学（现嘉应学院）任教期间，有位熟人就是学校行政楼里电话交换机房的工作人员。那时候，学校只有一个校外电话号码（总机号码），校内各行政部门和教学单位分设许多分机。校内和校外的电话联系，就靠人工接驳。例如，校外有一个电话打进来，总机房值班接线员问是打给谁、转哪个部门或分机号后，将连接插头插入电话交换机上相应的插孔，呼叫方和被叫方才能通上电话。用校内电话拨打校外电话，呼叫人得先接通总机，总机房工作人员将内线转接到外线，呼叫人再拨打外线号码。

电话程控交换机出现之前，机构内外的公、私电话联系都是依靠单位总机房的人工交换机和人工接驳。

我和家人偶尔到电话交换机房转转。我看到电话交换机上红绿灯交替闪烁，连接线盘根错节，接线员工作忙碌却有条不紊。那时我觉得，电话交换机真神奇，通信技术真发达。

如今，通信技术一日千里，数码通信日新月异，甚至仅用一个虚拟设备，就可以在任何时候呼叫世界上任何一个用户。那时，我真无法想象今天通信技术的发展程度。

或许因为那时我无法想象，或许因为今天通信技术的发展令我始料不及，才勾起我对30多年前电话人工交换机的回忆，才令我这么如痴如醉地欣赏着各式各样的珍贵文物。

欣赏，是对一个时代的深情追忆；欣赏，是对科学先驱的诚挚致敬；欣赏，是对人类创新的殷切期盼。

博物馆的收音机藏品在世界博物馆中首屈一指。收音机展厅主分两个展区：20世纪前30年的收音机和20世纪30—80年代的收音机。两个展区分别展出了欧美和俄罗斯历史上各个时期不同厂家生产的不同品牌、不同型号的收音机。对每一台收音机都简要说明生产厂家、品牌、型号和生产日期。

从收音机藏品看，20世纪二三十年代，苏联无线电技术和收音机制造水平高于我国。那时，我国无线电技术相对落后，收音机大多是舶来品，国产收音机也依靠欧美或日本进口的零件进行组装。

博物馆的收音机展品五花八门，品类繁多，大致可分为落地式、台式和便携式收音机3类。落地式和台式收音机是世界无线电技术发展初期的产品，便携式收音机是晶体管、电子管、半导体、集成电路和数码技术发展的一个缩影。

每一部收音机都有一个动人的故事。一部收音机，是一个家庭生活水平的镜像，是一个民族经济发展的写照，是一个社会进步的标识，是一个国家科学技术水平的缩影。

这些古董级别的收音机反映出俄罗斯和欧洲国家在不同时期的国民经济发展水平和人民生活标准。

在20世纪初期，我国民族工业基础薄弱，收音机大多是舶来品。一台硬木外壳、设计流畅、音质优美、富有时代气息的落地式或者台式收音机，对于普通家庭而言，是可望而不可即的。

新中国成立之后，民族工业取得了长足的发展，电子管收音机、晶体管收音机开始进入平常百姓人家。在六七十年代，收音机仍是我国城乡居民家庭的一大"宝贝"，"三转一响"（自行车、缝纫机、手表和收音机）是众多青年男女结婚时梦寐以求的家庭装备。

改革开放以后，无线电和互联网技术发展日新月异，收音机发展也呈现出多元化、精致化和网络化态势。我国收音机制造业蓬勃发展，收音机销售市场如火如荼，充分反映了我国城乡居民的生活水平、生活追求和审美情趣。

收音机可接收调频立体声、中波、长波、短波广播，甚至可以接收短波单边带（SSB）信号和民用航空波段信号。如今，世界上部分城市已经有了DAB（Digital Audio Broadcasting，数字音频广播）广播节目，听众可以享受到CD音质的广播了。

目前，我国国产收音机功能齐全，实用性强，灵敏度高，选择性好，操作人性化。继DAB收音机之后，卫星收音机的普及也指日可待。有了卫星收音机，听众就可以在地球上卫星信号覆盖的任何一个角落，收听到信号强、音效好的广播节目。

我时常逛圣彼得堡电子市场，十分留意目前俄罗斯民用无线电技术的发展状况，发现俄罗斯收音机的质量、技术水平和制作工艺水平都远远不及中国，大致相当于我国 20 世纪七八十年代的水平。俄罗斯市场有大量的中国生产的小品牌收音机，它们大多数由珠江三角洲乡镇企业或家庭作坊生产。

归纳起来，圣彼得堡市场上的收音机有如下特点：一是功能单调，许多收音机只限于 FM，未见 FMDX 配置，只有少数牌子的收音机融 FM、AM、MW 或 SW 于一体；二是质量不高，调频常见的 MCU 控制调谐技术和调幅接收电路的二次变频技术、场效应管平衡混频、高频增效控制、多级自动增益控制等技术难得一见。另外，我并未发现配置有背景噪音抑制（Squelch controlling technology）功能的收音机。

而这些技术，在我国生产的收音机中，都是常见的技术配置。正是这些无线电通信技术，加上数码和网络技术，让我国生产的收音机插上强大有力的翅膀，销往世界各地，满足听众收听全球广播的需求。

拥有一台收音机，就拥有一个动人的故事；收藏一台收音机，就收藏了一段消失的过往。

拥有一台收音机，世界就在你耳边。

圣彼得堡日记

1月16日星期五

圣彼得堡国立宗教历史博物馆

今天,我在宿舍补写昨天参观圣彼得堡国立宗教历史博物馆的日记。

昨天下午大约2点半,我从波波夫中央通信博物馆出来,左转来到了邮政大街。来到中央邮政大楼(Central Post Office),本打算到里面买些明信片和邮票,但见中央邮政大楼对面就是圣彼得堡国立宗教历史博物馆(The State Museum of the History of Religion),我就穿过大街,决定利用下午参观这座神秘的宗教历史博物馆。

我在博物馆大厅的座椅上坐了一会儿,冲了一杯保健茶。该吃午饭了,我看看周围并没有人在休息大厅吃东西,犹豫了一下,还是别丢人现眼,就走出大门,在邮政大街的转角处一个背风、僻静的地方,匆匆吃了几块面包,权当作午饭。

我回到博物馆大厅,在售票窗口,看到成年人票价为300卢布。我出示了借书证,并交给售票员200卢布,心想,即使有借书证,也要半价150元一张票吧。不料,她只收了一张100卢布的纸币。

正当我纳闷之际,她给我一张门票,还有50卢布找零。这座世界著名的主题博物馆,一张门票只需50卢布,大大出乎我的意料。

一楼售票窗两翼各有两个展厅。我径直上了二楼,二楼共分为12个主题展厅,分别是"远古和原始信仰"(Archaic and Primitive Beliefs)、"宗教银器"(Silvery Treasury of Religion)、"多神信仰:世界原始宗教信仰"(Religions of the Ancient World: Polytheism)、"古代世界信仰:犹太教"(Religion of the Ancient World: Judaism)、"灵魂与来生"(Concepts of Soul and After-Life)、"基督教的兴起"(The Rise of Christianity)、"俄罗斯东正教历史"(The History of Russian Orthodoxy)、"天主教"(Catholicism)、"新教"(Protestantism)、"东方宗教:佛教、印度教、儒教、道教和日本神道"(The Oriental Religions: Buddhism, Hinduism, Confucianism, Taosim and Shinto)、"佛教圣地"(The Pureland of Buddha)、"伊斯兰教"(Islamism)。除此之外,博物馆还专门开辟了"古希腊罗马宗教"(Religion of Ancient Greece and Rome)、"中国宗教"(Religions of China)、

"美索不达米亚宗教"（Mesopotamian Religions）、"古埃及宗教"（Religion in Ancient Egypt）、"美洲印第安人萨满教"（American Indians Shamanism）等主题展厅。

在"古埃及宗教"主题展馆的展品中，有一具木乃伊，置于精美的石棺内。石棺内还有圣甲虫（古埃及人奉为神圣的甲虫）、甲虫形雕饰（作为饰物或护符佩带）和一些护身符之类的信仰器物。

"古埃及宗教"主题展馆的展品还包括古埃及神庙常见的刻有碑文的石柱、石碑、匾额等，还有阿蒙内姆哈特三世（Amenemhet Ⅲ，约前1818—前1770年在位）的狮身人面雕像和古埃及众神的雕塑。

古埃及众神雕像有太阳神荷鲁斯（Horus）、冥界之神奥西里斯（Osiris）、生育女神伊西斯（Isis），还有太阳之神、战争之神和疗伤之神塞赫麦特（Sekhmet）等。我最感兴趣的还是塞赫麦特雕塑。

古埃及神话中，"Sekhmet"是力量的象征，塞赫麦特是太阳神的女儿，被称为"太阳之眼"。她威力无比，喷吐烈焰，降临灾祸，具有摧毁一切的神力。她是古埃及法老、医生的守护神。

塞赫麦特是古埃及人公认的最凶猛的猎手。在古埃及的壁画上，她狮首人身，头顶一颗火红的太阳，一条眼镜蛇环绕太阳，提醒人们她为民除害、铲除恶神和毒蛇的功绩。她右手持一支长长的纸莎草秆权杖，象征着对埃及的统治权。她左手拎着一个T形十字章，象征旺盛的生命力。她脸部呈绿色，和权杖上的绿色映衬，象征她作为东方众神守护者的权威。她身穿红色盛装，象征太阳的火焰，也表现出嗜血的本性。

我国河南博物院曾经和意大利博物馆合作，展出了一座高达两米、重达两吨的塞赫麦特花岗岩雕塑。雕塑上刻满了古埃及象形文字，富有远古的神秘气息，展现了古埃及人的聪明智慧，也折射出人类早期文明的曙光。

在圣彼得堡国立宗教历史博物馆展出的塞赫麦特雕塑，精雕细琢，体现出考究和庄重的艺术风格。塞赫麦特毛发由头及腿，头戴内梅什巾冠，带有精致条纹，象征法老的王权和对上、下埃及的守护；母狮狮首突出，张开大口，露出牙齿，凸显女神的力量、尊贵、威严和神圣不可侵犯。人身部分，女神有孕在身，肚子隆起，肚皮光滑，乳房丰满并夸张地下垂着，象征着对人类的哺育和滋养。

圣彼得堡国立宗教历史博物馆是世界上三大宗教历史博物馆之一，另外两个分别是中国台湾的台北世界宗教历史博物馆和伦敦的英国宗教历史博物馆。

　　三大宗教历史博物馆均收藏有古埃及宗教物品，圣彼得堡国立宗教历史博物馆在古埃及宗教藏品上首屈一指。

1月18日星期日

读书笔记：《俄罗斯艺术史》

气温 0℃～2℃，昨晚睡得不踏实，早上晚起。

今日读《俄罗斯艺术史》（任光宣著，北京大学出版社 2000 年版）。

任光宣先生是北京大学教授、著名的俄罗斯学家。我以前只是听闻其名，并未涉猎他的著作。今天有机会静下心来，跟着先生徜徉于俄罗斯艺术长廊，打开通往俄罗斯建筑、音乐、雕塑和绘画的一扇大门，收获良多。

一个刚刚脱离母体的婴儿，听见声音，看见光、影和色彩，对世界充满惊奇和期待。今天，我就像一个站在艺术世界入口的婴儿，对俄罗斯艺术充满渴望和幻想。

已故俄罗斯联邦驻中华人民共和国大使罗高寿先生为此书作了序言，对任光宣先生赞誉有加，称他"独具慧眼，对俄罗斯文化提出独到见解"，"《俄罗斯艺术史》称得上百科全书式的著作，全书充盈着浓厚的感情色彩"。

任光宣先生由浅入深地揭示俄罗斯艺术从古到今演变的历程，对建筑、音乐、绘画和雕塑等分门别类地进行提炼和概括，总结出它们各自的发展规律及千丝万缕的相互联系。其中最令人称道的是，任先生将俄罗斯艺术发展成果，归功于滋养艺术的沃土——伟大的俄罗斯文学。

《俄罗斯艺术史》是一把打开我艺术之门的钥匙，也是一束照亮我艺术世界的亮光。

1月19日星期一

不平凡的1616年

今天，在银行柜员机取了1万卢布，银行系统发来信息告知，扣了账户959.66元人民币。

俄罗斯因克里米亚危机遭受西方多国的联合制裁，卢布持续贬值。人民币对万元卢布的比价，最近跌破千元关口，今天又跌至最低点。

另外，根据收音机消息，明年（2016年）是英国文豪威廉·莎士比亚（1564—1616）逝世400周年纪念，世界各地都准备举行一系列活动，纪念这位伟大的剧作家、诗人和文学家。

有人评论莎士比亚的伟大贡献时说，自从有了莎士比亚，英国就不会灭亡。仔细琢磨，这句话并非没有道理。

我认为，英国的工业革命让英国走上了富国的道路，跻身于世界民族之林，成为世界一流的国家。而莎士比亚的人文精神对英国社会进步和民族发展产生了巨大的影响。

1616年，是世界文学史上极不平凡的一年。4月23日，西方世界在同一天失去了莎士比亚和塞万提斯。7月29日，中国著名剧作家汤显祖与世长辞，他的《牡丹亭》在世界各地上演了400多年。

1616年，世界文学天空，一时星光暗淡。但这些逝去的文学家为世界留下了不朽的文学巨著，为人类思想进步插上了思想翅膀和精神羽翼。

1月20日星期二

伟大的博物馆

今天是我国传统节气——大寒，是我国大部分地区一年中最寒冷的一天。在圣彼得堡，天气寒冷，大幅降温。气温在 -6℃ ~ -13℃ 之间徘徊。

近一个月来，圣彼得堡天空灰暗，难得一见阳光。今天是神奇的一天，从早到晚，阳光灿烂，天空湛蓝，碧空如洗，十分美丽。

今日读《伟大的博物馆》系列丛书之《圣彼得堡冬宫博物馆》，因此有了关于博物馆的思考，也有了如下文字：

  在人类文明发展史上，有许多有形的东西显而易见，物质产品一目了然，具有十分重要的实用价值。

  祖祖辈辈传下来的生产技术、生活技巧或生活经验，改善了人类生存境况，提高了人类生活质量，提升了人类存在境界。

  人类文明中的精神产品，如绘画、雕塑、建筑、音乐、宗教、文学、诗歌等艺术产品具有不朽的价值，不但拓宽了人类存在空间，提升了人类的生命价值，而且丰富了人类的精神生活，展现了人类存在的意义。

  无论物质产品还是精神产品，在一定的历史条件下，都容易失去存在的依附和生存的条件。天灾人祸都具有足够强大的力量，将人类漫长历史长河中竭尽聪明和智慧所创造的最宝贵的文化成果摧毁。

  博物馆为人类物质文化成果和精神文化成果提供了坚实的保护屏障。尽管博物馆本身或经历过战火洗礼，或遭受掠夺浩劫，或遭到轻蔑冷遇，或遭受敌对仇恨。

  但是今天，博物馆依然是承载人类物质文明坚固磐石，依然是守护人类精神文明的坚强堡垒。博物馆用厚实的高墙抵御时光流转中的风霜雪雨，抵御社会变迁中的兴衰沉浮，尽力地保存着人类创造的印记，真实地传递着人类文明的美好。

  博物馆是世界文物的守护者，是人类心灵的栖息地。博物馆包罗万象，兼收并蓄，拥有一切，丰富多彩。

在这里，你可以漫步，悠闲地观赏历史久远的一幅洞穴壁画；在这里，你可以随心，静静地凝视来自浩瀚星空的一颗神秘陨石；在这里，你可以随意，深深地陶醉于一块残缺瓷片上的简单纹饰；在这里，你可以任性，傻傻地望着天花板上不断伸展的玫瑰花饰带；在这里，你可以闲逛，慢慢地沉醉于一扇花窗之外的无边景色……

博物馆包容开放，胸怀宽广，落落大方，敞开大门，童叟无欺；博物馆端庄高雅，庄严高傲，风清气正，高高地矗立在自己尊贵的坐标上。

你若走近她，她拥抱你、欢迎你，她是你一座取之不尽、用之不竭的思想宝库；你若背离她，她绝不哀求你、谄媚你，也绝不主动走向你。

你若不走向她，并不影响她的存在意义和历史价值；她的存在意义日益丰富，她的历史价值与日俱增。

1月21日星期三

俄罗斯中央海军博物馆

天气寒冷，继续降温，气温降至 –12℃～–13℃。不过，阳光灿烂，风光旖旎。

上午，我乘坐地铁到海军部站，下车后步行至劳动广场（Trud Square）参观俄罗斯中央海军博物馆（Central Navy Museum of Russia）。

俄罗斯中央海军博物馆由彼得一世于 1709 年创建，是俄罗斯最古老的博物馆之一，也是世界上历史最悠久、规模最大的海军博物馆之一。

历史上，彼得大帝酷爱航海技术，搜集了许多航海模型。1709 年，彼得大帝将航海模型集中于一处，供自己和大臣们观赏和研究航船、战船的制作工艺和航海技术。这间航海模型观赏室就是中央海军博物馆的雏形。

1924 年，博物馆正式命名为"中央海军博物馆"，馆址在海军部大楼内。1939—1941 年，博物馆搬迁至瓦西里岛东端的交易大楼内。2013 年，交易大楼进行升级改造，博物馆藏品搬迁至现址，即劳动广场的原俄罗斯海军兵营大楼内。

中央海军博物馆展示了俄罗斯海军的发展历程和伟大成就，展品主要有各种武器（海军装备的枪支、大炮、炮弹等）和各个时期的战船或军舰模型。

博物馆展厅的墙上挂着俄罗斯著名画家创作的有关俄罗斯海军将领、战船、战舰和著名战役的油画作品，其中包括俄罗斯画家阿列克谢·彼得罗维奇·博戈柳博夫（A. P. Bogolyubov，1824—1896）创作的一幅以俄罗斯和土耳其两国海军在克里木的战争为主题的作品《锡诺普海战》（*Sinop Naval Battle*）和另一幅以俄罗斯和土耳其两国舰队在爱琴海上阿索斯半岛附近进行海战为主题的油画《阿索斯战役》（*The Battle of Athos*）。

博物馆的"镇馆之宝"是"彼得大帝之舟"（The Boat of Peter the Great）。"彼得大帝之舟"是一艘依照真实战船样式，按一定比例缩小的微缩战船。

原型战船在历史上充满传奇色彩。据说，17 世纪中期，一位丹麦人

圣彼得堡日记

根据英国战船样式为俄罗斯设计并建造出一艘战船——"圣尼古拉斯"号（St. Nicholas），并将其作为一件珍贵的礼物，赠送给彼得大帝的父亲阿列克谢沙皇。

1688年，彼得大帝发现了这艘船，仔细研究了它的航海性能，发现它较其他俄罗斯战船有一大优势，就是能顶着大风航行。于是，他组织人马，修复了这艘战船。彼得大帝对新修复的战船喜爱有加。迁都圣彼得堡之后，彼得大帝把这艘船从莫斯科带到了新都，经常亲自驾船航行，穿梭于涅瓦河和芬兰湾之间。

历史上，"圣尼古拉斯号"战船承载着俄罗斯海军强国之梦，历代沙皇都重视对战船的保护，并使之为自己的统治服务。1745年，为了庆祝彼得三世和皇后叶卡捷琳娜（后来的叶卡捷琳娜大帝）大婚，这艘战船还象征性地参加过划船比赛。

18世纪60年代，叶卡捷琳娜大帝在兔子岛彼得保罗要塞广场建造了一座"船屋"，专门摆放这艘战船。目前，这间船屋里面还摆放着"彼得大帝之舟"的模型。每年，成千上万的游客怀着好奇之心或崇敬之情，来到这间小小的"船屋"，欣赏和品味这艘具有历史意义的"彼得大帝之舟"。

在博物馆展出的著名藏品还包括苏联—俄罗斯（时间跨越苏联解体）海军大型核动力导弹巡洋舰的模型、"二战"期间苏联军队缴获的德国纳粹党旗等。

俄罗斯中央海军博物馆下属有多个分支博物馆。"阿芙乐尔"号巡洋舰博物馆（Cruiser Aurora）也隶属于俄罗斯中央海军博物馆。它通常锚定于大涅夫卡河和涅瓦河交汇处，每年都吸引了自世界各地成千上万的游客前来观赏，向世界再现"十月革命"的峥嵘岁月。

目前，"阿芙乐尔"号巡洋舰博物馆已于2014年9月被拖至喀琅施塔得造船厂进行综合修复，整个工程预计耗时两年。[①]

可惜，我在圣彼得堡期间无缘与这艘"俄国十月革命象征"的巡洋舰相遇，实在令人遗憾。

下午5时左右，我从俄罗斯中央海军博物馆出来，打算沿着莫伊卡运

---

① 2014年，"阿芙乐尔"号巡洋舰博物馆进行了大修，维修工程大约需要两年。如今，"阿芙乐尔"号巡洋舰重新锚定于大涅夫卡河和涅瓦河交汇处，博物馆正常开放。

河走向圣伊萨克广场，坐地铁返回住处。

在一个街口等交通灯之际，我发现有两座气势恢宏、颇有特色的建筑物分立于小河两岸，中间有廊桥连接。廊桥上有一长幅醒目广告，有俄文和英文两种文字，英文写着"The 232th Season of the Mariinsky Theatre"，我才意识到前面两座建筑物是圣彼得堡赫赫有名的马林斯基大剧院。

我问身旁的一位青年男士："Which one is the Mariinsky Theatre？（哪一栋是马林斯基大剧院?）"

他指着其中一栋建筑物，说，"Mariinsky Theatre One（马林斯基大剧院1）"，然后又指着另一栋建筑物说，"Mariinsky Theatre Two（马林斯基大剧院2）"。

他看我有点迟疑、有点吃惊，不失时机地手指远处，接着说，"Mariinsky Theatre Three（马林斯基大剧院3）"。言辞举止之间，他神情流露出几分得意和自信。

他十分自豪地用英语向我介绍马林斯基剧院的基本情况和目前上演的剧目。他谈兴正浓，我留心倾听。两个陌生人，谁都没有留意到红绿灯转换之间的闪烁。

绿灯亮了，我们似乎都在刻意放慢脚步，有意延长这次难得的谈话。他想多向一个外国人讲述马林斯基大剧院的传奇，我想多听一个当地人诉说一座城市的文化故事。

两个陌生人刻意延长谈话，因为我们有共同关心的话题，有共同诉说和倾听的意愿，而无利益性的算计。

在马路的红绿灯下，我们互相告别，互道珍重。他走向大街的远处，夕阳西下；我走向马林斯基大剧院，灯火通明。

1月22日星期四

列宁格勒在战争和围困期间博物馆

中午12时左右,我来到涅瓦河左岸的英国滨河路(English Embankment)上的"列宁格勒在战争和围困期间博物馆"。

售票大厅的告示牌显示,成人门票每人150卢布。我出示借书证。售票人员收了80卢布,给了我一张门票。

在苏联卫国战争期间,德国军队向苏联发动强大进攻。1941年8月,德军挥师东进,剑锋直指苏联第二大城市列宁格勒。8月30日,希特勒的"德国铁钳"计划奏效,将列宁格勒重重包围。列宁格勒成为一座孤城。

在随后的将近900天里,列宁格勒军民同仇敌忾,众志成城,誓死保卫这座享有"十月革命摇篮"之称的英雄城市。在饥饿、严寒和敌人面前,他们不屈不挠,浴血奋战,终于挫败了德国法西斯困死列宁格勒的战略企图,取得了反法西斯战争的胜利。

列宁格勒在战争和围困期间博物馆分上下两层,约有大小40个展厅,主要以图片的形式,真实地反映俄罗斯团结一致、军民同心、共同抵御外来入侵者的英勇行为和民族精神。

有一个特别的"生命之路"(The Road of Life)展厅,大量的图片再现了列宁格勒军民在被围困的艰难岁月里利用拉多加湖开辟出唯一的一条与外界联系的秘密通道的历史场景。这一条"生命之路",为列宁格勒军民提供了战胜饥饿的珍贵的粮食,及时转送了大量的伤病员,为列宁格勒保卫战的胜利奠定了基础。

在圣彼得堡的许多战争和历史博物馆,都有"生命之路"的主题展厅。在俄罗斯中央海军博物馆也有些照片反映列宁格勒遭围困的照片和实物。在郊区拉多加镇有一个"拉多加湖:生命之路"(Ladoga Lake: The Road of Life)主题博物馆。此馆隶属于俄罗斯中央海军博物馆。

在圣彼得堡车尔尼雪夫斯基地铁站附近,有一个"国立列宁格勒围困和保卫战纪念馆"(The State Museum of the Defense and Siege of Leningrad)。馆内藏品丰富,形式多样,全面地反映了列宁格勒保卫战中那残酷无情的战争历史。

有人说，中国对历史的重视是世界上各个国家中绝无仅有的。中国人重视历史，以史为鉴。但是，在重视博物馆留存历史遗产方面，俄罗斯和美国等西方国家对历史遗产的挖掘和保护也做得很好。

俄罗斯和美国两国的历史不像中国的历史那样源远流长。但是，就重视历史和战争博物馆建设而言，俄罗斯和美国在许多方面值得中国学习和借鉴。

俄罗斯圣彼得堡有一条"生命之路"，美国波士顿有一条"自由之路"（Freedom Trail），中国有一条"长征之路"。各个国家、各个民族都有一条属于自己的"精神之路"。

每一个国家和民族都应重视人民的历史，在历史长河中铸造民族之魂，在历史事件中萃取民族精神。

1月23日星期五

期待重逢

气温-4℃,下雪。

原打算参观主显圣容大教堂,但由于天气不好,临时取消。

妻子于北京时间下午从深圳出发到香港,和女儿会合后,到达香港国际机场,启程前来圣彼得堡。

妻子放寒假,女儿特地请了年假,一同前来圣彼得堡看我。这让我在平静的访学生活中,多了一份对亲情的期盼,也多了一份重逢的温暖。

她们到了香港国际机场,给我发了微信,说晚上11:45准时登机。

1月24日星期六

机场团聚

我在凌晨醒来,打开微信,还没有收到妻子和女儿的信息。再睡一会儿,醒来,又打开微信,看看她们的行程信息。女儿已经发来微信,说她们平安到达迪拜机场,正在等候转机,飞往圣彼得堡。

她们将换乘EK175航班飞往圣彼得堡,预计到达圣彼得堡的时间为当地时间14:30。

亲人在旅途,我牵挂如丝如织……趁早去机场吧,或许,路途风景能够略微抵消我对亲人的牵挂。

大约11:30,我出发前往圣彼得堡国际机场;12:30左右到达。在航班信息公告栏,我看到了EK175航班预计到达时间为14:28。

我在机场国际到达大厅长凳上休息了一阵子,又就近在星巴克买了一杯摩卡咖啡,连接机场WiFi,浏览国内外新闻。

与咖啡为伴,杯子暖暖在我手中,能消除一个人的疲劳和困倦;与新闻为伴,世界时刻在我耳边,能消解一个人的孤独与寂寞,为独处增添一份乐趣和色彩。

14:20,我回到机场2号国际到达大厅。航班信息显示,EK175航班到达时间为14:23;稍后更新信息显示,EK175 LANDED(EK175着陆)。

归乡的游子越近家门,心情越急迫。其实,盼望远方的亲人,临近见面情更急。

我预计她们过海关、提取行李还需要些时间,就在附近转悠,消解内心的焦急。大约15:30,我在紧紧盯了一阵显示牌后低头徘徊之际,听到了一声响亮的"Daddy"。

声音清脆而熟悉。我心头一热,循声望去,发现女儿和妻子已出现在出口处。母女俩拖着行李,脸上挂着笑,毫无倦容。

女儿的拥抱最贴心,爱人的拥抱最暖心。家和家人是远方游子心底最深切的牵挂。

她们穿上羽绒服,戴上帽子,推着行李,就随我到公交车站。

在公交车上，司机要求我多买一张行李票。我高兴之余，未加思索，就递过卢布给司机，买了4张车票。过了一会儿，我转念一想：不对呀，我以前乘坐这一路公交车，行李还更大，司机都没有要求我购买行李票；这次，母女俩的行李小，司机反而要求我购买行李票，不公平。

我随口说："You can't charge me for the luggages. They are not extralarge luggages.（并非超大行李，你不能要求我购买行李票。）"

司机也不假思索，随手递给我一把硬币，让我自己取回一张行李票的金额。司机毫不犹豫的举动，让我有点始料不及。取回和保存硬币，是一件麻烦的事情，我放弃了。

我们在莫斯科地铁站（Moskovskaya）换乘地铁，由二号线转乘一号线，到起义广场站（Vosstaniya Square）。我们出了地铁站，来到了起义街（Vosstaniya Street），入住玫瑰宾馆（Rose Hotel）507号房间。

晚上6时，我们走出宾馆大门，领略圣彼得堡的夜景。我们先到起义广场、莫斯科火车站旁边的一家俄餐厅吃晚饭。用餐期间，我注意到不远处的餐桌上有两位青年女士，似乎很关注我们的言谈举止，或许是对外国游客的好奇吧。

我们吃完饭，正在喝茶之际，她们走向我们的餐桌，用不错的中文和我们打招呼。我们感到吃惊之余，忙搬来凳子，招呼她们坐下，一起聊天。

我猜测她们想和我们聊天，借机练练中文口语，提高中文水平，正如我当学生时常常厚着脸皮和老外搭讪，练习英语口语一样。

在与她们的交谈中我才得知她们的真实用意。她们是基督教徒，在瓦西里地铁站附近的一个教堂里当志愿者，负责一个中文的基督教团契，专门向前来圣彼得堡的中国人传播基督教福音。

同我们交谈中，她们得知我们一家人久别重逢，体谅我妻子和女儿舟车劳顿，只聊了一会儿，就起身和我们道别。

我想，她们应该是希望和我们多待一会儿、多聊一会儿的，因为她们还肩负着向世人传递基督福音的使命。她们年纪轻轻，就能想他人之所想，急他人之所急，懂得适可而止，见好就收。她们心中应该装着基督之爱吧。

晚饭后，我送妻子和女儿回玫瑰宾馆歇息。安顿好她们后，我搭乘地铁回到圣彼得堡国立理工大学的住处。

冬宫博物馆（1）：约旦长廊和约旦楼梯

1月25日星期日

冬宫博物馆（1）：约旦长廊和约旦楼梯

一大早，我从学校赶到玫瑰宾馆，和妻子、女儿一起吃早餐。

早餐后，我们乘坐11路公共汽车，前往冬宫博物馆。冬天的早晨，空气格外清新，路上行人稀少，不一会儿就到了冬宫广场。

时间还早，在售票窗口排队的人还不多。在售票窗口，我们买了3张门票，每张400卢布。我们还租了一个语音导览（Audio Tour），450卢布，当天有效。服务人员说，今天语音导览针对家庭推出优惠活动，租一个还可免费使用一个语音导览。

我们感到惊喜。参观博物馆，就是为了收获惊喜。真没想到，在参观冬宫博物馆之前，我们便收获了一份惊喜。

参观冬宫博物馆，可能会让一个人——无论是位高权重还是人微言轻，无论是富甲一方还是家徒四壁惊喜连连。

博物馆入口通道是宽敞华丽的约旦长廊（Jordan Gallery）。长廊两侧摆放着各种各样的雕塑作品，弥漫着浓郁的艺术气息。

约旦长廊中的雕塑作品都是精美的复制品。其中有两座是我熟知的，一座是《拉奥孔和他的儿子们》群雕，另一座是《优美三女神》群雕。

《拉奥孔和他的儿子们》已在2014年11月7日（星期五）日记中做了较为详尽的介绍，现在看看《优美三女神》这座群雕。

《优美三女神》的原件收藏于冬宫博物馆，现在陈列于古代历史绘画走廊里，是18世纪末、19世纪初著名的古典主义女雕塑家安东尼·卡诺瓦（Antonio Canova，1757—1822）的作品。

三女神通常指古希腊神话中的拉克西斯（Lachesis）、阿特洛波斯（Atropos）和克洛托（Clotho）3位命运女神。她们是宇宙混沌初开时最早诞生的神祇，掌管着十二天神和十二主神以及人类的命运，拥有最强大的权力。她们同执纺线，按照时序和神旨编织或剪断凡人的命运之线。

《优美三女神》比例平衡，曲线优美，体态华贵，举止优雅。在雕塑家的手里，与诸神比较而言，她们的神情多了一份从容淡定，她们也多了一份西方神话中难得的亲和力和感召力。

在约旦长廊的尽头，就是著名的约旦主楼梯。楼梯原名叫"使节楼梯"（Ambassador Stairs），因为各国使臣前来觐见沙皇时必经此楼梯到达二楼的客厅，等候沙皇召见。

约旦主楼梯

后来，由于每年1月9日，沙皇和皇室成员都从使节楼梯下来，来到涅瓦河畔，举行东正教盛大的宗教仪式，纪念耶稣基督在约旦河接受施洗者约翰的洗礼，使节楼梯因此改名为"约旦楼梯"。

约旦主楼梯宽敞华丽，气势恢宏，中间铺设鲜红的地毯，扶手栏杆装饰浮雕。墙壁上安装着明亮的镜子，间隔着璀璨夺目的壁画，还有壁龛上的雕塑、天花板上以古希腊神话为主题的系列油画，营造了一个亦真亦幻、绚丽多姿的视觉空间，充满了欧洲巴洛克式戏剧性的艺术氛围。

在古希腊神话题材的背景下，绘画和雕塑相互映衬，相得益彰。挑高宽敞的天花板上，是意大利著名画家提香题为《奥林匹斯山》的系列作品。

在壁龛上，是古希腊神话题材中体现忠诚、公平、公正、永恒、正义、智慧、美德、丰饶等主题的装饰性雕塑。

你看，正义女神身披白袍，象征圣洁清白、刚直不阿；右手高举天平，象征公平审判、法律面前人人平等；左手正扶利剑，象征正义的力量、维护公平的权力和捍卫公正的决心。

冬宫博物馆（1）：约旦长廊和约旦楼梯

约旦主楼梯壁龛上的正义女神雕塑

正义女神雕塑反映出西方思想史上关于公平和公正、法律和力量的深层思考：要建立理想的法治社会，正义女神的天平和利剑缺一不可，两者相辅相成、并驾齐驱。如果没有利剑的保护，天平便形同虚设，法律软弱无力；如果没有天平的制约和法律的约束，利剑便横行霸道，滥杀无辜，成为赤裸裸的暴力工具。

在约旦主楼梯，以古希腊神话为题材的绘画和雕塑作品互相彰显，精致的装饰和优雅的摆设珠联璧合。

我们沿着约旦楼梯拾级而上，一步一景，景随步移。上了楼梯，就到了一个小广场。这里有小过道连接着长廊，通往各个大厅和展馆。

1月26日星期一

冬宫博物馆（2）：
古代历史绘画走廊和《优美三女神》

在气势磅礴的主楼梯和挑高敞亮的大意大利敞厅之间，有一条古代历史绘画走廊。古典主义雕塑家安东尼奥·卡诺瓦《优美三女神》（The Three Graces，1813）雕塑的原件就陈列在这里。

古代历史绘画走廊在建筑设计上彰显出俄罗斯古典风格，穹顶天花板采用拱形设计，使得整个展厅明亮、宽敞、华丽。展品独一无二，具体表现在：86幅绘画全部出自希立坦斯皮尔戈尔一人之手；全部绘画都是古希腊罗马艺术萌芽时期的作品；全部绘画作品采用公元前四五世纪由古希腊人发明的蜡画法创作而成。

古代历史绘画走廊展出了18世纪末、19世纪初古典主义雕塑家安东尼奥·卡诺瓦和别勒切礼·塔勒瓦列坦的雕塑作品。

安东尼奥·卡诺瓦的《优美三女神》就陈列其中。卡诺瓦的雕塑作品大多收藏于意大利，但有15件雕塑作品收藏于冬宫博物馆。

1813年，卡诺瓦在罗马完成了《优美三女神》。这座大理石雕塑高182厘米，三女神精雕细琢，比例完美无缺，肢体和谐交织，曲线美丽动人，动作优雅流畅，神情恬淡平静，神态宁静舒缓，肌理平滑光亮，是新古典主义艺术的经典之作。

《优美三女神》生机勃勃，充满着生命律动，流淌着宇宙神气，蕴含着卡诺瓦内心世界舒缓、平静、轻快的韵律。

卡诺瓦的作品深受拿破仑·波拿巴家族的青睐。《优美三女神》是应法国拿破仑一世的第一任妻子约瑟芬皇后（Empress Joséphine，1763—1814）的要求创作的。可惜，作品刚一完成，约瑟芬皇后便与世长辞，作品也由约瑟芬皇后的儿子欧仁·德·博阿尔内亲王收藏。

后来，亲王和俄罗斯皇室结亲，冥冥之中似乎注定了《优美三女神》和圣彼得堡的机缘。1901年，《优美三女神》由冯·洛伊斯滕贝收藏于圣彼得堡，入藏冬宫博物馆。

安东尼奥·卡诺瓦——这位来自意大利威尼斯的伟大雕塑家将威尼斯

冬宫博物馆（2）：古代历史绘画走廊和《优美三女神》

安东尼奥·卡诺瓦《优美三女神》

轻快的韵律和清爽的格调注入了《优美三女神》这件经典的雕塑作品中，把优雅的女神形象生机勃勃地呈现在我们面前。

1月27日星期二

冬宫博物馆（3）：安东尼奥·卡诺瓦

安东尼奥·卡诺瓦还有一件经典雕塑作品——《丘比特吻醒普赛克》（*Psyche Revived by Cupid's Kiss*, 1787）伫立于《优美三女神》旁边。

丘比特和普赛克的爱情故事在西方流传甚广，家喻户晓，类似于中国牛郎和织女的故事。

根据古罗马作家卢修斯·阿普列乌斯（Lucius Apuleius，约124—约170）创作的《金驴记》（*The Golden Ass*）记载，爱神维纳斯嫉妒凡间一位国王的小女儿普赛克的绝代风华，命令儿子丘比特到凡间去惩罚普赛克。

不料，丘比特一见普赛克就神魂颠倒，被她的容貌征服。他心慌意乱，一时间不小心被金箭划伤，如痴如醉地爱上了貌美如花的普赛克。丘比特违背母亲的意愿，不但没有毒害普赛克，反而偷偷地将她带到一座富丽堂皇的宫殿，和她朝夕相处，相濡以沫。

只是，凡人看不见神仙的容貌。普赛克趁丘比特入睡，打起油灯，想把丈夫看个真切。不料，她灯油滴落，灼伤了小爱神。普赛克违背了婚前所立下的不看丈夫容貌的誓言。丘比特十分生气，回到母亲家中。

为了侮辱普赛克，维纳斯命令她完成许多不可能完成的任务。普赛克忍辱负重，一一完成任务。

最后，维纳斯命令普赛克将一个魔瓶带到冥府，并带回满瓶的美丽。普赛克不知这是一个圈套，魔瓶里装着地狱的"睡眠之鬼"。

普赛克在回程途中，有一个神奇的声音不断劝导她"不要打开魔瓶"。普赛克受到好奇心的驱使，竟打开魔瓶。顷刻间，"睡眠之鬼"腾空而起，附着在普赛克身上，普赛克从此长眠不醒。

普赛克对爱情的忠贞感动了丘比特。丘比特踏上了寻找普赛克的漫长道路。功夫不负有心人，丘比特终于找到了普赛克，用深情之吻驱赶"睡眠之鬼"，将"睡眠之鬼"重新装入魔瓶，唤醒了普赛克。

丘比特和普赛克之间的真爱感动了维纳斯。维纳斯向天神求助，准许普赛克获得永生。从此，丘比特和普赛克在天堂幸福地生活。

冬宫博物馆（3）：安东尼奥·卡诺瓦

安东尼奥·卡诺瓦抓住丘比特"深情一吻"的瞬间，用新古典主义和浪漫主义相结合的手法，创作了《丘比特吻醒普赛克》，将丘比特"深情一吻"定格。

在丘比特的腰上，别着一个精致的箭筒和一把充满魔力的金箭，身后还有一个装着"睡眠之鬼"的魔瓶。

我凝视着这座惊世之作，回味着如歌如泣的爱情故事，想起《古诗十九首》中"迢迢牵牛星，皎皎河汉女"的诗句。牛郎和织女的故事同样如泣如诉，动人心弦。

安东尼奥·卡诺瓦《丘比特吻醒普赛克》

我童年的时候，每逢夏末秋初，村民们喜欢坐在晒谷坪上纳凉闲聊。老年人会指着遥远的星空中长长的天河，给我们讲述牛郎织女的故事。

天河从北向南，无声地划过星空。天河东岸有3颗星星，这就是牵牛座。中间最明亮的那颗星星就是牛郎星，另外两颗星星传说是牛郎织女的两个儿子。天河西岸同样有3颗星星，和牵牛星座遥遥相对。最明亮的那颗就是织女星,下方有两颗较暗的星星,位列左右,那是织女为王母娘娘织布时踩着织布机的双脚。《古诗十九首》中,"札札弄机杼"一句,说的就是织女踩着织布机发出的声响。

一条天河,阻隔着牛郎和织女,无情且无声。两人日夜思念,不得相聚,"盈盈一水间,脉脉不得语"。

每当我抬头远望天河,悲悯之心,油然而生。古老的传说、动人的诗歌,让我懂得亲人有相互牵挂,爱情有悲欢离合,人间有伤痛苦难,人类有永恒悲剧。

天河在星空中无声地流淌着,故事在我们心中悄悄地滋长着。我永远不会忘记那浩瀚星空中的动人画面,永远不会忘记那悲欢离合的动人情歌。

牛郎和织女、丘比特和普赛克,爱情道路同样一波三折,但结局截然不同:牛郎和织女,"纤云弄巧,飞星传恨,银汉迢迢暗度。……柔情似水,佳期如梦,忍顾鹊桥归路",星际茫茫,银汉迢迢,佳人相会,遥遥无期;丘比特和普赛克则令凡人羡慕不已,在永恒的天堂尽享极乐,宛若金风玉露,无处不相逢,无时不相聚,"便胜却,人间无数"。

同样是人神相恋,命运却不同,深究其成因,在于中西爱情观念和婚姻制度不同。在重视"父母之命,媒妁之言"的古代婚姻制度之下,牛郎和织女的自由恋爱、自主婚姻,为等级森严的礼教所不容。西方爱情观念中没有类似中国传统礼教的束缚,丘比特和普赛克可以追求婚姻自由、张扬自我个性并最终享受自由恋爱,实现爱情的美好理想。

1月28日星期三

冬宫博物馆（4）：酒神厅

约旦主楼梯已经成为连接新埃尔米塔日一、二楼的通道。第一层楼，是古希腊罗马艺术展区，有宙斯厅、酒神厅、雅典娜厅、十二圆柱厅等。

酒神厅

古希腊罗马艺术展区展出不同历史时期出土的古希腊罗马时期的珍贵文物，大多是冬宫博物馆于18、19世纪从意大利著名的古希腊罗马文物收藏家科庞纳公爵手中购得的。

科庞纳公爵酷爱历史文物，长期大量购买古希腊罗马时期的珍贵文物，终因无力承担庞大的财务支出，债务缠身，宣告破产。他也被判处20年苦役。

1850年，科庞纳公爵向尼古拉一世表示，愿将他手中所有古董一次性卖给沙皇。但尼古拉一世只对古希腊罗马时期的文物感兴趣，而且冬宫博物馆也无力一次性购买科庞纳公爵手中所有的文物。

科庞纳公爵让步，授予冬宫博物馆优先购买权，让其随意挑选其中的文物。后来，科庞纳公爵手中余下的古董，由法国出巨资购得。

冬宫博物馆馆长选中了大约 600 件艺术品，其中装饰性雕塑约 100 件，彩绘花瓶约 500 件，由此创建了冬宫博物馆的古希腊罗马艺术展区。

古希腊罗马艺术展区展出大理石雕塑、青铜雕塑、玛瑙浮雕、装饰性浮雕、肖像雕刻、宝石雕刻等。

第 109 展厅就是酒神厅（狄俄尼索斯厅）。酒神厅，顾名思义，以古希腊神话中的酒神狄俄尼索斯（Dionysus）为主题，大厅中央放置着一座创作于公元前 4 世纪的大理石酒神雕塑。

在希腊神话中，狄俄尼索斯是酒神，掌管着古代葡萄种植和葡萄酿酒的技术，具有在狂欢盛会中让人尽情欢乐的魔力。

那位天真活泼、调皮捣蛋的小爱神丘比特，就喜欢把金箭浸泡在酒中，让金箭带有醉人的魔力，让中箭的男女双方如痴如醉，不由自主地爱上对方。

酒神厅仿照古希腊罗马长廊式设计，天花板凹格铺面，古朴之风仿佛从天上自然洒落下来，让酒神厅充满灵气。

酒神厅的酒神雕塑

地板上铺着装饰画，色度正好，线条明朗，纹饰清晰，让古代文物熠熠生辉，充满生命律动。

墙面上砌着红色的人造大理石，古希腊式柱子将展厅分为不同的展位，大理石雕塑安置于各处，展现出无穷的魅力。

1月29日星期四

冬宫博物馆（5）：《塔夫利达的维纳斯》

在酒神厅的大门旁，伫立着一座雕塑——《塔夫利达的维纳斯》(*The Venus of Tauride*)。

这座维纳斯雕塑原名为《阿佛洛狄忒塑像》(*Statue of Aphrodite*)。阿佛洛狄忒是古希腊神话中爱与美之女神。原作创作于公元前3世纪，已经失传，原作者不详。

在公元2世纪，一位古罗马雕塑家根据文献记载，创作了这座高达1.67米的大理石雕塑，古罗马人称《维纳斯塑像》(*Statue of Venus*)，维纳斯是古罗马神话中的爱神。

古罗马人以刀剑征服古希腊，却被古希腊光辉灿烂的文化征服。古罗马人继承了古希腊人的文化遗产，以古希腊神话为精神食粮，孕育出古罗马神话，爱神维纳斯便是一朵永不凋谢的艺术之花。

1718年，欧洲考古学家在罗马附近发现了这座维纳斯大理石塑像。其艺术价值连城，无法估量。

消息一出，轰动欧洲，也传到梵蒂冈教皇和彼得大帝耳中。教皇近水楼台，抢占先机，得到维纳斯塑像。教皇下令禁止维纳斯塑像出境，而彼得大帝对它早已垂涎三尺，志在必得。双方经过斡旋和谈判，仍然无法达成协议。彼得大帝审时度势，抛出诱饵。教皇心动，做出让步。

原来，在俄罗斯和瑞典的战争中，俄罗斯军队攻陷瑞典雷维尔城(Reval)时，从瑞典人手中夺得瑞典修女——被誉为"欧洲守护圣人"的圣布里奇特(Saint Bridget, 1303—1373)的圣物。

圣布里奇特的圣物落入俄罗斯人手中，欧洲各国君主和教皇痛心疾首。重新夺回圣物，成为欧洲人的夙愿。

彼得大帝抛出诱饵，以圣布里奇特的圣物作为维纳斯塑像的交换条件。这让教皇左右为难。终于，教皇以信仰为重，顺应人心，被迫接受彼得大帝的交换条件，出让维纳斯塑像，让圣布里奇特的圣物重回罗马，完成欧洲人的夙愿。

维纳斯塑像运到圣彼得堡后，被安置于塔夫利达宫(Tauride Palace)。

一直到19世纪中期,维纳斯塑像都是塔夫利达宫的"镇宫之宝",维纳斯塑像因此也被称为《塔夫利达的维纳斯》。后来,维纳斯塑像收藏于冬宫博物馆,并一直以《塔夫利达的维纳斯》的名称展示于公众眼前。

雕塑家准确地塑造了维纳斯出浴的一瞬间,生动地展现了维纳斯的优雅外貌和内在神韵。

维纳斯双臂已经遗失,但从她侧首左望,身体微微左倾的姿态可以看出,她从浴池站起来,伸出左手去取立柱上挂着的一件浴衣。

维纳斯拥有一副古希腊式的美丽脸庞。她头发卷曲,前额平坦,鼻梁挺直,嘴角微笑,下巴圆润,气定神闲。两绺头发自然垂落,增添了灵动、飘逸的神韵。

《塔夫利达的维纳斯》

维纳斯身材修长,微微侧首左望,身躯轻微扭转。双腿协调,左脚承重,右脚稍息,体态沉稳持重,充满生命律动,富有音乐韵律,散发着无限魅力。

维纳斯胸部丰满,肌肤丰腴,腹肌线条分明,一个完美的古希腊女子形象栩栩如生,魅力四射。

雕塑家有意缩小了维纳斯头部和躯干的比例,躯体显得更加修长。头部偏小,玉颈微短,和加长的躯体相得益彰,体现了希腊古典主义时期到希腊化时期的审美标准和审美理想,也凸显了古希腊罗马人的审美情趣和审美追求。

1月31日星期六

冬宫博物馆（6）：宙斯厅

宙斯厅古色古香，雍容华丽，宽敞明亮，堪称世界艺术殿堂。宙斯厅陈列着古罗马时期最珍贵、最稀有、最优秀的雕塑作品，其中最有名的是一座宏伟的宙斯雕塑，宙斯厅也因此而得名。

宙斯厅

用巨型雕塑装饰庙宇是古希腊罗马的传统。据载，历史上第一座巨型宙斯雕塑是公元前5世纪下半叶由古希腊伟大的雕刻家、画家和建筑师菲迪亚斯（Phidias，约前480—前430）雕刻的。该雕塑被安置于雅典卫城的宙斯神殿内。

宙斯神殿是古希腊人的宗教中心，在古希腊人的民族信仰和社会生活中有着举足轻重的地位和作用。

菲迪亚斯打造的宙斯雕塑，高12米，是万众瞩目的艺术精品，也是人们顶礼膜拜的信仰偶像。可惜，由于社会政治、宗教信仰、自然灾害等原因，宙斯塑像湮没在历史沙尘之中，留下了许多谜团和无限惋惜。

宙斯厅内的巨型宙斯雕塑

公元1世纪，有人根据史料记载，重新打造了一座同样规格、同样材质的宙斯神像，但同样消失在历史烟云之中。

如今在冬宫博物馆宙斯厅展出的宙斯雕像，是一件根据史料记载制作的复制品。该宙斯雕像身材高大，强壮有力，金袍披身，神情严肃地端坐于宝座上。他右手拿着一个象征宇宙的金球，金球上站着胜利女神；左手紧握象征至高无上权力的权杖。一只雄鹰拍着翅膀，站立于宙斯左侧，与宙斯左膝同高，嘴里衔着宙斯的权杖。

宙斯左脚在前，右脚在后。他似乎打算站立起来，迎接四面八方的朝圣者。

冬宫博物馆（7）：贡扎加的浮雕玛瑙

2月1日星期日

冬宫博物馆（7）：贡扎加的浮雕玛瑙

古希腊罗马是西方文明的源头之一，孕育出西方宗教、文学、音乐、雕塑、建筑、科技等领域光辉灿烂的文化成果。

冬宫博物馆的古希腊罗马艺术展区，展出了许多古希腊罗马遗址出土的稀世珍宝。

这些稀世珍宝是古希腊罗马重要的历史文化遗产，凝聚着古希腊罗马人的聪明智慧和传统精神，也承载着西方源远流长的历史文化。

贡扎加的浮雕玛瑙就是其中一件大气磅礴、装饰精致、精美异常的玛瑙雕刻精品。它是公元前3世纪的缠丝玛瑙浮雕，浮雕形象是亚历山大大帝和皇后。

该浮雕玛瑙长期以来被意大利贡扎加家族收藏，故称"贡扎加浮雕玛瑙"。后来，科庞纳公爵购得该作品，因家道中落，转手给尼古拉一世，收藏于冬宫博物馆。

缠丝玛瑙属于红缟玛瑙，形成的地质条件十分严苛，有红白相间或黑白相间的像蚕丝一样的缟状条纹，是玛瑙中的精品。

贡扎加的浮雕玛瑙黑白相间，色带细如蚕丝，具有3层色带：第一层，深黑色，是做背景的最佳底色；第二层，纯白色，是做人物面庞的天然颜色；第三层，黑色，是做人物头发的理想颜色。

雕刻工艺师充分利用这块缠丝玛瑙的3层颜色特性，以浮雕为主，以线雕、浅雕、细雕和圆雕为辅，构成了一幅层次分明、通体一致的完美图案，栩栩如生地展现了亚历山大大帝和皇后的外貌和神韵。

贡扎加的浮雕玛瑙线条流畅，比

贡扎加的浮雕玛瑙

例适中，人物丰腴华美，玉洁清新，体现了雕刻工艺师巧妙的构思、高超的雕琢技艺，也彰显了古希腊人炉火纯青的玛瑙雕琢技艺和个性张扬的浪漫情趣。

在古希腊时期，随着科学技术的日益进步、经济水平的不断提高和政治体制的渐趋完善，人们的思想越来越活跃，整个社会都崇尚个性张扬，追求自由理想，也追求浪漫情趣。

在这一特定的历史时期和社会环境中，人的个性、浪漫情趣、审美理想和审美标准等，都投射在艺术创作中，体现在气势恢宏的神殿、大气典雅的雕塑、精雕细琢的器具、栩栩如生的绘画、巧夺天工的饰品等艺术品上。

时代的浪漫情趣和审美趣味的投射和物化，表现为在艺术造型上由端庄厚重走向轻盈飘逸，在制作工艺上由粗狂雄浑走向精雕细琢，在艺术风格上由威严庄重走向新颖精巧，在思维方式上由讳莫如深的抽象走向不证自明的具象，在审美价值上由宗教神秘性走向世俗实用性。

在冬宫博物馆的古希腊罗马艺术展区，可以窥见古希腊在这一时期的社会转型、生活观念转变和艺术审美的理想转折。

贡扎加的浮雕玛瑙作为古希腊时期的审美理想和精神追求的象征，不仅折射出正在萌芽且渐趋活跃的新的生活观念和艺术观念，也体现出思想活跃、个性张扬、追求自由、奔腾向上的时代精神和审美理想。

2月2日星期一

冬宫博物馆（8）：《春燕》

今天位于亚速海和黑海之间的塔曼半岛（Taman Peninsula）的法纳戈里亚古城（Phanagoria）是古希腊最大的文明古城之一。

公元前6世纪，小亚细亚人为了逃避战乱，在领袖法纳戈里亚的领导下，来到塔曼半岛，建立了法纳戈里亚城。他们凭借小亚细亚人的聪明才智，利用优越的地理位置，和东西方展开贸易活动和文化交流，创造了光辉灿烂的文明，成为古希腊文化星空中璀璨闪耀的明星。

在历史长河中，各种巧夺天工的稀世珍宝谱写了古希腊文明的绚丽篇章，如同一颗颗璀璨的明珠，传承了数千年绵绵不断的人类文明，成为后世人崇敬景仰的精神财富。

考古工作者对法纳戈里亚古城进行了挖掘，发现了大量彩绘造型器皿，其中一部分收藏于冬宫博物馆。这使我们能够对古希腊彩绘器皿的制作技艺和生产水平有一个初步的了解。

冬宫博物馆在古希腊罗马艺术展区展出了一些古希腊陶制器皿，其中一件是公元前6世纪的古希腊双耳陶罐。

这个双耳陶罐，敞口圆唇，罐颈短小，罐体圆实，腹部外凸，罐托厚实，两侧有双耳连接罐颈和罐身。陶罐通体稳健厚实，给人一种柔美静谧之感。

陶罐黑色彩面，映衬出一幅精美的瓶画，主题是

古希腊陶罐彩绘《春燕》

《春燕》。画中有 3 个男性形象，中间是一位中年男子，左边是一位青年男子，右边是一位懵懂少年。

  3 位男子的目光，不约而同地投向中年男子头部上方的一只轻盈飞翔的燕子。陶罐底部镌刻着一段古希腊文字，记载了 3 人围绕燕子展开的一段意味深长的对话：

  中年男子说："看啊，燕子。"
  青年男子说："是呀，我敢以赫拉克勒斯之名证实，一点没错。"
  少年紧接着说："没错，春天来了。"

  3 人的目光聚焦于燕子，也把观众的目光吸引到燕子身上。燕子展翅飞翔，轻盈活泼，具有十足的生命动感，为整幅图画增添了矫健和灵动之感。

  燕子，一种平常、平凡的小鸟，知春惜春，报春迎春。燕子是春天的使者。它装扮春天，赢得人们的喜爱。

  陶罐的彩绘图画构思精巧，人物形象逼真，神情坦然；线条简单明快，清晰流畅；燕子轻盈灵动，神态优美。

  整个画面结构清新，春意盎然，生机流动，动感十足，体现出炉火纯青、舒展自如的高超画技，也展示了古希腊人在陶罐彩绘艺术创作的巅峰水平。

  陶罐彩绘《春燕》不仅寄托了古希腊人对美好时光的无限遐想，也向世人展示了其制陶和绘画绝妙高超的工艺技巧，具有很高的历史价值、鉴赏价值和审美价值。

2月3日星期二

冬宫博物馆（9）：狮身人面造型器皿

法纳戈里亚古城考古出土的珍贵文物中，有一件狮身人面造型器皿，也于冬宫博物馆的古希腊罗马艺术展区展出。

狮身人面造型器皿是一件公元前5世纪的陶土彩绘容器，出土于法纳戈里亚古城附近的女祭司墓地，据推测是古希腊神话中丰饶女神神庙女祭司的随葬品。

斯芬克斯的传说源自古埃及。传说这是一种人面狮身、羊头狮身或鹰头狮身的怪物，通常为雄性，有时长着一双翅膀，象征着仁慈和高贵。

现存的最早一座斯芬克斯雕塑是古王国时期第四王朝最长寿的女王海特菲利斯二世（Hetepheres Ⅱ）雕像，她被雕刻成斯芬克斯狮身人面，现存于埃及开罗博物馆里。

在俄罗斯，斯芬克斯雕像并不鲜见。在圣彼得堡，埃及桥上的斯芬克斯雕像就是俄罗斯众多的斯芬克斯雕像的不朽经典作品之一。

在涅瓦河畔列宾美术学院门前，两座斯芬克斯雕像安置在码头两侧，让滔滔不绝的涅瓦河水，恒久地映衬着这对具有3500年历史的斯芬克斯雕像。

冬宫博物馆展出的斯芬克斯器皿又是一件稀世珍宝。

斯芬克斯端坐于花岗岩基座上，神态端庄，头部厚重，宛如威严的法老端坐于至高无上的王座上。

斯芬克斯满头卷发，头戴皇冠，条带雕刻精致，色泽鲜艳，体型纤小而圆润。

她色彩绚丽，神采飞扬。面部和胸部都呈现女性斯芬克斯特征：丰腴

狮身人面造型器皿

的前胸、健美的乳房、圆润的颈项、瘦长的脸颊、微笑的双唇、微隆的鼻端、开阔的前额、凝望的蓝眼……处处显示出女性矫捷、健美、柔润、丰饶的特征。而她身上一双有力的翅膀，更让厚重的狮身展现出凌空奔腾、急速奔跑的英姿。

这件狮身人面器皿是古希腊人日常生活体验和艺术智慧的结晶。它的造型自然流畅，浑然天成。容器表面点线圆润，色韵和谐。狮身和人面比例匀称，各部分相互呼应，神韵相通，线条生动自然。她的逼真和灵动，彰显出古希腊工艺师的精湛技巧和高深造诣。

狮身人面器皿集动感和力量于一身。工艺师独具匠心，将满腔热情灌注于这件狮身人面容器上，进行大胆而夸张的奇思妙想，给她插上翅膀，让日用的容器充满无穷的生命力。

勤劳智慧、充满想象力的古希腊人不仅通过诗歌抒发内心丰富多彩的浪漫激情，而且通过构思新颖、造型独特的艺术品释放精神世界的奔放豪情。

2月4日星期三

冬宫博物馆（10）：小结

  古希腊罗马艺术展厅还展出了考古学家在欧洲、俄罗斯和西亚地区考古挖掘的文物。

  《与雄狮搏斗的赫拉克勒斯》是具有代表性的作品。它是古罗马时期雕塑家对公元前4世纪古希腊的雕塑作品的精致仿作，表现了赫拉克勒斯在完成第一项艰巨任务——搏杀猛狮时的精彩瞬间。

  银质半身雕像《罗马人》是公元前1世纪的肖像作品，反映出当时肖像的制作工艺达到了相当高的水准。

  古希腊罗马留给世界的每一件珍贵文物，都折射出一定社会历史条件下的政治、历史、文化水平和人们的生活方式、风俗习惯甚至思维方式，都有其存在的理由。这些文物凝聚了工匠们的心血和智慧，是能够流传千古的精品。

  冬宫博物馆古希腊罗马展区所展出的历史文物，种类繁多，藏品丰富。这些稀世珍宝价值连城，为曾经辉煌的历史留下星星点点的印记。文物自身历史悠久，造型奇特精美，它们所蕴含的历史意义、考古价值及其背后引人入胜的故事，都让世界各国成千上万的参观者驻足停留，流连忘返。

  至此，参观者参观完古希腊罗马艺术展区后，就可以通过新埃尔米塔日和冬宫之间的连廊过道，进入古埃及艺术文物展区，由此打开另一扇艺术之窗，进一步领略古埃及光辉灿烂文明的无穷魅力。

2月5日星期四

地铁建筑风格：阿夫托沃站

外国人乘坐圣彼得堡地铁时，无不惊叹：地铁是真正的艺术品，是圣彼得堡的城市名片。

在圣彼得堡修建地下铁路系统，是世界地铁建筑史上最复杂、最艰巨的工程之一。圣彼得堡坐落于波罗的海芬兰湾东岸涅瓦河三角洲，由100多座大大小小的岛屿组成。地面上河流四通八达，地下河纵横交错，地面河与地下河或相互贯通，或遥相呼应，形成一个错综复杂的庞大水系。地面和岩层的平均深度为60米左右，最大深度达120米。在地面和岩层之间，地质结构极不稳定，基本上是沙质地层，且含水量高，达不到建设地铁的地质标准。因此，圣彼得堡的地铁隧道和地铁站的平均深度为60～90米。

其中，5号线（紫线）的海军部站（Admiralteyskaya）深度约为86米，是圣彼得堡最深的地铁站，其深度仅次于朝鲜民主主义人民共和国首都平壤地铁站。

1号线（红线）的奋勇广场站（Muzhestvo Square）和综合技术站（Politekhnicheskaya）的深度分别为67米和65米，是世界地铁建筑史上首次以暗挖技术挖出的两座巨大的"超深大跨度单拱式"地铁站。

圣彼得堡地铁建设者们根据当地深厚的沙质地层和坚实的季节冻土层等施工条件，结合早已成熟的"巴黎式"传统明挖技术，创造性地采用全新的、后来被誉为"列宁格勒式"的超深暗挖技术，挖掘出巨大的拱形地铁站，成为世界地铁建筑技术的典范。

地铁站地面建筑风格与圣彼得堡城市建筑风格和谐统一，两者相得益彰。地铁站地面建筑的外观设计又各具特色，尽展个性，实现了实用性和艺术性的完美结合。

大多数地铁站地面建筑是传统的俄罗斯巴洛克式圆顶建筑，具有宽阔的空间感和优美的立体感。起义广场站（Vosstaniya Square）是1号（红线）线和3号线（绿线）的换乘站，整座建筑呈圆形，纵向层递为下宽上窄的螺旋式圆塔体，造型优美稳重，层级逐级提升，稳定感和流动感浑然一体,让人想起中国历史上著名文学理论家和批评家刘勰在《文心雕龙·定势》中所说的"圆者规体,其势也自转;方者矩形,其势也自安"。

由圆柱托起的圆形穹顶粗犷宏伟、典雅凝重,与圆形的起义广场上下呼应,充满了静谧和律动的韵味,又与远处的弗拉基米尔大教堂(Vladimirsky Church)、亚历山大·涅夫斯基大修道院顶部巨型圆形穹顶交相辉映,彰显人文主义思想和宗教信仰精神在地铁建筑艺术上的完美融合。

有些地铁站地面建筑在外观设计上兼容了俄罗斯巴洛克式圆顶建筑和古希腊罗马古典建筑的不同风格,两者关系和谐、相互交融,形成一股强大的震撼力,向四周的环境延伸和辐射,端庄而华美。

1号线上的阿夫托沃站(Avtovo)位于罢工大街(Strike Avenue)东端,是一座具有新古典主义风格的特色建筑物。它的不远处就是第二次世界大战时期圣彼得堡军民英勇抗击德国纳粹军队"900天大围困"期间的最激烈战场遗址。

阿夫托沃站就是俄罗斯和古希腊建筑风格的综合体现。建筑正面有12根古典柱式圆柱,雄伟刚健的柱身从台基拔地而起,托起沉重的横梁和圆形穹顶,构成一个和谐、庄严、凝重的整体,上下起伏,回环往复,以唯美而纯净的形式,呈现在人们的视野中,给人以无尽的想象和优美的乐感。

圆形穹顶的座基上用俄文赫然镌刻着"光荣永远属于曾经英勇抗击进犯英雄城市之敌的列宁格勒无畏勇士"的大字,纪念"900天大围困"期间圣彼得堡军民抗击来犯之敌、守护神圣家园的顽强意志和英勇行为。

从远处看,12根圆柱列阵整齐,布局清晰,雄浑凝重;从近处看,柱廊高阔,方便人流聚合和疏散。正面柱顶过梁上,每一根圆柱上方均有一个圆形太阳浮雕。

正门上方有显目的俄语"ABTOBO"(阿夫托沃站),将过梁上的6幅太阳浮雕分为两组,左右对称,比例均衡。浮雕简洁有力,使得整座建筑物生机盎然,充满了艺术感,体现了俄罗斯人特有的审美观和艺术观。

2月6日星期五

地铁镶嵌画：阿夫托沃站

地铁站是一座城市的脉搏，也是市民生活的精彩舞台，地铁站的内部设计和装饰则体现一个城市的地方特色和历史文化传统。

圣彼得堡地铁站内部设计简朴大方，装饰风格优美雅致，以不同的艺术形式，展示着圣彼得堡城市文化内涵和俄罗斯民族艺术魅力。

每一个地铁站都设计独特，各具风格，异彩纷呈。它们是圣彼得堡城市文化的象征，也是俄罗斯民族艺术的窗口。

阿夫托沃站设计师爱普斯坦（S. M. Epstein）和建筑师莱文森（Y. N. Levinson）、格鲁什克（A. A. Grushke）将圣彼得堡历史文化元素和现代设计理念巧妙融合，将车站打造成美轮美奂的创意空间，使之在建筑美学、设计形式、梁柱结构和空间布局等方面成为圣彼得堡地铁建筑的光辉典范。

与其他深层暗挖的地铁站不同，阿夫托沃站采用明挖技术，随挖随建，是圣彼得堡最浅的地铁站，深度只有12米，也是圣彼得堡第一个没有自动升降扶手电梯的地铁站。乘客从大街进入地铁大门，随即踏上一座用红色大理石铺设的半圆形宽体人行扶梯，快速来到站厅。

站厅宛如一座大气恢宏、富丽堂皇的宫殿。装饰主题是"列宁格勒保卫战"。站厅顶部悬挂着巨大的枝状吊灯，鎏金水晶灯华丽诱人，设计精美。树状吊灯上装饰着镀金利剑和月桂花冠，象征着守城军民的钢铁意志、凯旋将士的胜利荣耀和民族英雄的不屈精神。

站厅内共有46根大理石圆柱，均分两列，整齐划一。按照原来的设计方案，46根大理石柱全部采用由圣彼得堡罗蒙诺索夫工厂（Lomonosov Factory）的钢化压铸玻璃装饰，但因为是世界上首次采用这种钢化压铸玻璃装饰技术，工程难度大、时间紧、任务重，加上克服玻璃反光技术也不成熟，最终只有16根大理石柱采用钢化压铸玻璃装饰。

为了赶在1955年11月15日通车前完成装修工程，施工人员将其他30根立柱改用白色大理石片做临时的表面装饰，打算庆典后再用钢化压铸玻璃装饰。后来，人工费用和原材料涨价等原因使这一愿望至今未能实现。

地铁镶嵌画：阿夫托沃站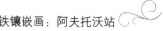

那16根钢化压铸玻璃装饰的立柱成为圣彼得堡地铁站的标志性装饰，具有独一无二的历史价值和纪念意义。由于钢化压花玻璃首次被应用于立柱装饰，工程设计和施工人员面临两大技术难题：玻璃粘贴度弱和反光炫目。

他们采纳了俄罗斯彼尔姆国立大学物理学教授格尔舒尼亚的建议，玻璃的钢化硬度和大理石硬度保持严格一致，在压铸玻璃内侧，设计出精准雕刻图案，增强玻璃内侧的贴附力。

在立柱顶部，采用上下双层环形套接，消减了顶部结构对玻璃的垂直压力，套接面上雕刻着精美的图案，套接面和柱身成80度角，以吸收柱身玻璃表面的反光。

柱身部分的装饰玻璃表面，沿着与水平方向成25度角，两条铝合金镶嵌线，中间夹带着象征荣誉和胜利的月桂枝叶，沿着柱身盘旋而上。

铝合金镶嵌线经过阳极氧化工艺特殊处理后，既可防止进一步氧化，又可着染成与玻璃一致的颜色，两者浑然天成，相得益彰。

柱身上的浮雕技艺精湛，排列错落有致，神韵活灵活现，五星金光闪耀，旗帜迎风飘扬，桂冠轻盈飞旋。

圆柱的柱头、柱身和基座比例精准，浑然一体，优雅华丽，流光溢彩。玻璃嵌板上的雕刻，凹凸深浅精致，线条粗细相宜，起伏纤巧，行有定势，走有余韵。

完美无缺的构图，恰如其分地吸收了来自巨型吊灯上鎏金水晶灯的光线，有效地克服了炫目反射、立柱与立柱之间和立柱与混凝土井壁之间的光线折射，取得了令人赏心悦目的光学和视觉效果。

在地铁站厅与入口相对的另一端壁面上，有一幅主题为"胜利"的马赛克拼贴画：一位慈祥的母亲，左肩上坐着可爱的孩子。母亲左手扶着孩子，目视前方，昂首阔步，满怀信心，迎接胜利，走向未来。

拼贴画由沃罗涅茨基（V. A. Voronetsky）和索科洛夫（A. K. Sokolov）联合创作，"胜利"主题和整座站厅"保卫列宁格勒"整体主题一致。

圣彼得堡许多地铁站厅都有马赛克镶嵌画，这是由圣彼得堡的地理位置和气候条件决定的。圣彼得堡地处波罗的海东岸的芬兰湾、大涅瓦和小涅瓦河汇聚的三角洲，地势较低，夏季温暖多雨，冬季比同纬度的地区暖和，但气温常在0℃上下徘徊，降雨和降雪量较大，空气湿度较大。因此，在圣彼得堡的地铁站厅不能像世界其他城市的许多地铁站厅一样在墙壁上画上或贴上油画，马赛克镶嵌画是最佳选择。

2月7日星期六

地铁镶嵌画：列宁广场站

地铁1号线上的列宁广场站（Lenin Square）前厅的墙面上，有一幅全景式马赛克镶嵌画，纪念布尔什维克党领导人列宁在1917年4月3日向彼得格勒工人和士兵做的一次具有重要历史意义的演讲。

俄国二月革命推翻了统治俄罗斯300多年的罗曼诺夫王朝，结束了沙皇专制统治，成立了彼得格勒工农兵苏维埃政权。不久，俄国资产阶级成立了临时政府，窃取了二月革命的胜利果实。俄国历史上，出现了两个政权并立的局面。资产阶级临时政府迫于内外压力，允许流亡国外的革命进步人士返回俄国。

列宁得知消息，立即动身，从瑞士苏黎世登上火车，踏上回国的路程。1917年4月3日，列宁到达彼得格勒的芬兰火车站。成千上万的工人、海员和士兵手举红旗，从四面八方蜂拥而至，将车站、广场和附近街道围得水泄不通。

列宁根本无法通行，被群众举到一辆装甲车上。他干脆站在车顶上，向欢呼的群众发表简短却热情洋溢的即席讲话，赞扬俄罗斯人民的革命热情和取得的成果，公开谴责资产阶级临时政府不顾俄罗斯民族的命运，企图坐享二月革命胜利果实，呼吁革命群众继续革命，直至推翻资产阶级临时政府，建立无产阶级革命政权。

最后，他高呼"社会主义革命万岁"（Long Live the Socialist Revolution）。全场欢呼声震耳欲聋，红旗迎风飘扬，革命群众热情高涨。

列宁广场站门厅墙壁上的全景式马赛克镶嵌画生动地再现了这一具有伟大历史意义的事件。

7月，列宁迫于形势，再次流亡芬兰，但他提出的"和平、土地和面包"的革命口号得到人民群众的广泛认可和支持。

10月初，列宁秘密返回彼得格勒，做了大量艰苦的思想动员工作和军事准备工作。

10月25日，革命时机成熟，列宁领导革命武装起义，宣布建立苏维埃政权。

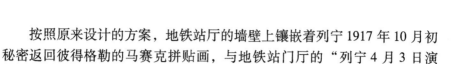

地铁镶嵌画：列宁广场站

按照原来设计的方案，地铁站厅的墙壁上镶嵌着列宁 1917 年 10 月初秘密返回彼得格勒的马赛克拼贴画，与地铁站门厅的"列宁 4 月 3 日演讲"的主题一致。

可惜，岁月悠悠，星移斗换，在后来的"去苏联化"浪潮中，地铁站厅"列宁重返彼得格勒"主题的马赛克镶嵌画被拆除。站厅一时横梁裸露，满目残垣，毫无生气。

如今，站厅又焕然一新，基调为红、白两色，和谐而宁静。

人们在唏嘘历史变迁、往事沉浮之余，在红、白相间的平衡中，在如此单纯、明快的和谐中，忘记日常辛劳和愁苦，获得精神慰藉。

圣彼得堡日记

2月8日星期日

地铁镶嵌画：海军部站

海军部站是圣彼得堡市区中心站，距离海军部大楼有两三分钟的步行路程，距离埃尔米塔日博物馆也不过300米。海军部地铁站有多幅巨型马赛克镶嵌画，画面五彩斑斓、绚丽多姿。

乘客进入地铁大门、经过验票闸口后，脚下是一条长达125米的自动人行扶梯，头上是一幅展示俄罗斯海军发展历史的马赛克镶嵌画。

经过第一级自动扶梯，乘客随即步入中继人行长廊。长廊上方有一幅俄罗斯海洋守护神的马赛克镶嵌画。

第二级自动扶梯共25米，正面上方有一幅海洋蓝色背景的马赛克镶嵌画，画面两端各有一个时序女神。女神两双手共同托起一个圆形挂钟，脚下是象征时间长河的飘带。画面亦真亦幻，融艺术性和实用性为一体。

不远处，头顶上方有一幅题为《海军部》的巨幅马赛克镶嵌画，在金光灿灿的背景下，海军部大楼巍然屹立，傲视苍穹，镀金塔尖高耸入云，闪闪发光。

大楼两侧，俄罗斯海军千帆竞渡，展示了俄罗斯的航海技术和海军发展的历史事迹。

在站厅的端墙上，有一幅彼得大帝建设和指挥俄罗斯海军的马赛克镶嵌画，据说工艺设计人员用了100多万片五颜六色的马赛克，花了8个多月时间才拼贴而成。马赛克镶嵌画设计美观、工艺精湛，令人赞不绝口。

海军部站的马赛克镶嵌画色彩斑斓、绚丽多姿，艺术地再现了历史性题材和神话内容，震撼人心，荡涤心灵；马雅可夫斯基站（Mayakovskaya）的马赛克镶嵌画则以单纯简洁、直接密集的风格，表现出强烈的动感，形成视觉冲击。

在3号线（绿线）上的马雅可夫斯基站，有通道和1号线的起义广场站以及莫斯科火车站相通。站厅两侧幕墙上，全部用红色马赛克装贴，格外耀眼。

在大面积鲜红色营造出的庄严肃穆氛围中，白色的马赛克拼贴映衬出一位棱角清晰、脸颊瘦长、目光犀利、神气十足的男人的头像，他就是苏联著名诗人弗拉基米尔·马雅可夫斯基（Vladimir Mayakovsky，1893—1930）。这幅马赛克镶嵌画红白相衬、造型简约、凝重质朴，生动地表现了诗人在饱受灵肉双重折磨之后，依然保持着内心世界那份纯真、执着和坚毅。

2月9日星期一

地铁月台钢幕门

马雅可夫斯基地铁站厅设计，采用一种叫"Horizontal Lift"的技术，即为了安全起见，在站台两侧，安装一种封闭式月台钢幕门。

1961年开始，圣彼得堡在3号线（绿线）和2号线（蓝线）上共10座地铁站采用月台钢幕门技术，利用特制钢板将铁轨和月台分隔开来，列车到站或离站时，车厢门和月台钢幕门同时开启或关闭。

3号线（绿线）上共有6座安装了月台钢幕门的地铁站，除了马雅可夫斯基外，分别是瓦西里岛站（Vasileostrovskaya）、圈楼站（Gostiny Dvor）、亚历山大·涅夫斯基广场1站（Ploshchad Alexandra Nevskogo-1）、罗蒙诺索夫站（Lomonosovskay）、耶利扎罗夫站（Yelizarovskaya）。

2号线（蓝线）上则有4座，即明星站（Zvyozdnaya）、莫斯科站（Moskovskaya）、胜利公园站（Park Pobedy）和彼得格勒站（Petrogradskaya）。

胜利公园站于1961年4月29日投入运营，是世界上第一个采用月台钢幕门技术的地铁站。但是，由于施工成本、消防安全等因素，20世纪70年代以后落成的地铁站，基本上没有采用月台钢幕门技术。明星站于1973年投入运营，成为圣彼得堡最后一座安装月台钢幕门的地铁站。

后来，德国西门子公司在圣彼得堡地铁站月台钢幕门技术基础上，改用月台玻璃幕门，率先应用在法国里尔地铁系统上。

今天，亚洲和欧洲多个国家的不同城市地铁系统中，广泛采用了月台玻璃屏蔽门（Platform Screen Doors，PSD），以玻璃幕墙将列车和月台分割开来。

如今，月台安全玻璃幕门（屏蔽门）已经成为世界新型地铁系统的标准配置，其技术雏形是圣彼得堡地铁的月台钢幕门。

地铁站厅主题装饰

2月10日星期二

地铁站厅主题装饰

圣彼得堡各大地铁站厅的设计和装潢是西方古典主义和俄罗斯民族建筑风格的集中体现,也是统一性构思布局和多元化局部变化的综合反映。

每一个地铁站站厅的装饰都有一个鲜明的主题,除了上面提到的海军部站的俄罗斯海军历史发展主题、列宁广场站的列宁革命事迹主题外,5号线(紫线)上的契卡洛夫站(Chkalovskaya)的装饰主题是纪念苏联著名飞行员、"苏联英雄"荣誉称号获得者瓦列里·契卡洛夫(Valery Chkalov, 1904—1938)。

地铁站入口处有一尊契卡洛夫雕塑,乘客踏上自动扶梯,即见自动扶梯的照明灯设计成飞机发动机形状。站厅地面装饰成飞机场的起飞和着陆跑道,灯光系统的设计让人联想到1930年12月22日首次试飞成功的图波列夫 ANT-6 重型四引擎轰炸机。

1号线(红线)的普希金站(Pushkinskaya)于1956年4月30日开通,投入运营。站厅地板用暗红色的乌克兰抛光花岗岩铺设,庄严肃穆。在尾端墙壁前,放置一座普希金纪念雕塑,墙上背景是普希金出生地(即今天位于圣彼得堡西南部的普希金小镇)的乡村风貌。

在俄罗斯联邦地铁系统中,普希金站率先在地下站厅为著名人物竖立纪念雕像。

站厅拱形的天花板上,装饰着弧形横眉,上面雕刻有月桂枝叶,让人联想起诗人头上的桂冠。站厅两侧分立着两排铜质灯座,每个灯座高约两米,灯座上安装着水晶灯,射向拱形天花板,营造出自然朴质、柔和温馨的氛围,充满诗情画意,让人流连忘返。

一切都朴素优雅,一切都真诚自然,一切都含而不露,一切都言简意赅,一切都熠熠生辉,一切都流光溢彩……这里不只是一个地铁站,而且是一座诗歌的殿堂。

2月11日星期三

地铁换乘站

圣彼得堡地铁系统内，共有8个大型综合换乘站。一般来说，换乘站客流量较大，地处城市大型交通枢纽，换乘站出入口周边，多是商业区、办公区或密集居民区，与城市其他交通工具实现无缝接驳，体现了地铁人性化的设计理念。

5号线（紫线）上的运动站（Sportivnaya）于1997年9月15日通车，计划与未来环线组成一个换乘站。运动站是单拱结构，分上下两层，是俄罗斯第一座单拱双层地铁站，北行列车走上层，南行列车走下层。上下两层由两条人行楼梯相连，设有交互式月台通道。

2号线上的干草广场站（Sennaya Ploshchad）、4号线上救世主站（Spasskaya）、5号线上的花园站（Sadovaya）是圣彼得堡地铁系统中第一座，也是唯一的一座三站式换乘站。

救世主站的站名取自干草广场上的一座东正教堂——救世主教堂。目前没有地面出入站或自动人行扶梯，乘客须通过人行通道到达干草广场站或花园站，再通过自动人行扶梯进出救世主站厅。花园站是换乘枢纽站，乘客由此可通往4号线的救世主站和2号线的干草广场站。

技术学院站（Tekhnologichesky Institute）是1号线（红线）和2号线（蓝线）的换乘站。

目前，圣彼得堡还没有直接通往圣彼得堡普尔科沃国际机场（St. Petersburg Pulkovo Airport）的地铁线，往来国际机场的乘客可在蓝线的莫斯科站（Moskovskaya）换乘公共汽车。地铁设计师们考虑到往来机场的乘客行李较多较重，在设计技术学院站时，引入了"零距离换乘"的先进理念。

"零距离换乘"又称"同站台换乘"，乘客从蓝线或红线下车后，在同一站台步行10米左右，即可换乘红线或蓝线。

笔者不止一次乘搭地铁往返普尔科沃国际机场，深感"同站台换乘"人性化设计理念给这些带着大包小包、匆忙赶时间的乘客带来的快捷和便利。

2月12日星期四

地铁管理细则和安保措施

圣彼得堡地铁拥有一支业务精通的科学管理团队、具备协作精神的员工队伍以及一套高效率运作的管理体制。这使圣彼得堡地铁成为世界上最高效、最优质地铁系统之一,每天运送乘客量约300万人,占城市总人口的60%。他们在实践中探索出了一套行之有效且灵活多样的策略和措施,以应对每个工作日上下班高峰期的繁重客流量。在设置了3条自动扶梯的地铁站,每逢上班高峰期,上班乘客流量大,他们就开通两条下行扶梯,将急于上班的乘客安全快捷地送往站厅;下班高峰期,下班乘客流量增大,他们就改成两条上行通道,将急于回家的乘客送往地面出口。

在上下班高峰期,列车间隔时间为1～1.5分钟,非高峰期则为2～3分钟。这得益于科学调度、合理安排和分工协作,特别是列车驾驶员一丝不苟、兢兢业业的精神,还有技术工作人员和保洁人员在夜间的精心检修和细致维护。

地铁公司的保洁人员在夜间列车停运之后,紧锣密鼓地进行卫生清洁工作,保证第二天一大早就将一个卫生、整洁、舒适的交通环境呈献给这座城市的通勤市民。

圣彼得堡地铁由国有圣彼得堡地铁公司经营,运营经费主要来源于市政财政拨款,以及车票和地铁建筑物内、车厢内的广告收入。2014年,由于国际原油、天然气价格下跌和西方主要国家因乌克兰危机而联合采取制裁俄罗斯的措施,卢布大幅贬值,给圣彼得堡地铁运营和管理带来了不小的压力。

为了缓解财政压力,圣彼得堡地铁于2015年1月开始提高地铁票价,每张单程票由原来的28卢布提高到31卢布。

据说,圣彼得堡地铁是和平时期的交通工具,也是战时的防空设施。由于大多数地铁站都建在地下60～70米深处,地铁站具有防核辐射功能。

近年来,圣彼得堡地铁客运量不断攀升,为了防止恐怖主义袭击,圣彼得堡所有地铁站都加装了闭路电视监控设施。每个地铁站入口处都设有安保检查站,安保人员随机抽检乘客。2009年以前,在地铁站内和地面建筑物内,除个别特许外,禁止个人照相和录影。在业余摄影爱好者的强烈呼吁下,加上手机拍摄越来越普及,当局终于宣布从2009年8月24日起,允许个人用相机和手机拍摄,但若使用闪光灯,必须有特批许可证。

今天,对于圣彼得堡市民和国内外游客而言,地铁是安全、快捷、便利和便宜的交通工具。

2月13日星期五

地铁广告

在圣彼得堡,我作为一个局外人,从另一个角度思考,认为圣彼得堡地铁公司仍有很大的获利空间,那就是地铁建筑物和车厢内广告。

根据我的观察,地铁站内和车厢内的广告密度不大,许多有商业价值的广告空间尚未充分利用。所有的大小地铁站厅内,除了必要的指示标志和方向信息外,几乎没有广告;车厢内也只有最低限度的广告,赫赫有名的麦当劳的广告,面积小得十分可怜,在红色背景上只有3个信息点:黄色麦当劳商标、麦当劳全称"Mcdonald's"和分店店铺名称。

麦当劳的竞争对手和"兄弟"——肯德基则稍占有利位置,在两道自动升降扶梯之间的竖立式灯箱广告牌上做广告,图文并茂,十分醒目。

然而,广告始终是视觉传达媒介,就广告在个体视觉停留时间长短而言,车厢内的麦当劳广告占有优势,红色背景和黄色字体十分吸引乘客的目光,而自动扶手升降电梯旁的肯德基广告的图文信息虽然丰富,但和每位乘客都是擦肩而过。

其实,地铁公司每年都拒绝了大量的商业广告,损失了一大笔经济收入。他们认为,地铁内太多五花八门的商业广告,不利于乘客放松心情,舒缓紧张情绪,而且会增加他们的疲惫、烦躁和不安。

圣彼得堡市民具有很高的艺术鉴赏力,也不会同意在金碧辉煌、华丽典雅的地铁站厅,在五颜六色、巧夺天工的马赛克镶嵌画或色彩斑斓、工艺精湛的玻璃彩画旁边,突兀地挂上商业广告。正如他们在日常生活中的餐桌上、城市街道两边的人行道旁、狭窄小巷里弄人家的窗台上,宁可没有四季鲜花依时应节的点缀,也绝不要矫揉造作的人造假花来装扮。

2月14日星期六

地铁文明乘客

长期浸润在西方文化和俄罗斯民族传统之中的圣彼得堡居民有着很高的文化修养和艺术素养。

地铁乘客知书达理、彬彬有礼，即使在上下班高峰时段，眉宇间透出急躁、着急、疲惫和紧张，他们也都十分安静，遵守秩序，自觉排队，不会出现挤队、插队现象。即使疲惫不堪，面露倦色，他们也会给需要座位的老人、小孩或女士让座。在自动扶梯上，人们自觉靠右站稳，给那些精力旺盛或赶时间的人让出左边一条通道。

他们有的埋头看书看报，有的翻看平板电脑或手机，获取最新资讯；有的聆听音乐，闭目养神；有的面带微笑，低声交谈；有的眼望窗外，凝眸深思……

在圣彼得堡，地铁车厢是一个公共场所、一个共享空间、一个交流的平台，也是一种传递爱的媒介。

每一次无意中的擦肩而过，都赏心悦目、精彩动人；每一次不经意间的目光触碰，都温暖动人、回味无穷；每一次车门开合间的等待和守候，都心动不已、期待无限；每一声轮毂和轨道的碰击，都动人心弦，拨动一串一串跳动的音符。

窄小而拥挤的车厢融合了俄罗斯的民族精神，承载着圣彼得堡的文化和历史。

地铁文明缩短了城南和城北的距离，缩短了城东和城西的距离。文明拉近了你我他的距离，拉近了世界的距离。

2月15日星期日

地铁自动售票机

圣彼得堡地铁实行一票制，不论乘车距离远近，票价一律为31卢布。地铁站前厅，一般设有两三个人工售票窗口，客流量较大的地铁站或换乘站的人工售票窗口有5个或以上。售票员多为女性，大多工作认真细致，服务态度良好。

但面对上下班高峰期的工作压力，或者与外国游客语言不通时，他们也偶尔有"挂不住"的时候，焦急、厌烦、不安和浮躁露于形色。

好在每一个地铁站厅都设有自动售票机，操作简单、界面友好，深受乘客欢迎。自动售票机有两种：一种较小的橙色售票机，只接受固定币值（如100卢布），返回代币车票和找零；另一种是较大的触屏式售票机，接受纸币或硬币，有自动找零、出币、出票（代币或IC卡）和IC卡充值功能。

与人工售票相比，自动售票机更诚实可信，更平等待客。它们日夜忠实地执行"在规则和金钱面前人人平等"的市场法则。只要你是乘客，无论是俄罗斯联邦总统、圣彼得堡市长、地铁公司的总经理还是普通市民、国外游客，无论是衣冠楚楚的成功人士还是衣衫褴褛的乞丐，自动售票机都本着"不为富贵而屈，不为贫贱而欺，不为威武而栗"的商业精神，一视同仁，童叟无欺。

2月16日星期一

回家心切

走得再远，也不能忘记来时的路；走得再远，也不能忘记当初为何而来；走得再远，也不能忘记要回家。

今天，我要回家了。

上午，我办理好退房手续。11时，我与妻子一起，坐上由Rose Hotel预约的出租车，前往圣彼得堡普尔科沃国际机场。

12时左右，我们到达普尔科沃国际机场。进入机场大门时，有一道安检，机场安检措施明显严格了一些。行李需要过安检扫描，旅客除了被要求脱去外套之外，还要掏出手机，在安检工作人员面前打开手机，但不需要进一步操作手机。

进入安检之后，我们办理登机手续，托运行李，过安检，出海关，一切都很顺利。

我们乘坐EK76航班，经迪拜转机，转乘EK382航班飞往香港，顺利到达香港国际机场。

办理入境手续，提取行李后，我们前往机场公交总站，乘坐A43路公共汽车，到上水地铁站，转乘东铁线到落马洲。

在香港A43公交车上，看到沿路秀丽的风景，长途飞行的舟车劳顿一扫而光，心情十分轻松。途经粉岭公路、新田公路、青朗公路等路段，一路青山绿水，既熟悉又陌生，心情十分激动。青山深处的传统村落和普通民居隐约可见，我暗想家家户户应该早已是新桃换旧符，一派春风送暖的景象。

在出入境大厅办理出入境手续，走出海关大楼。在福田口岸打了一辆的士。回家路上，一辆红色的士在深圳大街上疾驰。

深南大道两旁，大红灯笼高高挂起；红荔路上，缤纷彩灯五光十色；侨香路上，多色彩旗迎风飘扬……

高楼大厦背后，小巷里弄，锣鼓喧天，不时传来爆竹声声。

深圳，千门万户辞旧岁，男女老少迎新年。

2月17日星期二

喜迎新年

  早上起床后,我和家人忙着打扫卫生。
  上午,我和妻子到宝安农产品批发市场置办年货,见到了熟悉的年货市场,新鲜的果蔬琳琅满目,各种年货应有尽有。久违的市场、久违的年味,让人有一种真正回家的感觉。

2月18日星期三

大年三十

今天是农历大年三十。我们过大年了！

大年的味道弥漫在城市的上空，欢乐的氛围笼罩着大街小巷。新年钟声敲响，我静静退回书房，享受着新年钟声带来的来年祝福。

圣彼得堡，我刚刚离开你，又开始想念你了；圣彼得堡，你是否还是那么婀娜多姿？你是否还是那么妖娆迷人？你是否披上新装，又添新姿？……

圣彼得堡，我没有在你身边多待上一阵子，没有经历你一年四季的完整轮回，还来不及细细品味你浅春的柔风、盛夏的骄阳、初秋的明月，就离开了你。

人生旅途没有后悔，更美的风景在前头。唯有心存念想。念想将成为故地重游的借口。实际上，故地重游不需要借口。

我离开了圣彼得堡这个既熟悉又陌生的城市。脑海里，地上白雪点点，仿佛不舍；空中飞鸟声声，宛若留人；水光岸色，恰似梦中点缀。与其在窗边叹息，不如泡一壶热茶，不如铺开纸，拿起笔，题一首诗：

> 岸边树下铺简席，江渚浪前品香茗。
> 极目所及尽堪恋，最是难别在河边。

参考书目

[1] A.T.奥姆斯特德.波斯帝国史[M].李铁匠,顾国梅,译.上海:上海三联书店,2017.

[2] 杨白芳.最冷和最热的俄罗斯[M].北京:现代出版社,2016.

[3] 彭文钊.俄罗斯历史[M].北京:北京大学出版社,2016.

[4] 甘苏庆.西方油画600年:19世纪俄罗斯油画艺术[M].沈阳:辽宁美术出版社,2016.

[5] 张英伦.外国名作家传:上、中、下册[M].北京:中国社会科学出版社,2016.

[6] 提图斯·李维.罗马建城以来的历史[M].王焕生,译.北京:中国政法大学出版社,2016.

[7] 张平.俄罗斯文化艺术[M].北京:国防工业出版社,2015.

[8] 王小琴,郭力.俄罗斯城市化问题研究[M].哈尔滨:黑龙江大学出版社,2015.

[9] 但丁.神曲[M].田德望,译.北京:人民文学出版社,2015.

[10] 陆运高.看版图学俄罗斯历史[M].北京:中国地图出版社,2014.

[11] 奚静之.19世纪末20世纪初俄罗斯"艺术世界"[M].济南:山东美术出版社,2014.

[12] 伊·奥多耶夫采娃.涅瓦河畔[M].李莉,译.兰州:敦煌文艺出版社,2014.

[13] 亚历山大·弗雷格伦特.伟大的博物馆[M].罗楚燕,译.南京:译林出版社,2014.

[14] 杰弗里·霍金斯.俄罗斯史[M].广州:南方日报出版社,2013.

[15] 闻一.俄罗斯通史[M].上海:上海社会科学出版社,2013.

[16] 克柳切夫斯基.俄国史教程[M].张蓉初,译.北京:商务印书馆,2013.

[17] 杜宏.北方的荣耀:俄罗斯传统园林艺术[M].北京:中国建筑出版社,2013.

[18] 邸立丰. 列宾美术学院和俄罗斯艺术[M]. 沈阳：辽宁美术出版社，2013.

[19] 张可杨. 画说俄罗斯：张可杨眼中的艺术王国[M]. 呼和浩特：内蒙古大学出版社，2013.

[20] 戈特霍尔德·埃夫莱姆·莱辛. 拉奥孔[M]. 朱光潜，译. 北京：商务印书馆，2013.

[21] 贝文力. 转型时期的俄罗斯文化艺术[M]. 上海：上海人民出版社，2012.

[22] 雷克·莱尔顿. 海神之子[M]. 薛白，译. 南宁：接力出版社，2012.

[23] 维吉尔. 埃涅阿斯纪[M]. 曹鸿昭，译. 吉林：吉林出版集团有限责任公司，2011.

[24] 普鲁金. 建筑与历史环境[M]. 韩林飞，译. 北京：社会科学文献出版社，2011.

[25] 梨皓智. 拾取思想的片段：回眸俄罗斯文学艺术[M]. 南昌：江西人民出版社，2011.

[26] 伍德沃斯·理查兹. 圣彼得堡文学地图[M]. 李巧慧，王志坚，译. 上海：上海交通大学出版社，2011.

[27] 唐寰澄. 中国古代桥梁[M]. 北京：中国建筑工业出版社，2011.

[28] 弗拉基米尔·费多洛夫斯基. 独特的俄罗斯故事[M]. 马振骋，译. 上海：东方出版中心，2010.

[29] 弗拉基米尔·费多洛夫斯基. 克里姆林宫故事[M]. 马振骋，译. 上海：东方出版中心，2010.

[30] 弗拉基米尔·费多洛夫斯基. 圣彼得堡故事[M]. 马振骋，译. 上海：东方出版中心，2010.

[31] 徐霞客. 徐霞客游记[M]. 朱惠荣，注. 北京：中华书局，2009.

[32] 格奥尔吉耶娃. 俄罗斯文化史：历史和现代[M]. 焦东建，董茉莉，译. 北京：商务印书馆，2006.

[33] 戴桂菊，李英男. 俄罗斯历史[M]. 北京：外语教学与研究出版社，2006.

[34] H.A.约宁娜. 印证人类文明的100座宫殿[M]. 宋洪英，译. 北京：经济日报出版社，2005.

[35] 普希金. 普希金诗选[M]. 冯春，译. 上海译文出版社，2003.

[36] 天津人民美术出版社编辑组. 俄罗斯博物馆馆藏画 [M]. 天津：天津人民美术出版社，2000.

[37] 施瓦布. 古希腊神话故事 [M]. 刘超之，爱英，译. 宗教文化出版社，2000.

[38] 西格蒙德·弗洛伊德. 米开朗基罗的摩西 [M]. 孙庆民，乔元松，译. //车文博. 弗洛伊德文集：第4卷. 长春：长春出版社，1998.

[39] 费·陀思妥耶夫斯基. 罪与罚 [M]. 非琴，译. 南京：译林出版社，1994.

[40] 荷马. 伊利亚特 [M]. 陈忠梅，译. 广州：花城出版社，1994.

[41] 荷马. 奥德赛 [M]. 陈忠梅，译. 广州：花城出版社，1994.

[42] 罗·伊·罗日杰斯特文斯基. 一切始于爱情 [M]. 谷羽，译. 北京：外国文学出版社，1991.

[43] 费·陀思妥耶夫斯基. 被欺凌和被侮辱的 [M]. 冯南江，译. 北京：人民文学出版社，1980.

[44] ASCHER, ABRAHAM. The revolution of 1905: a short history [M]. Stanford: Stanford University Press, 2004.

[45] BATER, JAMES H. St. Petersburg: industrialization and change [M]. Montreal: Mc-Gill-Queen's University Press, 1976.

[46] BEATTY, BESSIE. The red heart of Russia [M]. New York: Century, 1918.

[47] BELY, ANDREI. Petersburg. Translated, annotated, and introduced by Robert A. Maguire and John E. Malmstad [M]. Bloomington: Indiana University Press, 1978.

[48] BERMAN, MARSHALL. All that is solid melts into air: the experience of modernity [M]. New York: Penguin Books, 1982.

[49] BUCKLER, JULIE A. Mapping St. Petersburg: imperial text and cityshape [M]. New Jersey: Princeton University Press, 2004.

[50] CRACRAFT, JAMES. The revolution of Peter the Great [M]. Cambridge, MA: Harvard University Press, 2003.

[51] GEORGE, ARTHUR I., Elena George. St. Petersburg: Russia's window to the future: the first three centuries [M]. Lanham, MD: Taylors Trade Publishing, 2003.

[52] GIANGRANDE, CATHY. Saint Petersburg: museums, palaces and historic collections [M]. Charlestown, MA: Bunker Hill Publishing, 2003.

[53] HAMILTON, GEORGE HEARD. The art and architecture of Russia [M]. 3rd edition. New Haven: The Yale University Press, 1992.

[54] HAMM, MICHAEL F. The city in late imperial Russia [M]. Bloomington: Indiana University Press, 1986.

[55] HOSKING, GEOFFREY. Russia and the Russians: a history [M]. Cambridge MASS.: Harvard University Press, 2001.

[56] KURTH, PETER. Tsar: the lost world of Nicholas and Alexandra [M]. Boston: Back Bay, 1998.

[57] KOKKER, STEVE, NICK SELBY. Lonely planet: St. Petersburg [M]. 6th edition. Oakland, CA: Lonely Planet Publications, 2015.

[58] MIRONOV, BORIS, BEN EKBF. The social history of imperial Russia, 1700–1917 [M]. Boulder, CO.: Westview Press, 2000.

[59] NICHOLAS V. Riasanovsky, a history of Russia [M]. 4th ed. New York: Oxford University Press, 1984.

[60] OMETEV, BORIS, JOHN STUART. St. Petersburg: portraits of an imperial city [M]. New York: Vendome Press, 1990.

[61] ORTTUNG, ROBERT W. From Leningrad to St. Petersburg [M]. New York: Palgrave Macmillan, 1995.

[62] PHILOSTRATUS, FLAVIUS. The life of Apollonius of Tyana [M]. Translated by Conybeare F C. Cambridge: University of Cambridge Press, 2013.

[63] PUSHKIN, ALEXANDER. The bronze horseman: selected poems of Alexander Pushkin [M]. Translated and Introduced by. Thomas D M. New York: Viking Press, 1982.

[64] SABLINKSY, WALTER. The road to bloody Sunday: Father Gapon and the St. Petersburg Massacre of 1905 [M]. Princeton: Princeton University Press, 1976.

[65] SCATTON, LINDA HART. Mikhail Zoshchenko: evolution of a writer [M]. Cambridge: Cambridge University Press, 1993.

[66] SCHENKER, ALEXANDER M. The bronze horseman: Falconet's monument to Peter the Great [M]. New Haven: Yale University Press, 2003.

[67] SHVIDKOVSKY, DMITRI. St. Petersburg: architecture of the Tsars [M]. New York: Abbevile Press, 1996.

[68] SUTCLIFFE MARK, ALTHAUS FRANK, MOLODKOVETS YURY. Petersburg perspectives [M]. London: Booth-Clibborn, 2003.

[69] TERAS, VICTOR. A history of Russian literature [M]. New Haven: Yale University Press, 1991.

[70] TRIGGER, BRUCE GRAHAM. Ancient Egypt: a social history [M]. Cambridge: Cambridge University Press, 1983.

[71] VICTOR TERRAS. Hankbook of Russian literature [M]. New Haven: Yale University Press, 1990.

[72] RICHARDSON, DAN. The rough guide to St. Petersburg [M]. 8th edition. New York: Rough Guides Limited, 2015.

[73] VOLKOV, SOLOMON. St. Petersburg: a cultural history [M]. Translated by Antonia Boris W. New York: The Free Press, 1995.

[74] WILLIAMS, ALBERT RHYS. Through the Russian Revolution [M]. New York: Boni and Liveright, 1921.

参考网站

[1] http://petersburgcity.com
[2] www.petersburg-russia.com
[3] www.hermitagemuseum.org
[4] www.saintpetersburg.com
[5] http://en.rusmuseum.ru
[6] http://eng.ethnomuseum.ru
[7] http://www.st-petersburg-essentialguide.com
[8] http://www.encspb.ru
[9] http://www.abcgallery.com
[10] http://russianartgallery.org

后　　记

　　2014年9月至2015年2月，我受深圳职业技术学院选派，到俄罗斯圣彼得堡国立理工大学进行为期半年访学研究工作。

　　在圣彼得堡访学期间，我除了完成预定的科研任务之外，还将在圣彼得堡的所见所闻、所思所想撰写成纪实性散文。

　　回国后，我花了两年多的时间，对这些散文做了进一步的加工润色，完成了《涅瓦河畔的冥想》书稿，于2017年正式出版。

　　随后，我着手整理在圣彼得堡访学期间的日记，花了约3年的时间，核实资料，充实内容，进行文字润色和加工，遂成《圣彼得堡日记》书稿。

　　本书付梓之际，我谨以感恩之心，衷心感谢为我创造以高级访问学者身份到圣彼得堡国立理工大学访学机会的深圳职业技术学院，衷心感谢那些促成我访学之行的同事和朋友，衷心感谢深圳职业技术学院学术著作出版基金资助本书出版。

　　衷心感谢深圳职业技术学院商务外国语学院同人的帮助、鼓励和支持。

　　衷心感谢俄罗斯圣彼得堡国立理工大学国际交流学院院长谢尔盖·波多金教授的支持和帮助。在双方的共同努力下，我们的私交和我们两个学院之间的交流还在延续。

　　衷心感谢商务外国语学院俄语专业徐浩老师在两校之间所做的有效沟通。为推进两校之间的交流和合作，为我能够顺利到圣彼得堡国立理工大学访学，徐浩老师做了大量细致的工作。在我们平常的交谈中，他的专业学识和丰富经历让我受益匪浅。

　　衷心感谢商务外国语学院俄语专业毕业生曾强在我办理赴俄签证时提供的帮助，感谢他在圣彼得堡国立理工大学留学期间对我在生活上的关心和语言翻译上的支持。在遥远的异国他乡，我们在校园里、在公共汽车上、在地铁上、在大街小巷，常常用客家话进行交流。我们的母语都是客家话。客家话，让我倍感亲切温暖，让我倍感乡音的无穷魅力和古老神韵。此时，人胸无城府；此地，言至真至简。但愿乡音永远飘荡在涅瓦河畔，永远存留于海外华人的心中。

衷心感谢商务外国语学院俄语专业毕业生李竟成在我赴俄之前为我提供的帮助。他以在圣彼得堡国立理工大学留学的亲身体验，为我的远行提供了切实可行的建议。他赠送给我的圣彼得堡路书和地图，一直陪伴我徜徉于涅瓦河畔，穿行于圣彼得堡的大街小巷。

最后，衷心感谢家人长期以来对我无私的支持和帮助。

愿好人有好梦，愿好人平安。

徐新辉
2020 年 5 月于深圳西丽湖